怪　談

牡丹燈籠

三遊亭円朝作

岩波書店

目次

序

およそありのままに思う情《こころ》を言顕《いいあら》わし得る者は知らず知らずいと巧妙なる文をものして自然に美辞の法《のり》に称《かな》うと*士班釵《スペンサー》の翁《おきな》はいいけり真《まこと》なるかな此《この》言葉や此ごろ*詼談師《かいだんし》三遊亭の叟《おじ》が口演《くえん》せる牡丹燈籠《ぼたんどうろう》となん呼做《よびな》したる仮作譚《つくりものがたり》を*速記という法を用いてそのままに謄写《うつ》しとりて草紙となしたるを見侍《みはべ》るに通篇俚言《りげん》俗語の語《ことば》のみを用いてさまで華《はな》あるものとも覚えぬものから句ごとに文ごとにうたた活動する趣《おもむき》ありて宛然《さながら》まのあたり萩原《はぎわら》某《それ》に面《おもて》合わするが如く阿露《おつゆ》の乙女《おとめ》に逢見《あいみ》る心地す相川《あいかわ》それの粗忽《そそつか》しき義僕孝助《こうすけ》の忠《まめ》やかなる読来《よみきた》れば我知らず或《あるい》は笑い或は感じてほとほと真《まこと》の事とも想《おも》われ仮作《つくり》ものとは思わずかしこれはた文の妙なるに因《よ》る歟然《かしか》り寔《まこと》にその文の巧妙なるには因《よ》ると雖《いえど》も彼《か》の円《えん》朝《ちょう》の叟の如きはもと文壇の人にあらねば*操觚《そうこ》を学びし人とも覚えずしかるを尚よく斯《かく》の如く一吐《いっと》一言《いちげん》文をなして彼の*為永《ためなが》の翁を走らせ彼の*式亭《しきてい》の叟をあざむく此好稗史《こうはいし》をものすることいと訝《いぶか》しきに似たりと雖もまた退いて考うれば単《ひとえ》に叟の述《のぶ》る所の深く人情の髄

を穿《うが》ちてよく情合《じょうあい》を写せばなるべくただ人情の皮相を写して死したるが如き文をものして婦女童幼に媚《こび》んとする世の浅劣なる操觚者流は此燈籠の文を読《よみ》て円朝叟に恥ざらめやは聊《いささか》感ぜし所をのべて序を乞わるるまま記して与えつ

春*のやおぼろ

しるす

序

孔子《こうし》は*怪力乱神《かいりよくらんしん》を語らずといい給えども左伝《さでん》には多く怪異の事を載《の》せたり又中庸《ちゅうよう》*に国家将《まさ》に興《おこ》らんとすれば禎祥《ていしょう》有り国家将に亡びんとすれば妖孽《ようげつ》ありと云うを見れば世の中には不可思議無量の事なしと言い難し殊に仏家の書には奇異の事を出《いだ》し之を方便となし神《じん》通《つう》となして衆生《しゅじょう》を済度《さいど》の法《のり》とせり是篇《このへん》に説く所の怪事も亦凡夫《またぼんぷ》の迷いを示して凡夫の迷いを去り正しき道に入らしむるの栞《しおり》とする為《た》めなれば事の虚実は兎《と》まれ角《かく》まれ作者の心を用うる所の深きを知るべし

古*道人

序詞

文字能く人の言語を写すと雖も、只其意義を失わずして之を文字に留むるのみ。其活潑なる説話の片言隻語を洩さず之を収録して文字に留むること能わざるは、我国に言語直写の速記法なきが為めなり、予之を憂うること久し、依て同志と共に其法を研究すること多年、一の速記法を案出して、屢々之を試み講習の功遂に言語を直写して其片言隻語を誤らず、其筆記を読んで其説話を親聴《しんてい》するの感あらしむるに至りしを以て、議会、演説、講義等直写の筆記を要する会席に聘せられ、之を実際に試み頗る好評を得たり。依て益々此法を拡張して世を益せんことを謀るに方り、嘗て稗史小説の予約出版を業とする東京稗史出版社の社員来って曰く、有名なる落語家《はなしか》三遊亭円朝子の人情話は頗る世態を穿ち、喜怒哀楽能く人をして感動せしむること、恰も其現況に接する如く非常の快楽を覚ゆるものなれば、予が速記法を以て其説話を直写し、之を冊子と為したらんには、最も愉快なる小説を得るのみならず、従って予が発明せる速記法の便益にして必要なることを世に示すの捷径たるべしと、其筆記に従事せんことを勧む。予喜んで会員酒井昇造氏と共に円朝子が出席する寄席に就き請うて楽屋に入り、速記法を以て円朝子が演ずる所の説話を其儘に直写し片言隻語を改修せずして印刷に附せしは即ち此怪談牡丹燈籠なり。是は有名なる支那の小説より飜案せし新奇の怪談にして、頗る興あるのみか勧懲に裨益ある物語にて毎に聴衆の喝采を博せし子が得意の人情話なれば、其説話を聞く、恰も其実況を見るが如くなるを従って聞けば従って記し、片言隻語を洩さず、子が笑えば筆記も笑い、子が怒れば筆記も怒り、泣けば泣き喜べば喜び、嬢子の言は優にして艶に、傖夫の語は鈍にして訛る等、所謂言語の写真法を以て記したるがゆえ、其冊子を読む者は亦寄席に於て円朝子が人情話を親聴するが如き快楽あるべきを信ず。以て我が速記法の功用の著大なるを知り給うべし。但其記中往々文体を失し、抑揚其宜きを得ず、通読に便ならざる所ありて、尋常小説の如くならざるは、即ち其調を為さざる言語を直写せし速記法たる所以にして、我国の説話の語法なきを示し、以て将来我国の言語上に改良を加えんと欲する遠大の目的を懐くものなれば、看客幸いに之を諒して愛読あらんことを請う。

若林玵蔵識

怪談牡丹燈籠

一

寛保《かんぽう》三年の四月十一日、まだ東京を江戸と申しました頃、湯島天神の社《やしろ》にて聖徳太子の御祭礼を致しまして、その時大層参詣の人が出て群集雑沓《ぐんじゆざつとう》を極めました。ここに本郷三丁目に藤村屋《ふじむらや》新兵衛《しんべえ》という刀屋がございまして、その店先には良い代物《しろもの》が列べてあるところを、通りかかりました一人のお侍《さむらい》は、年の頃二十一、二とも覚しく、色あくまで白く、眉毛秀《ひい》で、目元きりりっとして少し癇癪持《かんしやくもち》と見え、鬢《びん》の毛をぐうっと吊り上げて結わせ、立派なお羽織に、結構なお袴《はかま》を着け、雪駄《せった》を穿《は》いて前に立ち、背後《うしろ》に浅葱《あさぎ》の法被《はっぴ》に梵天帯《ぼんてんおび》を締め、真鍮巻《しんちゆうまき》の木刀を差したる中間《ちゆうげん》が附添い、この藤新《ふじしん》の店先へ立寄って腰を掛け、列べてある刀を眺めて、

侍「亭主や、そこの黒糸だか紺糸だか知れんが、あの黒い色の刀柄《つか》に南蛮鉄《＊なんばんてつ》の鍔《つば》が附いた刀は誠に善さそうな品だな、ちょっとお見せ。」

亭「へいへい、こりゃお茶を差上げな、今日は天神の御祭礼で大層に人が出ましたか

ら、定めし往来は埃《ほこり》でさぞお困りあそばしましたろう。」

と刀の塵《ちり》を払いつつ、

亭「これは少々装飾《こしらえ》が破《や》れておりまする。」

侍「なるほど少し破れておるな。」

亭「へい中身《*なかご》は随分お用《もちい》になれまする、へいお差料《さしりょう》になされてもお間に合いまする、お中身もお性《しょう》もたしかにお堅いお品でございまして。」

と云いながら、

亭「へい御覧遊ばしませ。」

と差出すを、侍は手に取って見ましたが、旧時《まえ》にはよくお侍様が刀を買《め》す時は、刀屋の店先で引抜いて見ていらっしゃいましたが、あれは危いことで、もしお侍が気でも違いまして抜身《ぬきみ》を振廻《ふりまわ》されたら、本当に危険《けんのん》ではありませんか。今このお侍も本当に刀を鑑《み》るお方ですから、先ず中身《なかご》の反り工合から焼曇《*おち》の有る無しより、差表《*さしおもて》差裏《さしうら》、鋩子先《*ぼうしさき》何やかや吟味いたしまするは、さすがにお旗下《はたもと》の殿様の事ゆえ、通常《なみなみ》の者とは違います。

侍「とんだ良さそうな物、拙者の鑑定するところでは備前物《びぜんもの》のように思われるがどうじゃな。」

亭「へい良いお鑑定《めきき》でいらっしゃいまするな、恐入《おそれい》りました、仰せの通り私ども仲間の者も天正助定《てんしょうすけさだ》であろうとの評判でございますが、惜しい事にはなにぶん無銘にて残念でございます。」

侍「御亭主やこれどの位するな。」

亭「へい、有難う存じます、お掛値《かけね》は申上げませんが、ただ今も申します通り銘さえございますれば多分の価値《ねうち》もございますが、無銘のところで金《きん》十枚でございます。」

侍「なに十両とか、ちっと高いようだな、七枚半には負《まか》らんかえ。」

亭「どういたしましてなにぶんそれでは損が参りましてへい、なかなかもちましてへい。」

と頻《しき》りに侍と亭主と刀の価値の掛引《かけひき》をいたしておりますと、背後《うしろ》の方《かた》で通り掛りの酔漢《よっぱらい》が、この侍の中間を捕えて、「やい何をしやアがる。」と云いながらひょろひょろと蹌《よろ》けてハタと臀餅《しりもち》を搗《つ》き、ようやく起き上って額で睨み、いきなり拳骨を振い丁々《ちょうちょう》と打たれて、中間は酒の科《とが》と堪忍して逆らわず、大地に手を突き首《こうべ》を下げて、頻りに詫びても、酔漢は耳にも懸けず猛り狂って、なおも中間をなぐりおるを、侍はト見れば家来の藤助《とうすけ》だから驚きまして、酔漢に対《むか》い会釈をなし、

侍「何を家来めが無調法をいたしましたか存じませんが、当人に成り代り私がお詫《わび》申上げます。なにとぞ御勘弁を。」

酔「なにこいつは其方《そのほう》の家来だと、怪《け》しからん無礼な奴、武士の供をするなら主人の側《そば》に小さくなっておるが当然、しかるに何だ天水桶《*てんすいおけ》から三尺も往来へ出しゃばり、通行の妨げをして拙者を衝《つ》き当らせたから、やむをえず打擲《ちょうちゃく》いたした。」

侍「何も弁《わきま》えぬものでございますればひとえに御勘弁を、手前成り代ってお詫を申上げます。」

酔「今このところで手前がよろけたところをトーンと衝き当ったから、犬でもあるかと思えばこの下郎めがいて、地べたへ膝を突かせ、見なさる通りこれこのように衣類を泥だらけにいたした、無礼な奴だから打擲いたしたが如何いたした、拙者の存分にいたすからここへお出しなさい。」

侍「この通り何も訳の解らん者、犬同様のものでございますから、なにとぞ御勘弁下されませ。」

酔「こりゃ面白い、初めて承った、侍が犬の供を召連れて歩くという法はあるまい、犬同様のものなら手前申受《もうしょう》けて帰り、*番木鼈《まちん》でも喰わしてやろう、なにほど詫びても料《りょう》箇《けん》はなりません、これ家来の無調法を主人が詫《わぶ》るならば、大地へ両手を突き、重々恐れ入ったと首《こうべ》を地《つち》に叩き着けて詫をするこそしかるべきに、何だ片手に刀の鯉口《こいぐち》を切っていながら詫をするなどとは侍の法にあるまい、何だ手前は拙者を斬《き》る気か。」

侍「いやこれは手前がこの刀屋で買取ろうと存じましてただ今中身《なかご》を鑑《み》ていましたところへこの騒ぎに取敢えず罷出《まかりで》ましたので。」

酔「エーイそれは買うとも買わんともあなたの御勝手じゃ。」

と罵《ののし》るを侍は頻りにその酔狂を宥《なだ》めていると、往来の人々は「そりゃ喧嘩だ危いぞ。」「なに喧嘩だとえ。」「おおサ対手《あいて》は侍だ、」「それは危険《けんのん》だな。」と云うをまた一人が「なんでげすねえ。」「さようさ、刀を買うとか買わないとかの間違だそうです、あの酔《よっ》ぱらっている侍が初め刀に価《ね》を附けたが、高くて買われないでいるところへ、こちらの若い侍がまたその刀に価を附けたところから酔漢《よっぱらい》は怒り出し、おれの買おうとしたものをおれに無沙汰で価を附けたとか何とかの間違いらしい。」と云えばまた一人が「なにサそうじゃアありませんよ、あれは犬の間違いだアね、おれの家《うち》の犬に番木鼈《まちん》を喰わせたから、その代りの犬を渡せ、また番木鼈を喰わせて殺そうとかいうのですが、犬の間違いは昔からよくありますよ、*白井《しらい》権八《ごんぱち》などもやっぱり犬の喧嘩からあんな騒動になったのですからねえ。」と云えばまた傍《そば》にいる人が「ナニサそんな訳じゃアない、あの二人は叔父《おじ》甥《おい》の間柄《あいだがら》で、あの真赤に酔払っているのは叔父さんで、若い綺麗な人が甥だそうだ、甥が叔父に小遣銭《こづかいせん》をくれないというところからの喧嘩だ。」と云えば、また側《そば》にいる人は「ナーニあれは*巾着切《きんちゃくきり》だ。」などと往来の人々は口に任せて種々《いろいろ》の評判をいたしている中に、一人の男が申しますは「あの酔漢は丸山本妙寺《ほんみょうじ》中屋敷に住む人で元は小出《こいで》様の御家来であったが、身持《みもち》が悪く、酒色に耽《ふけ》り、折々は抜刀《すっぱぬき》などして人を威《おど》かし乱暴を働いて市中を横行し、ある時は料理屋へ上り込み、十分酒肴《さけさかな》に腹を肥らし勘定は本妙寺中屋敷へ取りに来いと、横柄に喰倒し飲倒して歩く黒川孝蔵《くろかわこうぞう》という悪侍《わるざむらい》ですから、年の若い方の人は見込まれて結局《つまり》酒でも買わせられるのでしょうよ。」「そうですか、並《なみ》大抵《たいてい》のものなら斬ってしまいますが、あの若い方はどうも病身のようだから斬れまいねえ。」「ナニあれは剣術を知らないのだろう、侍が剣術を知らなければ腰抜けだ。」などとささやく言葉がちらちら若い侍の耳に入るから、グッと込み上げ、癇癖《かんぺき》に障《さわ》り、満面朱《しゅ》を注いだる如くになり、額に青筋を顕わし、きっと詰め寄り、

侍「これほどまでにお詫びを申しても御勘弁なさりませぬか。」

酔「くどい、見れば立派なお侍、御直参《ごじきさん》かいずれの御藩中かは知らないが尾羽《おは》打枯《うちか》ら

した浪人と侮《あなど》り失礼至極《しごく》、いよいよ勘弁がならなければどうする。」と云いさま、ガアッと痰《たん》をかの若侍の顔に唾《は》き付けました故、さすがに勘弁強い若侍も、今は早や怒気一度に面《かお》に顕《あら》われ、

侍「汝《おのれ》下手《したで》に出れば附上《つけあが》り、ますます募《つの》る罵詈《ばり》暴行、武士たるものの面上に痰を唾き付けるとは不届《ふとどき》な奴、勘弁が出来なければこうする。」

といいながら今刀屋で見ていた備前物の刀柄《つか》に手が掛るが早いか、スラリと引抜き、酔漢の鼻の先へぴかりと出したから、見物は驚き慌て、弱そうな男だからまだ引抜《ひっこぬき》はしまいと思ったに、ぴかぴかといったから、ほら抜いたと木《こ》の葉の風に遇《あ》ったように四方八方にばらばらと散乱し、町々の木戸を閉じ、路地を締め切り、商人《あきんど》は皆戸を締める騒ぎにて町中《まちなか》はひっそりとなりましたが、藤新の亭主一人は逃場を失い、*つくねんとして店先に坐っておりました。さて黒川孝蔵は酔払ってはおりますれども、生酔《なまよい》本性違《たが》わずにて、かの若侍の剣幕に恐れをなし、よろめきながら二十歩ばかり逃げ出すを、侍はおのれ卑怯なり、口ほどでもない奴、武士が相手に背後《うしろ》を見せるとは天下の恥辱になる奴、還《かえ》せ還せと、雪駄《せった》穿《ばき》にて跡を追い掛ければ、孝蔵は最早《もはや》かなわじと思いまして蹌《よろめ》く足を踏みしめて、一刀のやれ柄に手を掛けてこなたを振り向くところを、若侍は得たりと踏

込みざま、えイと一声肩先を深くプッツリと切込む、斬られて孝蔵はアッと叫び片膝を突くところをのしかかり、エイと左の肩より胸元《むなもと》へ切付けましたから、斜《はす》に三つに切られて何だか亀井戸《かめいど》の葛餅《くずもち》のようになってしまいました。若侍は直《すぐ》と立派に止《とど》めを刺して、血刀《ちがたな》を振いながら藤新の店頭《みせさき》へ立帰りましたが、本《もと》より斬殺《きりころ》す料簡でございましたから、ちっとも動ずる気色《けしき》もなく、我が下郎に向い、

侍「これ藤助、その天水桶の水をこの刀にかけろ。」

と言いつければ、最前より慄《ふる》えておりました藤助は、

藤「へいとんでもない事になりました、もしこの事から大殿様のお名前でも出ますようの事がございましては相済みません、元は皆な私《わたくし》から始まった事、どういたして宜《よろ》しゅうございましょう。」

と半分は死人の顔。

侍「いやさように心配するには及ばぬ、市中を騒がす乱暴人、切捨てても苦しくない奴だ、心配するな。」

と下郎を慰めながら泰然として、呆気《あっけ》に取られたる藤新の亭主を呼び、

侍「こりゃ、御亭主や、この刀はこれほど切れようとも思いませんだったが、なかな

か斬れますな、よほど能《よ》く切れる。」
といえば亭主は慄えながら、
亭「いやあなた様のお手が冴えているからでございます。」
侍「いやいや、全く刃物がよい、どうじゃな、七両二分に負けても宜《よ》かろうな。」
と云えば藤新は係合《かかりあい》を恐れ、「宜しゅうございます。」
侍「いやお前の店には決して迷惑は掛けません、とにかくこの事を直ぐに自身番に届けなければならん、名刺《なふだ》を書くからちょっと硯箱《すずりばこ》を貸してくれろ。」
と云われても、亭主は己《おの》れの傍に硯箱のあるのも眼に入らず、慄え声にて、小僧や硯箱を持って来い。と呼べど、家内《かない》の者は先きの騒ぎにいずれへか逃げてしまい、一人もおりませんから、寂然《ひっそり》として返事がなければ、
侍「御亭主、お前はさすがに御渡世柄《ごとせいがら》だけあってこの店をちょっとも動かず、自若《じじゃく》としてござるは感心な者だな。」
亭「いえナニお誉《ほ》めで恐入《おそれい》ります、先ほどから早腰《はや》が抜けて立てないので。」
侍「硯箱はお前の側《わき》にあるじゃアないか。」
と云われてようよう心付き、硯箱をかの侍の前に差出すと、侍は硯箱の蓋を推開《おしひら》きて筆

を取り、すらすらと名前を飯島平太郎《いいじまへいたろう》と書きおわり、*自身番に届け置き、牛込のお邸へお帰りになりまして、この始末を、御親父《ごしんぷ》飯島平左衛門様にお話を申上げましたれば、平左衛門様は宜く斬ったと仰せありて、それから直《すぐ》にお頭《かしら》たる小林権太夫殿《こばやしごんだゆうどの》へお届けに及びましたが、させるお咎《とが》めもなく切り徳切られ損となりました。

二

さて飯島平太郎様は、お年二十二の時に悪者を斬殺してちっとも動ぜぬ剛気の胆力でございましたれば、お年を取るに随い、ますます智慧が進みましたが、その後《のち》御親父様には亡くなられ、平太郎様には御家督《ごかとく》を御相続あそばし、御親父様の御名跡《ごみょうせき》をお嗣《つ》ぎ遊ばし、平左衛門と改名され、水道端《すいどうばた》の三宅《みやけ》様と申上げまするお旗下《はたもと》から奥様をお迎えになりまして、ほどなく御出生《ごしゅっしょう》のお女子《にょし》をお露《つゆ》様と申し上げ、頗《すこぶ》る御器量美《よし》なれば、御両親は掌中《たなぞこ》の璧《たま》と愛《め》で慈しみ、後《あと》にお子供が出来ませず、一粒種《ひとつぶだね》の事なればなおさらに撫育《ひぞう》される中、隙《ひま》ゆく月日に関守《せきもり》なく、今年は早や嬢様は十六の春を迎えられ、お家もいよいよ御繁昌でございましたが、盈《み》つれば虧《か》くる世のならい、奥様にはふとした事が元となり、遂に帰らぬ旅路に赴《おもむ》かれましたところ、この奥様のお附《つき》の人に、お国《くに》と申す女中がございまして、器量人並に勝《すぐ》れ、殊に起居周旋《たちいとりまわし》に如才なければ、殿様にも独寝《ひとりね》の閨《ねや》淋しいところから早晩《いっか》このお国にお手がつきお国はとうとうお妾《めかけ》となり済《すま》しましたが、奥様のない家《うち》のお妾なればお羽振《はぶり》もずんと宜しい。しかるにお嬢様はこのお国を憎く思い、互に*すれすれになり、国国と呼び附けますると、お国はまたお嬢様に呼捨《よびすて》にされるを厭《いや》に思い、お嬢様の事を悪《あし》ざまに殿様にかれこれと告口《つげぐち》をするので、嬢様と国との間何んとなく落着かず、されば飯島様もこれを面倒な事に思いまして柳島《やなぎしま》辺にある寮を買い、嬢様にお米《よね》と申す女中を附けて、この寮に別居させておきましたが、そも飯島様のあやまりにて、これよりお家《いえ》のわるくなる初めでございました。さてその年も暮れ、明《あく》れば嬢様は十七歳におなりあそばしました。ここにかねて飯島様へお出入《でいり》のお医者に山《やま》本志丈《もとしじょう》と申す者がございます。この人一体は*古方家《こほうか》ではありますけれど、実はお*幇間《たいこ》医者のお喋《しゃべ》りで、諸人《しょにん》助けのために匙《さじ》を手に取らないという人物でございますれば、大概のお医者なれば、ちょっと紙入《かみいれ》の中にもお丸薬《がんやく》か散薬《こぐすり》でもはいっていますが、この志丈の紙入の中には手品の種や*百眼《ひやくまなこ》などが入れてある位なものでございます。さてこの医者の知己《ちかづき》で、根津《ねづ》の清水谷《しみずだに》に田畑《でんばた》や貸長屋を持ち、その上《あが》りで生計《くらし》を立てている浪人の、萩原新三郎《はぎわらしんざぶろう》と申します者がありまして、生れつき美男で、年は二十一歳なれどもまだ妻をも娶《めと》らず、独身で暮す鰥《やもお》に似ず、極《ごく》内気でございますから、外出《そとで》もいたさず閉籠《とじこも》り、鬱々《うつうつ》と書見《しょけん》のみしておりますところへ、ある日志丈が尋ねて参り、

志「今日は天気も宜しければ亀井戸の臥龍梅《*がりょうばい》へ出掛け、その帰るさに僕の知己《ちかづき》飯島平左衛門の別荘へ立寄りましょう、いえサ君は一体内気でいらっしゃるから婦女子にお心掛けなさいませんが、男子にとっては婦女子位楽みなものはないので、今申した飯島の別荘には婦人ばかりで、それはそれはよほど別嬪《べっぴん》な嬢様に親切な忠義の女中とただ二人ぎりですから、冗談でも申して来ましょう、本当に嬢様の別嬪を見るだけでも結構なくらいで、梅もよろしいが動きもしない口もききません、されども婦人は口もきくしサ動きもします、僕などは助平《すけべい》の性《たち》だからよほど女の方が宜しい、マアともかくも来たまえ。」

と誘い出しまして、二人打連れ臥龍梅へまいり、その帰り路に飯島の別荘へ立寄り、

志「御免下さい、誠にしばらく。」

という声聞き附け、

米「どなたさま、おや、よくいらっしゃいました。」

志「これはお米さん、その後は遂にない存外の御無沙汰をいたしました、嬢様にはお

変りもなく、それはそれは頂上頂上、牛込からここへお引移りになりましてからは、何分にも遠方ゆえ、存じながら御無沙汰になりまして誠に相済みません。」

米「まアあなたが久しくお見えなさいませんからどうなすったかと思って、毎度お噂を申しておりました、今日はどちらへ。」

志「今日は臥龍梅へ梅見に出かけましたが、*梅見れば方図がないという譬《たとえ》の通り、まだ慊《あき》たらず、御庭中《ごていちゅう》の梅花を拝見いたしたく参りました。」

米「それは宜くいらっしゃいました、まアどうぞこちらへお入りあそばせ。」

と庭の切戸を開きくれれば、

「しからば御免。」

と庭口へ通ると、お米は如才なく、

米「まア一服召上りませ、今日は能くいらっしゃって下さいました、平常《ふだん》は私《わたくし》と嬢様ばかりですから、淋しくって困っているところ、誠に有難うございます。」

志「結構なお住いでげすな……さて萩原氏《はぎわらうじ》、今日君のお名吟《めいぎん》は恐れ入りましたな、何とか申したな、ええと「煙草《たばこ》には*燧火《すりび》のうまし梅の中」とは感服感服、僕などのような横着者は出る句もやはり横着で「梅ほめて紛らかしけり門《かど》違い」かね、君のような書見ばかりして鬱々としてはいけませんよ、先刻《さっき》の残酒がここにあるから一杯あがれよ……何んですね、厭です……それでは独りで頂戴いたします。」

と瓢箪を取り出すところへお米出て来《きた》り、

米「どうも誠にしばらく。」

志「今日は嬢様に拝顔を得たく参りました、ここにいるは僕が極《ごく》の親友です、今日はお土産《みやげ》も何にも持参いたしません、エヘへ有難うございます、これは恐れ入ります、お菓子を、羊羹《ようかん》結構、萩原君召し上れよ。」

とお米が茶へ湯をさして行ったあとを見送り、

「ここの家《うち》は女二人ぎりで、菓子などは方々から貰っても、喰い切れずに積上げておくものだから、皆黴《かび》を生《はや》かして捨てるくらいのものですから喰ってやるのがかえって親切ですから召上れよ、実にこの家のお嬢様は天下にない美人です、今に出ていらっしゃるから御覧なさい。」

とお喋りをしているところへ向うの四畳半の小座敷から、飯島のお嬢さまお露が人珍らしいから、障子の隙間よりこちらを覗いて見ると、志丈の傍に坐っているのは例の美男萩原新三郎にて、男ぶりといい人品《ひとがら》といい、花の顔《かんばせ》月の眉、女子《おなご》にして見まほしき優《やさ》男《おとこ》だから、ゾッと身に染みどうした風の吹廻しであんな綺麗な殿御がここへ来たのかと思うと、カッと逆上《のぼ》せて耳朶《みみたぼ》が火の如くカッと真紅《まっか》になり、何となく間が悪くなりましたから、はたと障子をしめきり、裡《うち》へ入ったが、障子の内では男の顔が見られないから、またそっと障子を明けて庭の梅の花を眺める態《ふり》をしながら、ちょいちょいと萩原の顔を見てまた恥かしくなり、障子の内へはいるかと思えばまた出て来る、出たり引込んだり引込んだり出たり、もじもじしているのを志丈は見つけ、

志「萩原君、君を嬢様が先刻《さっき》からしげしげと見ておりますよ、梅の花を見る態をしていても、眼の球はまるでこちらを見ているよ、今日は頓《とん》と君に蹴られたね。」と言いながらお嬢様の方を見て「アレまた引込んだ、アラまた出た、引込んだり出たり出たり引込んだり、まるで鵜《う》の水呑《みずのみ》水呑。」と躁《さわ》ぎどよめいているところへ下女のお米出《い》で来り「嬢様から一献《いっこん》申し上げますが何もございません、真《ほん》の田舎料理でございますが御緩《ごゆる》りと召上り相変らずあなたの御冗談を伺いたいと仰しゃいます。」と酒肴《さけさかな》を出だせば、

志「どうも恐入りましたな、へいこれはお吸物《すいもの》誠に有難うございます、先刻から冷酒《れいしゅ》は持参いたしておりまするが、お燗酒《かんしゅ》はまた格別、有難うございます、どうぞ嬢様にも

いらっしゃるように今日は梅じゃアない実はお嬢様を、いやなに。」

米「ホホホホただ今さよう申し上げましたが、お連《つれ》のお方は御存じがないものですから間が悪いと仰しゃいますからそれならおよし遊ばせと申し上げたところが、それでも往《い》って見たいと仰しゃいますの。」

志「いや、これは僕の真の知己《ちかづき》にて、竹馬の友と申しても宜しい位なもので、御遠慮には及びませぬ、どうぞちょっと嬢様にお目にかかりたくって参りました。」と云えば、お米はやがて嬢様を伴い来《きた》る。嬢様のお露様は耻かしげにお米の後に坐って、口の中にて「志丈さんいらっしゃいまし。」と云ったぎりで、お米がこっちへ来ればこちらへ来り、あちらへ行けばあちらへ行き、始終女中の後にばかりくッついている。

志「存じながら御無沙汰に相成りまして、いつも御無事で、この人は僕の知己にて萩原新三郎と申します独身者《ひとりもの》でございますが、お近づきのためちょっとお盃を頂戴いたさせましょう。おや何だかこれでは御婚礼の三々九度《さかずき》のようでございます。」と少しも間断《たえま》なく取巻きますと、嬢様は耻かしいがまた嬉しく、萩原新三郎を横目にじろじろ見ない振《ふり》をしながら見ております。と気があれば目も口ほどに物をいうと云う譬の通り、新三郎もお嬢様の艶容《やさすがた》に見惚《みと》れ、魂も天外に飛ぶばかりです。そうこうする中に夕景になり、燈火《あかり》がちらちら点く時刻となりましたけれども、新三郎は一向に帰ろうと云わないから。

志「大層に長座をいたしました、さお暇《いとま》をいたしましょう。」

米「何ですねえ志丈さん、あなたはお連様《つれさま》もありますからまア宜《よ》いじゃアありませんか、お泊りなさいな。」

新「僕は宜しゅうございます、泊って参っても宜しゅうございます。」

志「それじゃア僕一人憎まれ者になるのだ、しかしまたかような時は憎まれるのがかえって親切になるかも知れない、今日はまずこれまでとしておさらばおさらば。」

新「ちょっと便所を拝借いたしとうございます。」

米「さアこちらへいらっしゃいませ。」

と先に立って案内をいたし、廊下伝いに参り「ここが嬢様のお室《へや》でございますから、まアおはいり遊ばして一服召上っていらっしゃいまし。」新三郎は「有難うございます。」と云いながら用場へはいりました。

米「お嬢様え、あのお方が、出ていらっしゃったらばお水《ひや》を掛けておあげ遊ばせ、お手拭《てぬぐい》はここにございます。」

と新しい手拭を嬢様に渡しおき、お米はこちらへ帰りながら、お嬢様があゝいうお方に水を掛けてあげたならばさぞお嬉しかろう、あのお方はよほど御意《ぎょい》に適った様子。と独言をいいながら元の座敷へ参りましたが、忠義も度を外すとかえって不忠に陥ちて、お米は決して主人に猥《みだ》らな事をさせるつもりではないが、いつも嬢様は別にお楽みもなく、鬱《ふさ》いでばかりいらっしゃるから、こういう冗談でもしたら少しはお気晴しになるだろうと思い、主人のためを思ってしたので。さて萩原は便所から出て参りますと、嬢様は恥かしいのが一杯でただ茫然《ぼんやり》としてお水《ひや》を掛けましょうとも何とも云わず、湯桶を両手に支えているを、新三郎は見て取り、

新「これは恐れ入ります、憚《はばか》りさま。」

と両手を差伸べれば、お嬢様は恥かしいのが一杯なれば、目も眩《くら》み、見当違いのところへ水を掛けておりますから、新三郎の手もあちらこちらと追かけてようよう手を洗い、嬢様が手拭をと差出してもモジモジしている間《うち》、新三郎もこのお嬢は真に美しいものと思い詰めながら、ずっと手を出し手拭を取ろうとすると、まだもじもじしていて放さないから、新三郎も手拭の上からこわごわながらその手をじっと握りましたが、この手を握るのは誠に愛情の深いものでございます。お嬢様は手を握られ真赤になって、またそ

の手を握り返している。こちらは山本志丈が新三郎が便所へ行き、あまり手間取るを訝《いぶか》り、

志「新三郎君はどこへ行かれました、さア帰りましょう。」

と急《せ》き立てればお米は瞞《ごま》かし、

米「あなたなんですねえ、おやあなたのお頭《つむり》がぴかぴか光ってまいりましたよ。」

志「なにさそれは燈火で見るから光るのですはね、萩原氏萩原氏。」

と呼立てれば、

米「なんですねえ、宜《よ》うございますよう、あなたはお嬢様のお気質も御存じではありませんか、お堅いから仔細はありませんよ。」

と云っておりますところへ新三郎がようよう出て来ましたから、

志「君どちらにいました、いざ帰りましょう、さようなればお暇申します、今日はいろいろ御馳走に相成りました、有難うございます。」

米「さようなら、今日はまア誠にお草々《そうそう》*さまさようなら。」

と志丈新三郎の両人は打連れ立ちて帰りましたが、帰る時にお嬢様が新三郎に「あなたまた来て下さらなければ私《わたくし》は死んでしまいますよ。」と無量の情を含んで言われた言葉

が、新三郎の耳に残り、しばしも忘れる暇はありませなんだ。

三

さても飯島様のお邸の方《かた》にては、お妾《めかけ》お国が腹一杯の我儘《わがまま》を働く間《うち》、今度抱え入れた草履《ぞうり》取《とり》の孝助《こうすけ》は、年頃二十一、二にて色白の綺麗な男ぶりで、今日しも三月二十二日殿様平左衛門様にはお非番でいらっしゃれば、庭先へ出《い》で、あちらこちらを眺めおられる時、この新参の孝助を見掛け。

平「これこれ手前《てまえ》は孝助と申すか。」

孝「へい殿様には御機嫌宜しゅう、私《わたくし》は孝助と申しまする新参者でございます。」

平「其方《そのほう》は新参者でも蔭日向《かげひなた》なくよく働くといって大分評判がよく、皆の受《うけ》がよいぞ、年頃は二十一、二と見えるが、人品《ひとがら》といい男ぶりといい草履取には惜しいものだな。」

孝「殿様にはこの間中御不快でございましたそうで、お案じ申上げましたが、さしたる事もございませんか。」

平「おおよく尋ねてくれた、別にさしたる事もないが、して手前は今まで何方《いずかた》へか奉公をした事があったか。」

孝「へいただ今までほうぼう奉公も致しました、先ず一番先に四谷《よつや》の金物商《かなものや》へ参りましたが一年ほどおりまして駈出《かけだ》しました、それから新橋《しんばし》の鍛冶屋《かじや》へ参り、三月ほど過ぎて駈出し、また仲通りの絵草紙屋へ参りましたが、十日で駈出しました。」

平「其方のようにそう厭《あ》きては奉公は出来ないぞ。」

孝「いえ私が倦《あ》きっぽいのではございませんが、私はどうぞして武家奉公がいたしたいと思い、その訳を叔父に頼みましても、叔父は武家奉公は面倒だから町家へ往《ゆ》けと申しましてあちらこちら奉公にやりますから、私も面当《つらあて》に駈出してやりました。」

平「其方は窮屈な武家奉公をしたいというのは如何な訳じゃ。」

孝「へい、私は武家奉公をいたしお剣術を覚えたいのでへい。」

平「はて剣術が好きとな。」

孝「へい番町《ばんちょう》の栗橋様か御当家様《こちら》は、真影流《しんかげりゅう》の御名人と承わりました故、どうぞして御両家の内へ御奉公に上りたいと思いましていましたところ、ようようの思いで御当家様へお召抱えに相成り、念が届いて有難うございます、どうぞお殿様のお暇の節には少々ずつにてもお稽古が願われようかと存じまして参りました、御当家様に若様でもいらっしゃいます事ならば、若様のお守《もり》をしながら皆様がお稽古を遊ばすのをお側で拝見いたしていましても、型ぐらいは覚えられましょうと存じましたに、若様はいらっしゃらず、お嬢様には柳島の御別荘にいらっしゃいまして、お年は十七とのこと、これが若様なればよっぽど宜しゅうございますに、お武家様にはお嬢様は糞《くそ》ったれでございますなア。」

平「ははは、遠慮のない奴、これは大きにさようだ、武家では女は実に糞ったれだのう。」

孝「うっかりと飛んでもない事を申上げ、お気に障《さわ》りましたら御勘弁をねがいます、どうぞただ今もお願い申上げまする通りお暇の節にはお剣術を願われますまいか。」

平「このほどは役が替ってから稽古場もなく、誠に多端《たたん》ではあるが、暇の節に随分教えてもやろう、其方の叔父は何商売じゃの。」

孝「へいあれは本当の叔父ではございません、親父《おやじ》の店受《*たなうけ》で、ちょっと間に合わせの叔父でございます。」

平「何かえ母親《おふくろ》は幾歳《いくつ》になるか。」

孝「母親は私の四歳《よっつ》の時に私を置去りにいたしまして、越後《えちご》の国へ往ってしまいましたそうです。」

平「さようか、大分《だいぶ》不人情の女だの。」
孝「いえ、それと申しますのも親父の不身持《ふみもち》に愛想《あいそ》を尽かしての事でございます。」
平「親父はまだ存生《ぞんしょう》か。」
と問われて、孝助は「へい。」と云いながらしおとして申しまするには、「親父も亡くなりました、私には兄弟も親類もございませんゆえ、誰あって育てる者もないところから、店受の安兵衛《*やすべえ》さんに引取られ、四歳の時から養育を受けまして、ただ今では叔父分となり、かように御当家《ごとうけ》様へ御奉公に参りました、どうぞいつまでもお目掛けられて下さいませ。」と云いさしてハラハラと落涙《らくるい》をいたしますから、飯島平左衛門様も目をしばたたき、
平「感心な奴だ、手前ぐらいな年頃には親の忌日《きじつ》さえ知らずに暮らすものだに、親はと聞かれて涙を流すとは親孝行な奴じゃて、親父はこの頃亡くなったのか。」
孝「へい、親父の亡くなりましたは私の四歳の時でございます。」
平「それでは両親の顔も知るまいのう。」
孝「へい、ちっとも存じませんが、私の十一歳の時に始めて店受の叔父から母親の事や親父の事も聞きました。」

平「親父はどうして亡くなったか。」

孝「へい、斬殺《きりころ》されて。」

と云いさしてわっとばかりに泣き沈む。

平「それはまた如何の間違いで、とんでもない事であったのう。」

孝「さようでございます、ただ今より十八年以前、本郷三丁目の藤村屋新兵衛と申しまする刀屋の前で斬られました。」

平「それは何月幾日《いくか》の事だの。」

孝「へい、四月十一日だと申すことでございます。」

平「シテ手前の親父は何と申す者だ。」

孝「元は小出様の御家来にて、お馬廻《うままわり》*の役を勤め、食禄《しょくろく》百五十石を頂戴いたしておりました黒川孝蔵と申しました。」

と云われて飯島平左衛門はギックリと胸にこたえ、びっくりし、指折り数うれば十八年以前いささかの間違いから手に掛けたはこの孝助の実父であったか、おれを実父の仇《あだ》と知らず奉公に来たかと思えば何とやら心悪く思いましたが、素知らぬ顔して、

平「それはさぞ残念に思うであろうな。」

孝「へい親父の仇討《かたきうち》がいたしとうございますが、何を申しますにも相手は立派なお侍様でございますから、どういたしても剣術を知りませんでは親の仇討は出来ませんゆえ、十一歳の時から今日まで剣術を覚えたいと心掛けておりましたが、ようようのことで御当家様にまいりまして、誠に嬉しゅうございます、これからはお剣術を教えて戴き、覚えました上は、それこそ死にもの狂いになって親の敵《かたき》を討ちますから、どうぞ剣術を教えて下さいませ。」

平「孝心な者じゃ、教えてやるが手前は親の敵を討つというが、敵の面体《めんてい》を知らんでいて、相手は立派な剣術遣《つかい》で、もし今おれが手前の敵だと云ってみすみす鼻の先へ敵が出たらその時は手前どうするか。」

孝「困りますな、みすみす鼻の先へ敵が出れば仕方がございませんから、立派な侍でも何でもかまいません、飛びついて喉笛でも喰い取ってやります。」

平「＊気性《きしょう》な奴だ、心配いたすな、もし敵の知れたその時は、この飯島が助太刀《すけだち》をして敵をきっと討たせてやるから、心丈夫に身を厭《いと》い、随分大切に奉公をしろ。」

孝「殿様本当にあなた様が助太刀をして下さいますか、有難う存じます、殿様がお助太刀をして下さいますれば、敵の十人位は出て参りましても大丈夫です、ああ有難うございます、有難うございます。」

平「おれが助太刀をしてやるのをそれほどまでに嬉しいか可哀そうな奴だ。」と飯島平左衛門は孝心に感じ、機《おり》を見て自ら孝助の敵と名告《なの》り、討たれてやろうと常に心に掛けておりました。

四

さて萩原新三郎は山本志丈と一緒に臥龍梅《がりようばい》へ梅見に連れられ、その帰るさにかの飯島の別荘に立寄り、ふとかの嬢様の姿を思い詰め、互いにただ手を手拭の上から握り合ったばかりで、実に枕を並べて寝たよりもなお深く思い合いました。昔のものは皆こういう事に固うございました。ところが当節のお方はちょっと洒落《しやれ》半分に「君ちょっと来たまえ、雑魚寝《ざこね》で。」と、男がいえば、女の方で「お戯《ふざ》けでないよ。」また男の方でも「そう君のように云っては困るねえ、否《いや》なら否だとはっきり云い給え、否ならまた外《ほか》を聞いてみよう。」と明店《あきだな》か何かを捜す気になっている位なものでございますが、萩原新三郎はあのお露どのと更に猥《いや》らしい事はいたしませんでしたが、実に枕をも並べて一ツ寝でもいたしたごとく思い詰めましたが、新三郎は人が良いものですから一人で逢いに行くことが出来ません、逢いに参ってもしひょっと飯島の家来にでも見付けられてはと思えば行く事もならず、志丈が来ればぜひお礼かたがた行きたいものだと思っておりましたが、志丈は一向に参りません。志丈もなかなかさるものゆえ、あの時萩原とお嬢との様子が訝《おか》しいから、もし万一の事があって、事の顕われた日には大変、坊主首《ぼうずっくび》を斬られなければならん、これは危険《けんのん》、君子は危《あや》うきに近寄らずというから行かぬ方がよいと、二月三月四月と過ぎても一向に志丈が訪ねて来ませんから、新三郎は独りくよくよお嬢のことばかり思い詰めて、食事もろくろく進みませんでおりますと、ある日のこと孫店《*まごだな》に夫婦暮しで住む伴蔵《ともぞう》と申す者が訪ねて参り、

伴「旦那様、この頃はあなた様はどうなさいました、ろくろく御膳も上りませんで、今日はお昼《ひる》食もあがりませんな。」

新「ああ食べないよ。」

伴「上らなくっちゃアいけませんよ、今の若さに一膳半ぐらいの御膳が上れんとは、私などは親椀《おやわん》で山盛りにして五、六杯も喰わなくっちゃアちっとも物を食べたような気持がいたしやせん、あなた様はちっとも外出《そとで》をなさいませんな、この二月でしたっけナ、山本さんと御一緒に梅見にお出掛けになって、何か洒落をおっしゃいましたっけナ、ち

っと御保養をなさいませんと本当に毒ですよ。」
新「伴蔵貴様はあの釣が好きだっけな。」
伴「へい釣は好きのなんのッて、本当にお飯《まんま》より好きでございます。」
新「さようか、そうならば一緒に釣に出掛けようかのう。」
伴「あなたはたしか釣はお嫌いではありませんか。」
新「何だか急にむかむかと釣が好きになったよ。」
伴「へい、むかむかとお好きになって、そしてどちらへ釣にいらっしゃるおつもりで。」
新「そうサ、柳島の横川で大層釣れるというからあすこへ往《ゆ》こうか。」
伴「横川というのはあの中川へ出るところですかえ、そうしてあんなところで何が釣れますえ。」
新「大きな鰹《かつお》が釣れるとよ。」
伴「馬鹿な事を仰しゃい、川で鰹が釣れますものかね、たかだか鯔《いな》か鱮《たなご》ぐらいのものでございましょう、ともかくもいらっしゃるならばお供をいたしましょう。」
と弁当の用意をいたし、酒を吸筒《すいづつ》へ詰込みまして、神田の昌平橋《しょうへいばし》の船宿《ふなやど》から漁夫《りょうし》を雇い乗出しましたれど、新三郎は釣はしたくはないが、ただ飯島の別荘のお嬢の様子を垣の外からなりとも見ましょうとの心組でございますから、新三郎は持って来た吸筒の酒にグッスリと酔って、船の中で寝込んでしまいましたが、伴蔵は一人で日の暮るまで釣をいたしていましたが、新三郎が寝たようだから、

伴「旦那え旦那え、お風をひきますよ、五月頃はとかく冷えますから、旦那え旦那え、これはあまりお酒を勧めすぎたかな。」

新三郎はふと見ると横川のようだから、

新「伴蔵ここはどこだ。」

伴「へいここは横川です。」

と云われて傍《かたえ》の岸辺を見ますと、二重の*建仁寺《けんにんじ》の垣に潜《くぐ》り門がありましたが、これは確《たしか》に飯島の別荘と思い、

新「伴蔵やちょっとここへ着けてくれ、ちょっと行って来るところがあるから。」

伴「こんなところへ着けてどちらへいらっしゃるのですえ、私《わっち》も御一緒に参りましょう。」

新「お前はそこに待っていなよ。」

伴「だってそのための伴蔵ではございませんか、お供をいたしましょう。」
新「野暮《やぼ》だのう、色にはなまじ連れは邪魔よ。」
伴「イヨお洒落でげすね、宜《よ》うがすねえ。」
という途端に岸に船を着けましたから、新三郎は飯島の門のところへまいりブルブル慄《ふる》えながらそっと家《うち》の様子を覗き、門が少し明いてるようだから押して見ると明いたから、ずっと中へはいり、かねて勝手を知っている事ゆえ、だんだんと庭伝いに参り、泉水縁《せんすいべり》に赤松の生えてあるところから生垣《いけがき》に附いて廻れば、ここは四畳半にて嬢様のお部屋でございました。お露も同じ思いで、新三郎に別れてからその事ばかり思い詰め、三月から煩《わずら》っておりますところへ、新三郎は折戸のところへ参りそっとうちの様子を覗き込みますと、うちでは嬢様は新三郎の事ばかり思い続けて、誰を見ましても新三郎のように見えるところへ、本当の新三郎が来た事ゆえ、ハッと思い「あなたは新三郎さまか。」と云えば、
新「静かに静かに、その後は大層に御無沙汰をいたしました、ちょっとお礼に上るんでございましたが、山本志丈があれぎり参りませんものですから、私一人ではなにぶん間が悪くッて上りませんだった。」

露「よくまアいらっしゃいました。」

ともう恥しいことも何も忘れてしまい、無理に新三郎の手を取ってお上り遊ばせと蚊帳《かや》の中へ引きずり込みました。お露はただもう嬉しいのが込み上げて物が云われず、新三郎の膝に両手を突いたなりで、嬉し涙を新三郎の膝にホロリと零《こぼ》しました。これが本当の嬉し涙です。他人のところへ悔みに行って零す空涙《そらなみだ》とは違います。新三郎ももうこれまでだ、知れても構わんと心得、蚊帳の中で互に嬉しき枕をかわしました。

露「新三郎さま、これは私の母《かか》さまから譲られました大事な香箱《こうばこ》でございます、どうか私の形見《かたみ》と思召《おぼしめ》しお預り下さい。」

と差出すを手に取って見ますと、秋野に虫の象眼入《ぞうがんいり》の結構な品で、お露はこの蓋を新三郎に渡し、自分はその身の方を取って互に語り合うところへ隔ての襖《ふすま》をサラリと引き明けて出て来ましたは、おつゆの親御飯島平左衛門様でございます。両人はこの体《てい》を見てハッとばかりにびっくりいたしましたが、逃げることもならず、ただうろうろしているところへ、平左衛門は雪洞《ぼんぼり》をズッと差《さし》つけ、声を怒らし、

平「コレ露これへ出ろ、また貴様は何者だ。」

新「へい、手前は萩原新三郎と申す粗忽《そこつ》の浪士でございます、誠に相済みません事を

いたしました。」

平「露、手前はヤレ国がどうのこうの云うの、親父がやかましいの、どうか閑静なところへ行きたいのと、さまざまの事を云うから、この別荘に置けば、かようなる男を引きずり込み、親の眼を掠《かす》めて不義を働きたいために閑地へ引込んだのであろう、これかりそめにも天下御直参《ごじきさん》の娘が、男を引入れるという事がパッと世間に流布《るふ》いたせば、飯島は家事不取締《ふとりしまり》だと云われ家名を汚《けが》し、第一御先祖へ対して相済まん、不孝不義の不届《ふとどき》ものめが、手打にするからさよう心得ろ。」

新「しばらくお待ち下さい、そのお腹立は重々御尤《じゅうじゅうごもっとも》でございますが、お嬢様が私を引きずり込み不義を遊ばしたのではなく、手前がこの二月始めて罷出《まかりい》でまして、お嬢様を唆《そその》かしたので、全く手前の罪でお嬢様には少しもお科《とが》はございません、どうぞ嬢様はお助けなすって私を。」

露「いいえ、お父様私が悪いのでございます、どうぞ私をお斬り遊ばして、新三郎様をばお助け下さいまし。」

と互に死を争いながら平左衛門の側に摺寄《すりよ》りますと、平左衛門は剛刀をスラリと引抜き、誰彼と容赦はない、不義は同罪、娘から先へ斬る、観念しろ。と云いさま片手なぐりにヤッと下した腕の冴え、島田の首がコロリと前へ落ちました時、萩原新三郎はアッとばかりに驚いて前へのめるところを、頬より腮《あご》へ掛けてヅンと切られ、ウーンと云って倒れると、

伴「旦那え旦那え大層魘《うな》されていますね、恐しい声をしてびっくりしました、風邪を引くといけませんよ。」

と云われて新三郎はやっと目を覚し、ハアと溜息《ためいき》をついているから、

伴「どうなさいましたか。」

新「伴蔵やおれの首が落ちてはいないか。」

と問われて、

伴「そうですねえ、*船舷《ふなべり》で煙管《きせる》を叩くと能《よ》く雁首《がんくび》が川の中へ落っこちて困るもんですねえ。」

新「そうじゃアない、おれの首が落ちはしないかという事よ、どこにも疵《きず》が付いてはいないか。」

伴「何を御冗談を仰しゃる、疵も何もありはいたしません。」

と云う。新三郎はお露にどうにもして逢いたいと思い続けているものだから、その事を

夢に見てビッショリ汗をかき、*辻占《つじうら》が悪いから早く帰ろうと思い「伴蔵早く帰ろう。」と船を急がして帰りまして、船が着いたから上ろうとすると、

伴「旦那ここにこんな物が落ちております。」

と差出《さしいだ》すを新三郎が手に取上げて見ますれば、飯島の娘と夢のうちにて取交《とりかわ》した、秋野に虫の模様の付いた香箱の蓋ばかりだから、ハッとばかりに奇異《きたい》の想《おもい》をいたし、どうしてこの蓋が我手にある事かとびっくりいたしました。

五

話替《かわ》って、飯島平左衛門は凛々《りり》しい智者《ちえしゃ》にて諸芸に達し、とりわけ剣術は真影流《しんかげりゅう》の極意を極めました名人にて、お齢《とし》四十ぐらい、人並に勝れたお方なれども、妾の国というが心得違いの奴にて、内々隣家《となり》の次男源次郎を引込み楽しんでおりました。お国は人目を憚《はばか》り庭口の開き戸を明けおき、ここより源次郎を忍ばせる趣向で、殿様のお泊番《とまりばん》の時にはここから忍んで来るのだが、奥向きの切盛《きりもり》は万事妾の国がする事ゆえ、誰もこの様子を知る者は絶えてありません。今日しも七月二十一日、殿様はお泊番の事ゆえ、源次郎を忍ばせようとの下心で、庭下駄をかの開き戸の側《そば》に並べ置き、

国「今日は熱くって堪《たま》らないから、風を入れないでは寝られない、雨戸を少しすかしておいておくれよ。」

と云附けおきました。さて源次郎は皆寝静《ねしず》まッたる様子を窺《うかが》い、そっと跣足《はだし》で庭石を伝わり、雨戸の明いたところから這い上り、お国の寝間に忍び寄れば、

国「源次郎さま大層に遅いじゃアありませんか、私《わたくし》はどうなすッたかと思いましたよ、あんまりですねえ。」

源「私も早く来たいのだけれども、兄上もお姉様《あねえさま》もお母様《ははさま》もお休みにならず、奉公人までが皆熱い熱いと渋団扇《しぶうちわ》を持って、あおぎ立てて涼んでいて仕方がないから、今まで我慢して、ようようの思いで忍んで来たのだが、人に知れやアしないかねえ。」

国「大丈夫知れッこはありませんよ、殿様があなたを御贔屓《ごひいき》に遊ばすから知れやアしませんよ、あなたの御勘当が許《ゆ》りてからこの家《うち》へたびたびお出《いで》になれるようにいたしましたのも、皆私が側で殿様へ旨く取なし、あなたをよく思わせたのですよ、殿様はなかなか凛々しいお方ですから、あなたと私との間《なか》が少しでも変な様子があれば気取《けど》られますのだが、ちっとも知れませんよ。」

源「実に小父さまは一通りならざる智者《ちえしゃ》だから、私は本当に怖いよ、私も放蕩を働き、

大塚の親類へ預けられていたのを、当家《こちら》の小父さんのお蔭で家へ帰れるようになった、その恩人の寵愛なさるお前とこうやっているのが知れては実に済まないよ。」

国「ああいう事を仰しゃる、あなたは本当に情がありませんよ、私はあなたのためなら死んでも決して厭《いと》いませんよ、何ですねえ、そんな事ばかり仰しゃって、私の傍《そば》へ来ない算段ばかり遊ばすのですものを、アノ源さま、こちらの家でもこの間お嬢様がお逝《かく》れになって、今は外《ほか》に御家督がありませんから、是非とも御夫婦養子をせねばなりません、それについてはお隣の源次郎様をと内々殿様にお勧め申しましたら、殿様が源次郎はまだ若くッて了簡が定まらんからいかんと仰しゃいましたよ。」

源「そうだろう、恩人の愛妾のところへ忍び来るような訳だから、どうせ了簡が定まりゃアしないや。」

国「私は殿様の側にいつまでも附いていて、殿様が長生《ながいき》をなすって、あなたは外《ほか》へ御養子にでもいらっしゃれば、お目にかかる事は出来ません、その上綺麗な奥様でもお持ちなさろうものなら、国のくの字も仰しゃる気遣いはありませんよ、それですからあなたが本当に信実がおあり遊ばすならば、私の願を叶《かな》えて内の殿様を殺して下さいましな。」

源「情があるから出来ないよ、私のためには恩人の小父さんだもの、どうしてそんな事が出来るものかね。」

国「こうなる上からは、もう恩も義理もありはしませんやね。」

源「それでも小父さんは牛込名代《なだい》の真影流の達人だから、手前如きものが二十人ぐらい掛っても敵《かな》う訳のものではないよ、その上私は剣術が極下手《ごくへた》だもの。」

国「そりゃアあなたはお剣術はお下手《へーた》さね。」

源「そんなにオヘータと力を入れて云うには及ばない、それだからどうもいけないよ。」

国「あなたは剣術はお下手だが、よく殿様と一緒に釣にいらっしゃいましょう、アノ来月四日はたしか中川へ釣にいらっしゃるお約束がありましょう、その時殿様を船から川の中へ突落して殺しておしまいなさいよ。」

源「なるほど小父さんは水練を御存じないが、やはり船頭がいるからいけないよ。」

国「船頭を斬っておしまい遊ばせな、なんぼあなたが剣術がお下手でも、船頭ぐらいは斬れましょう。」

源「それは斬れますとも。」

国「殿様が落ちたというので、あなたは立腹して、早く探させてはいけませんよ、いろいろ理窟をながながと二時《ふたとき》ばかりも言っていてそれから船頭に探させ、死骸を船に揚《あ》げてから不届《ふとどき》な奴だといって船頭を斬っておしまいなさい、それから帰り路に船宿《ふなやど》に寄って、船頭が麁相《そそう》で殿様を川へ落し、殿様は死去されたれば、手前は言訳がないから船頭はその場で手打にいたしたが、船頭ばかりでは相済まんぞ、亭主其方《そのほう》も斬ってしまうのだが、内分《ないぶん》で済ませて遣《つか》わすにより、この事は決して口外いたすなと仰しゃれば、船宿の亭主も自分の命にかかわる事ですから口外する気遣いはありません、それからあなたはお邸へお帰りになって、知らん顔でいて、お兄様《あにいさま》に隣家《となり》では家督がないから早く養子にやってくれやってくれと仰しゃれば、こなたは別に御親類もないからお頭《かしら》に話をいたし、あなたを御養子のお届けをいたしますまでは、殿様は御病気の届けをいたしておいて、あなたの家督相続が済みましてから、殿様の死去のお届《とどけ》をいたせば、あなたはこちらの御養子様、そうすると私はいつまでもあなたの側に粘《へば》り附いていて動きません、こちらの家《うち》はあなたのお家より、よっぽど大尽《だいじん》ですから、召物でもお腰のものでも結構なのが沢山ありますよ。」

源「これは旨い趣向だ、考えたね。」

国「私は三日三晩寝ずに考えましたよ。」

源「これは至極宜しい、どうも宜しい。」

と源次郎は慾張《よくばり》と助平《すけべい》とが合併して乗気になり、両人がひそひそ語り合っているを、忠義無類の孝助という草履取《ぞうりとり》が、*御門の男部屋に紙帳《*しちょう》を吊って寝てみたが、なにぶんにも熱くって寝附かれないものだから、渋団扇を持って、「どうも今年のように熱い事はありゃアしない。」と云いながら、お庭をぶらぶら歩いていると、板塀の三尺の開《ひら》きがバタリバタリと風にあおられているのを見て、

孝「締りをしておいたのにどうして開《あ》いたのだろう、おや庭下駄が並べてあるぞ、誰か来たな、隣家《となり》の次男めがお国さんと様子が訝《おか》しいから、ことによったら密通《くっつ》いているのかも知れん。」

と抜足《ぬきあし》してそっとこなたへまいり、沓脱石《くつぬぎいし》へ手を支《さき》えて座敷の様子を窺うと、自分が命を捨てても奉公をいたそうと思っている殿様を殺すという相談に、孝助は大いに怒り、歳はまだ二十一でございますが、負けない気性だから、怒りのあまり思わず知らずガッと鼻を鳴らす。

源「お国さん誰か来たようだよ。」

国「あなたは本当に臆病でいらっしゃるよ、誰も参りはいたしません。」

と耳を立てて聞けば人のいる様子ですから、

国「誰だえ、そこにいるのは。」

孝「へい孝助でございます。」

国「本当にまア呆れますよ、夜夜《よるよ》中奥向《なかおくむき》の庭口へはいり込んで済みますかえ。」

孝「熱くッて熱くッて仕様がございませんから涼みに参りました。」

国「今晩は殿様はお泊番《とまりばん》だよ。」

孝「毎月二十一日のお泊番を知っています。」

国「殿様のお泊番を知りながら、なぜ門番をしない、御門番は御門をさえ堅く守っていれば宜《い》いのに、熱いからといって女ばかりいる庭先へ来てすみますか。」

孝「へい御門番だからといって御門ばかりを守ってはおりませんへい、庭も奥も守りますへい、ほうぼうを守るのが役でございます、御門番だからと申して奥へ盗賊《どろぼう》がはいり、殿様とチャンチャンと切合っているに門ばかり見てはいられません。」

国「新参者のくせに、殿様のお気に入りだものだから、この節では増長して大層お羽《は》振《ぶり》が宜《い》いよ、奥向を守るのは私の役だ、部屋へ帰って寝ておしまい。」

孝「そうですか、あなたが奥向のお守りをして、かように三尺戸《さんじゃくど》を開けておいて宜しゅうございますか、庭口の戸が開いていると犬がはいって来ます、何でも犬畜生の恩も義理も知らん奴が、殿様の大切にしていらっしゃるものをむしゃむしゃ喰っていますから、私は夜通しここに張番《はりばん》をしています、ここに下駄が脱いでありますから、何でも人間がはいったに違いはありません。」

国「そうサ、さっきお隣の源さまがいらっしゃったのサ。」

孝「へえ、源さまが何御用でいらっしゃいました。」

国「何の御用でも宜《よ》いじゃアないか、草履取の身の上でお前は御門さえ守っていればよいのだよ。」

孝「毎月二十一日は殿様のお泊番の事は、お隣の御次男様もよく御存じでいらっしゃいますに、殿様のお留守のところへお出《いで》になって、御用が足りるとはこりゃア変でございますな。」

国「何が変だえ、殿様に御用があるのではない。」

孝「殿様に御用ではなく、あなたに内証の御用でしょう。」

国「おやおやお前はそんな事を言って私を疑《うた》ぐるね。」

孝「何も疑ぐりはしませんのに、疑ぐると思うのがよっぽどおかしい、夜夜中《よるよなか》女ばかりのところへ男がはいり込むのはどうも訝しいと思っても宜かろうと思います。」

国「お前はまアとんでもない事を云って、お隣の源さまにすまないよ、あんまりじゃアないか、お前だって私の心を知っているじゃアないか。」と、両人の争っているのを聞いていた源次郎は、人の妾でも奪《と》ろうという位な奴だからなかなか抜目はありません。そしてその頃は若殿と草履取とはお羽振が、雲泥《うんでい》の違いでありますす、源次郎はずっと出て来て、

源「これこれ孝助何を申す、これへ出ろ。」

孝「へい何か御用で。」

源「手前《てまえ》今承《うけたまわ》れば、何かお国殿とおれと何か事情《わけ》でもありそうにいうが、おれも養子に行く出世前の大切な身体《からだ》だ、尤も一旦放蕩をして勘当をされ、大塚の親類どもへ預けられたから、さよう思うも無理もないようだが、さような事を云い掛けられては捨置《すておき》にならんぞ。」

孝「御大切の身の上を御存じなればなぜ夜夜中女一人のところへおいでなされました、あなた様が御自分に疵《きず》をお付けなさるようなものでございます、あなただッて男女七歳*《なんにょ》

にして席を同《おなじ》うせず、*瓜田《かでん》に履《くつ》を容《い》れず、李下《りか》に冠《かんむり》を正さず位の事は弁《わきま》えておりましょう。」

源「黙れさような無礼な事を申して、もし用があったらどういたす、イヤサ御主人がお留守でも用の足りる仔細があったらどうするつもりだ。」

孝「殿様がお留守で御用の足りるはずはありませんへい、もしありましたら御存分になさいまし。」

源「しからばこれを見い。」

と投げ出す片紙《はがみ》の書面。孝助は手に取り上げて読み下すに。

一筆申入候《もうしいれそろ》過日御約束致置候《いたしおきそろ》中川漁船行《ぎょせんこう》の儀は来月四日と致度就《いたしたくつい》ては釣道具大半《なかば》破損致し居候間《おりそろあいだ》夜分にても御閑《おひま》の節御入来之上《ごじゅらいのうえ》右釣道具御繕《おんつくろ》い直し被下《くだされ》候様奉願上候《ねがいあげたてまつりそろ》。

飯島平左衛門

源次郎殿

と孝助がよくよく見れば全く主人の手蹟《しゅせき》だから、これはと思うと、

源「どうだ手前は無筆《むひつ》ではあるまい、夜分にてもよいから来て釣道具を直してくれろとの頼みの状だ、今夜は熱くて寝られないから、釣道具を直しに参った、しかるを手前から疑念を掛けられ、悪名《あくみょう》を附けられ、甚だ迷惑いたす、貴様は如何いたすつもりか。」

孝「さような御無理を仰しゃっては誠に困ります、この書付《かきつけ》さえなければ喧嘩は私が勝だけれども、書付が出たから私の方が負になったのですが、どっちが悪いかとくとあなたの胸に聞いて御覧遊ばせ、私は御当家様の家来でございます、無闇《むやみ》に斬っては済みますまい。」

源「汝《うぬ》のような汚れた奴《やっこ》を斬るかえ、打殺《ぶちころ》してしまうわ、何か棒はありませんか。」

国「ここにあります。」

とお国が＊重籐《しげとう》の弓の折《おれ》を取出し、源次郎に渡す。

孝「あなた様、そんな御無理な事をして、私のような虚弱《ひよわ》い身体に疵でも出来ましては御奉公が勤まりません。」

源「えい手前疑ぐるならば表向きに云えよ、何を証拠にさようなことを申す、そのくらいならなぜお国殿と枕を並べているところへ踏み込まん、拙者は御主人から頼まれた

から参ったのだ、憎い奴め。」

と云いながらはたと打《ぶ》つ。

孝「痛うございます、あなたさような事を仰しゃっても、篤《とく》と胸に聞いて御覧遊ばせ、虚弱《ひよわ》い草履取をお打《ぶ》ちなすッて。」

源「黙れ。」

といいざまヒュウヒュウと続け打《う》ちに十二、三も打ちのめせば、孝助はヒイヒイと叫びながら、ころころと転げ廻り、さも怨めしげに源次郎の顔を睨《にら》むところを、トーンと孝助の月代際《さかやきぎわ》を打割ったゆえ黒血がタラタラと流れる。

源「ぶち殺してもいい奴だが、命だけは助けてくれる、向後《こうご》さようの事を言うと助けてはおかぬぞ、お国どの私はもう御当家へは参りません。」

国「アレいらっしゃらないとなお疑ぐられますよ。」

と云うを聞入れず、源次郎はこれを機会《しお》に跣足にて根府川石《*ねぶかわいし》の飛石《とびいし》を伝いて帰りました。

国「お前が、悪いから打《ぶ》たれたのだよ、お隣の御二男様に飛んでもない事を云って済まないよ、お前にここにいられちゃア迷惑だから出て行っておくれ。」

と云いながら、痛みに苦しむ孝助の腰をトンと突いて、庭へ突き落すはずみに、根府川石にまた痛く膝を打ち、アッと云って倒れると、お国は雨戸をピッシャリ締めて奥へ入《い》る。後《あと》に孝助くやしき声を震わせ、「畜生奴《め》畜生奴、犬畜生奴、自分達の悪い事をよそにして私《わたし》を酷《ひど》い目に逢わせる、殿様がお帰りになれば申上げてしまおうか、いやいやもしこの事を表向きに殿様に申上げれば、きっとあの両人と突合せになると、向うには証拠の手紙があり、こっちは聞いたばかりの事だからどう云うても証拠になるまい、殊には向うは二男の勢い、こちらは悲しいかな草履取の軽い身分だから、お隣ずからの義理でも私はお暇《いとま》になるに相違ない、私がいなければ殿様は殺されるに違いない、これはいっその事源次郎お国の両人を槍で突き殺して、自分は腹を切ってしまおう。」と忠義無二の孝助が覚悟を定めましたが、さてこのあとはどうなりますか。

六

萩原新三郎は、独りクヨクヨとして飯島のお嬢の事ばかり思い詰めていますところへ、折しも六月二十三日の事にて、山本志丈が訪ねて参りました。

志「その後は存外の御無沙汰をいたしました、ちょっと伺うべきでございましたが、如何《いか》にも麻布《あざぶ》辺からの事ゆえ、おッくうでもありかつおいおいお熱くなって来たゆえ、藪医《やぶい》でも相応に病家もあり、何やかやで意外の御無沙汰、あなたはどうも顔の色が宜《よ》くない、なにお加減がわるいと、それはそれは。」

新「なにぶんにも加減がわるく、四月の中旬頃《なかばごろ》からどっと寝ております、飯もろくろくたべられない位で困ります、お前さんもあれぎり来ないのはあんまり酷いじゃアありませんか、私も飯島さんのところへ、ちょっと菓子折の一つも持ってお礼に行きたいと思っているのに、君が来ないから私は行きそこなっているのです。」

志「さて、あの飯島のお嬢も可愛そうに亡くなりましたよ。」

新「ええお嬢が亡くなりましたとえ。」

志「あの時僕が君を連れて行ったのが過《あやま》りで、向うのお嬢がぞっこん君に惚《ほ》れ込んだ様子だ、あの時何か小座敷で訳があったに違いないが、深い事でもなかろうが、もしその事が向うの親父さまにでも知れた日には、志丈が手引した憎い奴め、斬ってしまう、坊主首を打《ぶ》ち落すといわれては、僕も困るから、実はあれぎり参りもせんでいたところ、ふとこの間飯島のお邸へまいり、平左衛門様にお目にかかると、娘は歿《みま》かり、女中のお米《よね》も引続き亡くなったと申されましたから、だんだん様子を聞きますと、全く君に焦《こが》れ死《じに》をしたという事です、本当に君は罪造りですよ、男もあんまり美く生《よ》れると罪だねえ、死んだものは仕方がありませんからお念仏でも唱えてお上げなさい、さようなら。」

新「あれさ志丈さん、ああ往《い》ってしまった、お嬢が死んだなら寺ぐらいは教えてくれればいいに、聞こうと思っているうちに行ってしまった、いけないねえ、しかしお嬢は全くおれに惚れ込んでおれを思って死んだのか。」

と思うとカッと逆上《のぼ》せて来て、根が人がよいからなおなおお気が鬱々して病気が重くなり、それからはお嬢の俗名《ぞくみよう》を書いて仏壇に備え、毎日毎日念仏三昧で暮しましたが、今日しも盆の十三日なれば精霊棚《しようりようだな》の支度などをいたしてしまい、縁側へちょっと敷物を敷き、蚊遣《かやり》を薫《くゆ》らして新三郎は白地の浴衣《ゆかた》を着、*深草形《ふかくさがた》の団扇《うちわ》を片手に蚊を払いながら、冴え渡る十三日の月を眺めていますと、カラコンカラコンと珍らしく下駄の音をさせて生垣の外を通るものがあるから、ふと見れば、先きへ立ったのは年頃三十位の大丸髷《おおまるまげ》の人柄のよい年増《としま》にて、その頃流行《はや》った縮緬細工《ちりめんざいく》の牡丹芍薬《ぼたんしやくやく》などの花の附いた燈籠《とうろう》を提《さ》げ、その後《あと》から十七、八とも思われる娘が、髪は文金《ぶんきん》の高髷《たかまげ》に結い、着物は秋草色染の振袖に、緋縮緬の長襦袢《ながじゆばん》に繻子《しゆす》の帯をしどけなく締め、上方風《かみがたふう》の塗柄《ぬりえ》の団扇を持って、ぱたりぱたりと通る姿を、月影に透《すか》し見るに、どうも飯島の娘お露のようだから、新三郎は伸び上り、首を差し延べて向うを見ると、向うの女も立止まり、女「まア不思議じゃアございませんか、萩原様。」

と云われて新三郎もそれと気が付き、

新「おや、お米さん、まアどうして。」

米「誠に思いがけない、あなた様はお亡くなり遊ばしたという事でしたに。」

新「へえ、ナニあなたの方でお亡くなり遊ばしたと承わりましたが。」

米「厭《いや》ですよ、縁起《えんぎ》の悪い事ばかり仰しゃって、誰がさような事を申しましたえ。」

新「まアおはいりなさい、そこの折戸のところを明けて。」

と云うから両人内へはいれば、

新「誠に御無沙汰をいたしました、先日山本志丈が来まして、あなた方御両人ともお亡くなりなすったと申しました。」

米「おやまアあいつが、私の方へ来てもあなたがお亡くなり遊ばしたといいましたが、私の考えでは、あなた様はお人がよいものだから旨く瞞《だま》したのです、お嬢様はお邸にいらっしゃってもあなたの事ばかり思っていらっしゃるものだから、つい口に出て迂濶《うっか》りと、あなたの事を仰しゃるのが、ちらちらと御親父様《ごしんぷさま》のお耳にもはいり、また内にもお国という悪い妾がいるものですから邪魔を入れて、志丈に死んだと云わせ、互に諦めさせようと、国の畜生がした事に違いはありませんよ、あなたがお亡くなり遊ばしたという事をお聞き遊ばして、お嬢様はおいとしいこと、剃髪《ていはつ》して尼になってしまうと仰しゃいますゆえ、そんな事をなすっては大変ですから、心でさえ尼になった気でいらっしゃれば宜しいと申上げておきましたが、それでは志丈にそんな事をいわせ、互に諦めさせておいて、お嬢さまに婿《むこ》を取れと御親父さまから仰しゃるのを、お嬢様は、婿は取りませんから、どうかお宅《うち》には夫婦養子をしてくださいまし、そして他へ縁付くのも否《いや》だと強情をお張り遊ばしたものですから、お宅が大層に揉めて、親御さまがそんなら約束でもした男があってそんな事を云うのだろう、と怒っても、一人のお嬢様で斬る事も出来ませんから、太い奴だ、そういう訳なら柳島にも置く事が出来ない、放逐するというので、ただ今では私とお嬢様と両人お邸を出まして、谷中《やなか》の三崎《さんさき》へ参り、だいなし*の家にはいっておりまして、私が手内職などをして、どうかこうか暮しを付けていますが、お嬢様は毎日毎日お念仏三昧でいらっしゃいますよ、今日は盆の事ですから、ほうぼうお参りにまいりまして、晩《おそ》く帰るところでございます。」

新「なんの事です、そうでございますか、私も嘘でも何でもありません、この通りお嬢さまの俗名を書いて毎日念仏しておりますので。」

米「それほどに思って下さるは誠に有難うございます、本当にお嬢様はたとい御勘当になっても、斬られてもいいからあなたのお情を受けたいと仰しゃっていらっしゃるのですよ、そしてお嬢様は今晩こちらへお泊め申しても宜しゅうございますかえ。」

新「私の孫店《まごだな》に住んでいる、白翁堂勇斎《はくおうどうゆうさい》という人相見《にんそうみ》が、万事私の世話をして喧《やか》ましい奴だから、それに知れないように裏からそっとおはいり遊ばせ。」

と云う言葉に随い、両人ともにその晩泊り、夜の明けぬ内に帰り、これより雨の夜も風の夜も毎晩来ては夜の明けぬ内に帰る事十三日より十九日まで七日の間重《かさ》なりましたから、両人が仲は*漆《うるし》の如く膠《にかわ》の如くになりまして新三郎も現《うつつ》を抜かしておりましたが、ここに萩原の孫店に住む伴蔵というものが、聞いていると、毎晩萩原の家《うち》にて夜夜中《よるよなか》女の話声がするゆえ、伴蔵は変に思いまして、旦那は人がよいものだから悪い女に掛り、騙《だま》されては困ると、そっと抜け出て、萩原の家の戸の側へ行って家の様子を見ると、座敷に蚊帳《かや》を吊り、床の上に*比翼蓙《ひよくござ》を敷き、新三郎とお露と並んで坐っているさまは真《まこと》の夫婦のようで、今は恥かしいのも何も打忘れてお互いに馴々《なれなれ》しく、

露「アノ新三郎様、私がもし親に勘当されましたらば、米と両人をお宅《うち》へ置いて下さいますかえ。」

新「引取りますとも、あなたが勘当されれば私は仕合せですが一人娘ですから、御勘当なさる気遣いはありません、かえって後で生木《なまき》を割《さ》かれるような事がなければ宜《い》いと思って私は苦労でなりませんよ。」

露「私はあなたより外に夫はないと存じておりますから、たとえこの事がお父《とっ》さまに知れて手打になりましても、あなたの事は思い切れません、お見捨てなさるときききませんよ。」

と膝に凭《もた》れ掛りて睦《むつ》ましく話をするは、よっぽど惚れている様子だから、

伴「これは妙な女だ、あそばせ言葉で、どんな女かよく見てやろう。」

と差し覗いてハッとばかりに驚き、化物だ化物だ。と云いながら真青になって夢中で逃出し、白翁堂勇斎のところへ往《ゆ》こうと思って駈出しました。

七

飯島家にては忠義の孝助が、お国と源次郎の奸策《わるだくみ》の一伍一什《いちぶしじゅう》を立聞《たちぎき》いたしまして、孝助は自分の部屋へ帰り、もうこれまでと思い詰め、姦夫姦婦《かんぷ》を殺すより外《ほか》に手段《てだて》はないと忠心一途に思い込み、それについてはたとえおれは死んでもこのお邸を出まい、殿

様に御別条のないようにしようと、これから加減が悪いとて引籠《ひきこも》っており、翌朝になりますと殿様はお帰りになり、残暑の強い時分でありますから、お国は殿様の側で出来たてのお供見《そなえ》たように、団扇であおぎながら、

国「殿様御機嫌宜《よろ》しゅう、私《わたくし》はもう殿様にお暑さのお中《あた》りでもなければよいと毎日心配ばかりしています。」

飯「留守へ誰も参りはいたさなかったか。」

国「あの相川さまがちょっとお目通りがいたしたいと仰しゃって、お待ち申しております。」

飯「ほウ相川新五兵衛が、また医者でも頼みに参ったのかも知れん、いつもながら粗忽《そそっ》かしい爺さんだよ、まアこちらへ通せ。」

と云っていると相川は「ハイ御免下さい。」と遠慮もなく案内も乞わず、ヅカヅカ奥へ通り、

相「殿様お帰りあそばせ、御機嫌さま、誠に存外の御無沙汰をいたしました、いつも相変らず御番疲《ごばんづか》れもなく、日々《にちにち》御苦労さまにぞんじます、厳しい残暑でございます。」

飯「誠に熱い事で、おとくさまの御病気は如何でござるな。」

相「娘の病気もいろいろと心配もいたしましたが、なにぶんにも捗々《はかばか》しく参りませんで、それについて誠にどうも……アア熱い、お国さま先達《せんだつ》ては誠に御馳走様に相成りまして有難う、まだお礼もろくろく申上げませんで、へえ、アア熱い、誠に熱い、どうも熱い。」

飯「まア少し落着けば風がはいって随分涼しくなります。」

相「折入って殿様にお願いの事がございまして、罷出《まかりいで》ました、どうかお聞済《ききずみ》を願います。」

飯「はてナ、どういう事で。」

相「お国様やなにかには少々お話しが出来かねますから、どうか御近習《ごきんじゅ》の方々を皆遠ざけて戴きとう存じます。」

飯「さようか宜しい、皆あちらへ参り、こちらへ参らんようにするが宜しい、シテどういうことで。」

相「さて殿様、今日わざわざ出ましたは折入って殿様にお願い申したいは娘の病気の事について出ましたが、御存じの通りあれの病気も永い事で、私も種々《いろいろ》と心配いたしましたけれども、病《やまい》の様子が判然《はっきり》と解りませんでしたが、ようようナ昨晩当人が、私の病は実はこれこれの訳だと申しましたから、なぜ早く云わん、けしからん奴だ、不孝ものであると小言《こごと》は申しましたが、あれは七歳の時母に別れ今年十八まで男の手に丹誠して育てましたにより、あの通りの初心《うぶ》な奴で何もかも知らん奴だから、そこが親馬鹿の譬《たとえ》の通りですが、殿様訳をお話し申してもお笑い下さるな、お蔑《さげす》み下さるな。」

飯「どういう御病気で。」

相「手前一人の娘でございますから、早くナ婿《むこ》でも貰い、楽隠居《らくいんきょ》がしたいと思い、日頃信心気《しんじんげ》のない私《わたくし》なれども、娘の病気を治そうと思い、夏とは云いながらこの老人が水をあびて神仏《かみほとけ》へ祈るくらいな訳で、ところが昨夜娘のいうには、私の病気は実はこれこれといいましたが、その事は乳母《おんば》にも云われないくらいな訳ですが、そこが親馬鹿の譬の通り、お蔑み下さるな。」

飯「どういう御病気ですな。」

相「私もだんだんと心配をいたしてどうか治してやりたいと心得、いろいろ医者にも掛けましたが、知れない訳で、これぱかりは神にも仏にもしようがないので、なぜ早く云わんと申しました。」

飯「どういう訳で。」

相「誠に申しにくい訳でお笑いなさるな。」

飯「何だかさっぱりと訳が解りませんね。」

相「実は殿様が日頃お誉《ほ》めなさるこちらの孝助殿、あれは忠義な者で、以前はしかるべき侍の胤《たね》でござろう、今は零落《おちぶれ》て草履取をしていても、志は親孝行のものだ、可愛いものだと殿様がお誉めなされ、あれには兄弟も親族《みより》もない者だから、ゆくゆくはおれが里方《さとかた》になって他へ養子にやり、相応な侍にしてやろうと仰しゃいますから、私も折々は宅《うち》の家来善蔵《ぜんぞう》などに、飯島様の孝助殿を見習えと叱り付けますものだから、台所のおさんまでが孝助さんは男振《おとこぶり》もよし人柄もよし、優しいと誉め、乳母までがかれこれと誉めはやすものだから、娘も、殿様お笑い下さるな、私は汗の出るほど恥入ります、実は疾《と》くより娘があの孝助殿を見染め、恋煩《こいわずら》いをしております、誠に面目《めんぼく》ない、それをサ婆アにもいわないで、ようやく昨夜になって申しましたから、なぜ早く云わん、*一合《いちごう》取っても武士の娘という事が浄瑠璃本《じようるりぼん》にもあるではないか、侍の娘が男を見染めて恋煩いをするなどとは不孝ものめ、たとえ一人の娘でも手打にするところだが、しかし*紺看板《こんかんばん》に真《しん》鍮巻《ちゆうまき》の木刀を差した見る影もない者に惚れたというのは、孝助殿の男振の好《い》いのに惚れたか、または姿の好いのに惚れ込んだかと難じてやりました、そうすると娘がお父《とつ》さま実は孝助殿の男振にも姿にも惚れたのではございません、外にただ一つの見所《みどころ》がありますとこういいますから、どこに見所があると聞きますと、あのお忠義が見所でございます、主《しゅう》へ忠義のお方は、親にも孝行でございましょうねえ、といいましたから、それは親に孝なるものは主へ忠義、主へ忠なるものは親へは必ず孝なるものだといいますと、娘が私《わたくし》の家《うち》はお高《たか》は僅か百俵二人扶持《ににんぶち》ですから、ほかから御養子をしてお父さまが御隠居をなさいましても、もしその御養子が心の良くない人でも来たその時は、こちらの高が少ないから、私の肩身が狭く、遂にはそれがために私までが、ともにお父さまを不孝にするようになっては済みません、私もただ今まで御恩を受けましたによりどうか不孝をしたくない、つきましてはたとえ草履取でも家来でも志の正しい人を養子にして、夫婦諸共《もろとも》親に孝行を尽したいと思いまして、孝助殿を見染め、寝ても覚めても諦められず、遂に病となりまして誠に相済みません、と涙を流して申しますから、私も至極尤ものようにも聞えますから、とにかくお願いに出て、殿様から孝助殿を申受《もうしう》けて来ようと云って参りましたが、どうかあの孝助殿を手前の養子に下さるように願います。」

飯「それはまア有難いこと、差上げたいね。」

相「ナニ下さる、ああ有難かった。」

飯「だが一応当人へ申聞《もうしき》けましょう、さぞ悦《よろこ》ぶ事で、孝助が得心《とくしん》の上でしかと御返事を申上げましょう。」

相「孝助殿は宜しい、あなたさえ諾《うん》と仰しゃって下さればそれで宜しい。」

飯「私が養子に参るのではありませんから、そうはいかない。」

相「孝助殿はいやと云う気遣いは決してありません、ただ殿様から孝助行ってやれとお声掛りを願います、あれは忠義ものだから、殿様のお言葉は背《そむ》きません、私も当年五十五歳で、娘は十八になりましたから早く養子をして身体《からだ》を固めてやりたい、殿様どうか願います。」

飯「宜しい、差上げましょう、御胡乱《ごうろん》に思召《おぼしめ》すならば*金丁《きんちょう》でもいたそうかね。」

相「そのお言葉ばかりで沢山、有難うございます、早速《さっそく》娘に申し聞けましたら、さぞ悦ぶ事でしょう、これがね殿様が孝助に一応申し聞けて返事をするなどと仰しゃると、また娘が心配して、たとえ殿様が下さる気でも孝助殿がどうだかなどと申しましょうが、そうはっきり事が定《きま》れば、娘は嬉しがって飯の五、六杯位も食べられ、一足飛《いっそくとび》に病気も全快いたしましょう、善は急げの譬で、明日《みょうにち》御番帰りに結納《ゆいのう》の取りかわせをいたしとう存じますから、どうか孝助殿をお供に連れてお出で下さい、娘にもちょっと逢わせたい。」

飯「まア一献《いっこん》差上げるから。」

と云っても相川は大喜びで、汗をダクダク流し、早く娘にこの事を聞かせとうございますから、今日はお暇《いとま》を申しましょうと云いながら、帰ろうとして、「アイタ、柱に頭をぶっつけた。」

飯「そそっかしいから誰か見て上げな。」

飯島平左衛門も心嬉しく、鼻高々と、

飯「孝助を呼べ。」

国「孝助は不快で引いております。」

飯「不快でも宜しい、ちょっと呼んでまいれ。」

国「お竹どんお竹どん、孝助をちょっと呼んでおくれ、殿様が御用がありますと」。

竹「孝助どん孝助どん、殿様が召しますよ。」

孝「へいへいただ今上ります。」

と云ったが、額の疵《きず》があるから出られません。けれども忠義の人ゆえ、殿様の御用と聞いて額の疵も打忘れて出て参りました。

飯「孝助ここへ来いここへ来い、皆あちらへ参れ、誰もまいる事はならんぞ。」

孝「大分お熱うございます、殿さまは毎日の御番疲れもありはいたすまいかと心配をいたしております。」

飯「其方《そち》は加減がわるいと云って引籠っているそうだが、どうじゃナ、手前に少し話したいことがあって呼んだのだ、外の事でもないが、水道端《すいどうばた》の相川におとくという今年十八になる娘があるナ、器量も人並に勝れ殊《すぐ》に孝行もので、あれが手前の忠義の志に感服したと見えて、手前を思い詰め、煩っているくらいな訳で、是非手前を養子にしたいとの頼みだから行ってやれ。」

と孝助の顔を見ると、額に傷があるから、

飯「孝助どういたした、額に傷があるから、」

孝「へいへい。」

飯「喧嘩でもしたか、不埒《ふらち》な奴だ、出世前の大事の身体《からだ》、殊に面体《めんてい》に疵を受けているではないか、私《わたくし》の遺恨で身体に疵を付けるなどとは不忠者め、これが一人前《ひとりまえ》の侍なれば再び門を跨《また》いで邸へ帰る事は出来ぬぞ。」

孝「喧嘩をいたしたのではありません、お使い先で宮辺様《みやべさま》の長家下《ながやした》を通りますと、屋根から瓦《かわら》が落ちて額に中《あた》り、かように怪我をいたしました、悪い瓦でございます、お目《め》障《ざわ》りになって誠に恐入《おそれい》ります。」

飯「屋根瓦の傷ではないようだ、まアどうでもいいが、しかし必ず喧嘩などをして疵を受けてはならんぞ、手前は真直な気性だが、向うが曲って来れば真直に行く事は出来まい、それだからそこを避《よ》けて通るようにすると広いところへ出られるものだ、何でも堪忍をしなければいけんぞ、堪忍の忍の字は刃《やいば》の下に心を書く、一ツ動けばむねを斬るごとく何でも我慢が肝心だぞよ、奉公するからは主君へ上げ置いた身体、主人へ上げると心得て忠義を尽すのだ、決して軽挙《かるはずみ》の事をするな、曲った奴には逆《さか》うなよ。」

という意見が一々胸に堪《こた》えて、孝助はただへいへい有難うございますと泣々《なくなく》、

孝「殿様来月四日に中川へ釣にいらっしゃると承わりましたが、この間お嬢様がお亡くなり遊ばして間もない事でございますから、どうか釣をお止め下さいますように、もしもお怪我があってはいけませんから。」

飯「釣が悪いければやめようよ、決して心配するな、今云った通り相川へ行ってやれよ。」

孝「どちらへかお使に参りますのですか。」

飯「使じゃアない、相川の娘が手前を見染めたから養子に行ってやれ。」
孝「へえなるほど、相川様へどなたが御養子になりますのです。」
飯「なアに手前が往《ゆ》くのだ。」
孝「私はいやでございます。」
飯「べらぼうな奴だ、手前の身の出世になる事だ、これほど結構な事はあるまい。」
孝「私はいつまでも殿様の側《そば》に生涯へばり附いております、ふつつかながら片時《へんじ》も殿さまのお側を放さずお置き下さい。」
飯「そんな事を云っては困るよ、おれがもう請《う》けをした、金打《きんちょう》をしたから仕方がない。」
孝「金打をなすッてもいけません。」
飯「それじゃアおれが相川に済まんから腹を切らんければならん。」
孝「腹を切っても構いません。」
飯「主人の言葉を背《そむ》くならば永《なが》の暇《いとま》を出すぞ。」
孝「お暇になっては何にもならん、そういう訳でございますならば、ちょっと一言ぐらいこう云う訳だと私にお話し下さっても宜しいのに。」

飯「それはおれが悪かった、この通り板の間へ手を突いて謝るから行ってやれ。」

孝「そう仰しゃるなら仕方がありませんから取極《とりき》めだけをしておいて、身体は十年が間参りますまい。」

飯「そんな事が出来るものか、明日結納を取交わすつもりだ、向うでも来月初旬に婚礼をいたすつもりだ。」

との事を聞いて孝助の考えまするに、おれが養子にゆけば、お国と源次郎と両人で殿様を殺すに違いないから、今夜にも両人を槍で突殺し、その場でおれも腹掻《かきき》切って死のうか、そうすればこれが御主人様の顔の見納め、と思えば顔色《がんしょく》も青くなり、主人の顔を見て涙を流せば、

飯「解らん奴だな、相川へ参るのはそんなに厭か、相川はつい鼻の先の水道端だから毎日でも往来《ゆきき》の出来るところ、何も気遣う事はない、手前は気強いようでもよく泣くなア、男子《おとこ》たるべきものがそんな意気地がない魂ではいかんぞ。」

孝「殿様私は御当家様へ三月五日に御奉公に参りましたが、外に兄弟も親もない奴だと仰しゃってお目を掛けて下さる、その御恩のほどは私は死んでも忘れはいたしませんが、殿様はお酒を召上ると正体なく御寝《げし》なさる、また召上らなければ御寝なられません

故、少し上って下さい、あまりよく御寝なると、どんな英雄でも、随分悪者のために如何なる目に逢うかも知れません、殿様決して御油断はなりません、私はそれが心配でなりません、それから藤田様から参りましたお薬は、どうか隔日《いちにちおき》に召上って下さい。」

飯「なんだナ、遠国《えんごく》へでも行くような事を云って、そんな事は云わんでもいいわ。」

八

萩原の家《うち》で女の声がするから、伴蔵が覗いてびっくりし、ぞっと足元から総毛立《そうけだ》ちまして、物をも云わず勇斎のところへ駈込もうとしましたが、怖いから先ず自分の家へ帰り、小さくなって寝てしまい、夜の明けるのを待《まち》かねて白翁堂の宅《うち》へやって参り、

伴「先生先生。」

勇「誰だのウ。」

伴「伴蔵でごぜえやす。」

勇「なんだのウ。」

伴「先生ちょっとここを明けて下さい。」

勇「大層早く起きたのウ、お前《めえ》には珍らしい早起だ、待て待て今明けてやる。」

と掛鐶《かきがね》を外し明けてやる。

伴「大層真暗《まつくら》ですねえ。」

勇「まだ夜が明けきらねえからだ、それにおれは行燈《あんどん》を消して寝るからな。」

伴「先生静かにおしなせえ。」

勇「手前《てめえ》が慌てているのだ、なんだ何しに来た。」

伴「先生萩原さまは大変ですよ。」

勇「どうかしたか。」

伴「どうかしたの何のという騒ぎじゃございやせん、私《わっち》も先生もこうやって萩原様の地面内《じめんうち》に孫店《まごだな》を借りて、お互いに住《すま》っており、その内でも私《わっち》はなお萩原様の家来同様に畑をうなったり庭を掃いたり、使い早間《はやま》＊もして、嬶《かかあ》は濯《すす》ぎ洗濯をしておるから、店賃《たなちん》もとらずに偶《たま》には小遣《こづかい》を貰ったり、衣物《きもの》の古いのを貰ったりする恩のあるその大切な萩原様が大変な訳だ、毎晩女が泊りに来ます。」

勇「若くって独身者《ひとりもの》でいるから、随分女も泊りに来るだろう、しかしその女は人の悪いようなものではないか。」

伴「なに、そんな訳ではありません、私《わっち》が今日用があって他へ行って、夜中に帰ってくると、萩原様の家《うち》で女の声がするからちょっと覗きました。」

勇「わるい事をするな。」

伴「するとね、蚊帳《かや》がこう吊ってあって、その中に萩原様と綺麗な女がいて、その女が見捨ててくださるなというと、生涯見捨てはしない、たとえ親に勘当されても引取って女房にするから決して心配するなと萩原様がいうと、女が私は親に殺されてもお前さんの側《そば》は放れませんと、互いに話をしていると。」

勇「いつまでもそんなところを見ているなよ。」

伴「ところがねえ、その女がただの女じゃアないのだ。」

勇「悪党か。」

伴「なに、そんな訳じゃアない、骨と皮ばかりの痩《や》せた女で、髪は島田に結って鬢《びん》の毛が顔に下り、真青な顔で、*裾《すそ》がなくって腰から上ばかりで骨と皮ばかりの手で萩原様の首ったまへかじりつくと、萩原様は嬉しそうな顔をしているとその側に丸髷《まるまげ》の女がいて、こいつも痩て骨と皮ばかりで、ズッと立上ってこちらへくると、やっぱり裾が見えないで、腰から上ばかり、まるで絵に描いた幽霊の通り、それを私《わっち》が見たから怖くて歯の根も合わず、家《うち》へ逃げ帰って今まで黙っていたが、どういう訳で萩原様があんな幽霊に見込まれたんだか、さっぱり訳が分りやせん。」

勇「伴蔵本当か。」

伴「ほんとうか嘘かと云って馬鹿馬鹿しい、なんで嘘を云いますものか、嘘だと思うならお前さん今夜行って御覧なせえ。」

勇「おらアいやだ、ハテナ昔から幽霊と逢引《あいびき》するなぞという事はない事だが、尤も支那の小説にはそういう事があるけれども、そんな事はあるべきものではない、伴蔵嘘ではないか。」

伴「だから嘘なら行って御覧なせえ。」

勇「もう夜も明けたから幽霊ならいる気遣いはない。」

伴「そんなら先生、幽霊と一緒に寝れば萩原様は死にましょう。」

勇「それは必ず死ぬ、人は生きている内は陽気盛んにして正しく清く、死ねば陰気盛んにして邪《よこしま》に穢《けが》れるものだ、それゆえ幽霊と共に偕老同穴《かいろうどうけつ》の契《ちぎり》を結べば、たとえ百歳の長寿を保つ命もそのために精血《せいけつ》を減らし、必ず死ぬるものだ。」

伴「先生、人の死ぬ前には死相が出ると聞いていますが、お前さんちょっと行って萩原様を見たら知れましょう。」

勇「手前も萩原は恩人だろう、おれも新三郎の親萩原新左衛門殿の代から懇意にして、親御の死ぬ時に新三郎殿の事をも頼まれたから心配しなければならない、この事は決して世間の人に云うなよ。」

伴「ええええ嬶《かかあ》にも云わない位な訳ですから、何で世間へ云いましょう。」

勇「きっと云うなよ、黙っておれ。」

その内に夜もすっかり明け放れましたから、親切な白翁堂は藜《あかざ》の杖をついて、伴蔵と一緒にポクポク出懸けて、萩原の内へまいり、

「萩原氏《うじ》萩原氏。」

新「どなた様でございます。」

勇「隣の白翁堂です。」

新「お早い事、年寄は早起だ。」

なぞと云いながら戸を引明け「お早ういらっしゃいました、何か御用ですか。」

勇「あなたの人相を見ようと思って来ました。」

新「朝っぱらから何でございます、一つ地面内におりましょうからいつでも見られましょうに。」

勇「そうでない、お日さまのお上りになろうとするところで見るのが宜《い》いので、あなたとは親御の時分から別懇にした事だから。」と懐《ふところ》より天眼鏡を取出して、萩原を見て、

新「なんですねえ。」

勇「萩原氏、あなたは二十日《はつか》を待たずして必ず死ぬ相がありますよ。」

新「へえ私が死にますか。」

勇「必ず死ぬ、なかなか不思議な事もあるもので、どうも仕方がない。」

新「へえそれは困った事で、それだが先生、人の死ぬ時はその前に死相の出るという事はかねて承わっており、殊にあなたは人相見の名人と聞いておりますし、また昔から陰徳を施して寿命を全くした話も聞いていますが、先生どうか死なない工夫はありますまいか。」

勇「その工夫は別にないが、毎晩あなたのところへ来る女を遠ざけるより外に仕方がありません。」

新「いいえ、女なんぞは来やアしません。」

勇「そりゃアいけない、昨夜覗いて見たものがあるのだが、あれは一体何者です。」

新「あなた、あれは御心配をなさいまする者ではございません。」
勇「これほど心配になる者はありません。」
新「ナニあれは牛込の飯島という旗本の娘で、訳あってこの節は谷中《やなか》の三崎村《さんさきむら》へ、米《よね》という女中と二人で暮しているも、皆《みん》な私ゆえに苦労するので、死んだと思っていたのにこの間図《はか》らず出逢い、その後はたびたび逢引するので、私はあれを行く行くは女房に貰うつもりでございます。」
勇「飛んでもない事をいう、毎晩来る女は幽霊だがお前知らないのだ、死んだと思ったならなおさら幽霊に違いない、そのマア女が糸のように痩せた骨と皮ばかりの手で、お前さんの首ッたまへかじり付くそうだ、そうしてお前さんはその三崎村にいる女の家《うち》へ行った事があるか。」
といわれて行った事はない、逢引したのは今晩で七日目ですがというものの、白翁堂の話に萩原も少し気味が悪くなったゆえ顔色《がんしょく》を変え、
新「先生、そんならこれから三崎へ行って調べて来ましょう。」
と、家を立出で、三崎へ参りて、女暮しでこういう者はないかと段々尋ねましたが、一向に知れませんから、尋ねあぐんで帰りに、新幡随院《しんばんずいいん》を通り抜けようとすると、お堂の

後に新墓《あらはか》がありまして、それに大きな角塔婆《かくとうば》があって、その前に牡丹《ぼたん》の花の綺麗な燈籠《とうろう》が雨ざらしになってありまして、この燈籠は毎晩お米が点《つ》けて来た燈籠に違いないから、新三郎はいよいよ訝《おか》しくなり、お寺の台所へ廻り、

新「少々伺いとう存じます、あすこの御堂の後に新らしい牡丹の花の燈籠を手向《たむ》けてあるのは、あれはどちらのお墓でありますか。」

僧「あれは牛込お旗本飯島平左衛門様の娘で、先達て亡くなりまして、全体法住寺《ほうじゅうじ》へ葬むるはずのところ、当院は末寺《まつじ》じゃからこちらへ葬むったので。」

新「あの側に並べてある墓は。」

僧「あれはその娘のお附《つき》の女中でこれも引続き看病疲れで死去いたしたから、一緒に葬られたので。」

新「そうですか、それでは全く幽霊で。」

僧「なにを。」

新「なんでも宜しゅうございます、さようなら。」

と云いながらびっくりして家に駈け戻りこの趣《おもむき》を白翁堂に話すと、

勇「それはまア妙な訳で、驚いた事だ、なんたる因果な事か、惚れられるものに事を

替えて幽霊に惚れられるとは。」

新「どうもなさけない訳でございます、今晩もまたまいりましょうか。」

勇「それは分らねえな、約束でもしたかえ。」

新「へえ、あしたの晩きっと来る、と約束をしましたから、今晩どうか先生泊って下さい。」

勇「真平《まつぴら》御免だ。」

新「占いでどうか来ないようになりますまいか。」

勇「占いでは幽霊の所置《しよち》は出来ないが、あの新幡随院の和尚《おしよう》はなかなかに豪《えら》い人で、念仏修業の行者で私も懇意だから手紙をつけるゆえ、和尚のところへ行って頼んで御覧。」

と手紙を書いて萩原に渡す、萩原はその手紙を持ってやってまいり、「どうぞこの書面を良石《りようせき》和尚様へ上げて下さいまし。」と、差出すと、良石和尚は白翁堂とは別ならぬ間柄ゆえ、手紙を見て直《すぐ》に萩原を居間へ通せば、和尚は木綿の座蒲団《ざぶとん》に白衣《びやくえ》を着て、その上に茶色の衣を着て、当年五十一歳の名僧、寂寞《じやくまく》としてちゃんと坐り、なかなかに道徳いや高く、念仏三昧という有様で、新三郎は自然《ひとりで》に頭が下る。

良「はい、お前が萩原新三郎さんか。」
新「へえ粗忽《そこつ》の浪士萩原新三郎と申します、白翁堂の書面の通り、何の因果か死霊《しりよう》に悩まされ難渋をいたしますが、貴僧の御法を以て死霊を退散するようにお願い申します。」
良「こちらへ来なさい、お前に死相が出たという書面だが、見てやるからこちらへ来なさい、なるほど死ぬなア近々に死ぬ。」
新「どうかして死なないように願います。」
良「お前さんの因縁《いんねん》は深しい訳のある因縁じゃが、それをいうても本当にはせまいが、何しろ口惜《くや》しくて祟《たた》る幽霊ではなく、ただ恋しい恋しいと思う幽霊で、三世《さんせ》も四世も前から、ある女がお前を思うて生きかわり死にかわり、容《かたち》は種々《いろいろ》に変えて附纏《つきまと》うているゆえ、遁《のが》れ難い悪因縁があり、どうしても遁れられないが、死霊除《しりようよけ》のために海音如来《かいおんにょらい》という大切の守りを貸してやる、その内に折角施餓鬼《せがき》をしてやろうが、そのお守は金無垢《きんむく》じゃに依って人に見せると盗まれるよ、丈《たけ》は四寸二分で目方もよほどあるから、慾の深い奴は潰《つぶ》しにしてもよほどの値《ねうち》だから盗むかも知れない、厨子《ずし》ごと貸すにより胴巻に入れておくか、身体《からだ》に背負《せお》うておきな、それからまたここにある雨宝陀羅尼経《うほうだらにきょう》というお経をやるから読誦《どくじゅ》しなさい、この経は宝を雨ふらすと云うお経で、これを読誦すれば宝が雨のように降るので、慾張《よくばっ》たようだが決してそうじゃない、これを信心すれば海の音という如来さまが降って来るというのじゃ、この経は妙月長者《みょうげっちょうじゃ》という人が、貧乏人に金を施して悪い病《やまい》の流行《はや》る時に救ってやりたいと思ったが、宝がないから、仏の力を以て金を貸してくれろと云ったところが、釈迦《しゃか》がそれは誠に心懸《こころがけ》の尊い事じゃと云って貸したのが即ちこのお経じゃ、また御札《おふだ》をやるからほうぼうへ貼っておいて、幽霊の入《はい》り所のないようにして、そしてこのお経を読みなさい。」

と親切の言葉に萩原は有がたく礼を述べて立帰り、白翁堂にその事を話し、それから白翁堂も手伝ってその御札を家《うち》の四方八方へ貼り、萩原は蚊帳を吊ってその中へ入り、かの陀羅尼経を読もうとしたがなかなか読めない。曩《のう》謨《ぼ》婆《ば》誐《ぎや》嚩《ば》帝《てい》嚩《ば》囉《ざら》駄《だ》囉《ら》、娑《さ》誐《ぎや》囉《ら》捏《にり》具《ぐ》灑《しや》耶《や》、怛《た》陀《た》孽《ぎや》陀《た》野《や》、怛《た》儞《に》也《や》陀《た》唵《おん》素《そ》嚕《ろ》閉《ぺい》、跋《ばん》捺《だ》囉《ら》嚩《ば》底《ち》、嘈《ぼう》誐《ぎや》隷《れい》阿《あ》左《しや》隷《れい》阿《あ》左《しや》跛《は》隷《れい》。何だか外国人の譫語《うわごと》のようで訳がわからない。その中上野の夜の八ツの鐘がボーンと忍ケ岡《しのぶおか》の池に響き、向ケ岡《むこうおか》の清水の流れる音がそよそよと聞え、山に当る秋風の音ばかりで、陰々寂寞《せきばく》世間がしんとすると、いつもに変らず根津《ねづ》の清水の下《もと》から駒下駄の音高くカランコロンカランコロンとするから、新三郎は心のうちで、ソラ来たと小さくかたまり、額から腮《あご》へかけて膏汗《あぶらあせ》を流し、一生懸命一心不乱に雨宝陀羅尼経を読誦していると、駒下駄の音が生垣の元でぱったり止みましたから、新三郎は止せばいいに念仏を唱えながら蚊帳を出て、そっと戸の節穴《ふしあな》から覗いて見ると、いつもの通り牡丹の花の燈籠を下げて米が先へ立ち、後《あと》には髪を文金の高髷に結い上げ、秋草色染の振袖に燃えるような緋縮緬の長襦袢、その綺麗なこと云うばかりもなく、綺麗ほどなお怖く、これが幽霊かと思えば、萩原はこの世からなる焦熱地獄に落ちたる苦しみです、萩原の家《うち》は四方八方にお札が貼ってあるので、二人の幽霊が臆して後へ下り、

米「嬢さまとても入れません、萩原さんはお心変りが遊ばしまして、昨晩のお言葉と違い、あなたを入れないように戸締りがつきましたから、とても入ることは出来ませんからお諦め遊ばしませ、心の変った男はとても入れる気遣はありません、心の腐った男はお諦めあそばせ。」

と慰むれば、

嬢「あれほどまでにお約束をしたのに、今夜に限り戸締りをするのは、男の心と秋の空、変り果てたる萩原様のお心が情ない、米や、どうぞ萩原様に逢わせておくれ、逢わせてくれなければ私は帰らないよ。」

と振袖を顔に当て、さめざめと泣く様子は、美しくもありまた物凄くもあるから、新三郎は何も云わず、ただ南無阿弥陀仏、南無阿弥陀仏。

米「お嬢様、あなたがこれほどまでに慕うのに、萩原様にゃアあんまりなお方ではございませんか、もしや裏口からはいれないものでもありますまい、いらっしゃい。」

と手を取って裏口へ廻ったがやっぱりはいられません。

九

飯島の家《うち》では妾のお国が、孝助を追出すか、しくじらするように種々《いろいろ》工夫を凝《こら》し、この事ばかり寝ても覚めても考えている、悪い奴だ。殿様は翌日御番でお出向《でむき》になった後へ、隣家《となり》の源次郎がお早うと云いながらやって来ましたから、お国はしらばっくれて、

国「おや、いらっしゃいまし、引続きまして残暑が強く皆様御機嫌よろしゅう、こちらは風がよく入りますからいらっしゃいまし。」

源次郎は小声になり、「孝助は昨夜《ゆうべ》の事を喋りはしないかえ。」

国「いえサ、孝助がきっと告口をしますだろうと思いましたに告口はしませんで、殿様に屋根瓦が落ちて頭へ当り怪我《けが》をしたと云ってね、その時私は弓の折《おれ》で打《ぶ》たれたと云

わなければよいと胸が悸動《どきどき》しましたが、あの事は何とも云いませんが、云わずにいるだけ訝《おか》しいではありませんか。」

と小声で云って、わざと大声で、

国「お熱い事この節のように熱くっては仕方がありません。」

また小声になり、

国「いえ、それに水道端《すいどうばた》の相川新五兵衛様の一人娘のお徳様が、宅《うち》の草履取《ぞうりとり》の孝助に恋煩《こいわずら》いをしているとサ、まア本当に*茶人《ちゃじん》もあったものですねえ、馬鹿なお嬢様だよ、それからあの相川の爺さんが汗をだくだく流しながら、殿様に孝助をくれろと頼むと、殿様も贔屓《ひいき》の孝助だから上げましょうと相談が出来まして、相川は帰りましたのですよ、そうして、今日は相川で結納《ゆいのう》の取交《とりかわ》せになるのですとさ。」

源「それじゃア宜しい、孝助が往《い》ってしまえば仔細はない。」

国「いえサ、水道端の相川へ養子にやるのに、宅《たく》の殿様がお里になってやるのだからいけませんよ、そうすると、あいつがこの家《うち》の息子の風をしましょう、草履取でさえ随分ツンケンした奴だから、そうなればきっとこの間の意趣を返すに違いはありません、何でもあいつが一件を立聞したに違いないから、あなたどうかして孝助奴《め》を殺して下さい。」

源「あいつは剣術が出来るからおれには殺せないよ。」

国「あなたは何故そう剣術がお下手だろうねえ。」

源「いいや、それには旨い事がある、相川のお嬢には宅《うち》の相助《あいすけ》という*若党が大層に惚れているから、あれを旨く欺《だまか》し、孝助と喧嘩をさせておき、後で喧嘩両成敗だから、おいらの方で相助を追い出せば、小父《おじ》さんも義理でも孝助を出すに違いないが、ついちゃア明日《あした》小父様《おじさん》と一緒に帰って来ては困るが、孝助が独《ひとり》で先へ帰る訳には出来まいか。」

国「それは訳なく出来ますとも、私が殿様に用がありますから先へ帰して下さいましといえば、きっと先へ帰して下さるに違いはありませんから、大曲《おおまが》りあたりで待伏せてあいつをぽかぽかお擲《なぐ》りなさい。」

大声を出して、

国「誠におそうそう様で、さようなら。」

源次郎は屋敷に帰ると直《すぐ》に男部屋へ参ると、相助は少し愚者《おろかもの》で、鼻歌で*デロレンなどを唄っているところへ源次郎が来て、

源「相助、大層精が出るのう。」

相「オヤ御二男様、誠に日々お熱い事でございます、当年は別してお熱いことで。」

源「熱いのう、其方《そち》は感心な奴だとつねづね兄上も褒《ほ》めていらっしゃる、主用がなければ自用を足し、少しも身体《からだ》に隙のない男だと仰しゃっている、それに手前は国に別段親族《みより》もない事だから、当家が里方になり、大したところではないが相応な侍へ養子にやるつもりだよ。」

相「恐れ入ります、何ともはや誠にどうも恐れ入りますなア、殿様と申しあなたと申し、不束《ふつつか》な私をそれほどまでに、これはは口ではお礼が述べきれましねえ、何ともへイ分らなく有難うございます、それだが武士になるにア私もいろはのいの字も知んねえもんだから誠に困るんで。」

源「実は貴様も知っている水道端の相川のう、あすこにお徳という十八ばかりの娘があるだろう、貴様をあすこの養子に世話してやろうと兄上が仰しゃった。」

相「これははやモウどうも、本当でごぜえますか、はやどうも、あのくれえなお嬢様は世間にはないと思います、頰辺《ほうべた》などはぼっとして尻などがちまちまとして、あのくれえな美《い》いお嬢様はたんとはありましねえ。」

源「向うは高《たか》が寡《すけ》ないから、若党でも何でもよいから、堅い者なればというのだから、手前なれば極《ごく》よかろうとあらまし相談が整ったところが、隣の草履取の孝助めが胡麻《ごま》をすったために、縁談が破談となってしまった、孝助が相川の男部屋へ行ってあの相助はいけない奴で、大酒飲《おおざけのみ》で、酒を飲むと前後を失い、主人の見さかいもなく頭をぶち、女郎を買い、博奕《ばくち》は打ち、その上盗人根性《ぬすっとこんじょう》があると云ったもんだから、相川も厭気《いやき》になり、話が縺《もつ》れて、今度はとうとう孝助が相川の養子になる事に極《きま》り、今日結納の取交せだとよ、向うでは草履取でさえ欲しがるところだから、手前なれば真鍮でも二本さす身だから、きっと宜かったに違いはない、孝助は憎い奴だ。」

相「なんですと、孝助が養子になると、憎《にっ》こい奴でごじいます、人の恋路の邪魔をすればッて、私が盗人根性があって、おまけに御主人の頭を打《にゃ》すと、いつ私が御主人の頭を打しました。」

源「おれに理窟を云っても仕方がない。」

相「残念、腹が立ちますよ、憎こい孝助だ、ただ置きましねえ。」

源「喧嘩しろ喧嘩しろ。」

相「喧嘩しては叶いましねえ、あいつは剣術《きんじゅつ》が免許《みんきょ》だから剣術はとても及びましねえ。」

源「それじゃア田中の中間《ちゅうげん》の喧嘩の亀蔵という奴で、身体《からだ》中疵《きず》だらけの奴がいるだろう、あれと藤田の時蔵と両人《ふたり》に鼻薬をやって頼み、貴様と三人で、明日《あした》孝助が相川の屋敷から一人で出て来るところを、大曲《おおまが》りで打殺《ぶちころ》しても構わないから、ぽかぽか擲《なぐ》りにして川へ投《ほう》りこめ。」

相「殺すのは可哀想だが、打してやりてえなア、だが喧嘩をした事が知れればどうなりますか。」

源「そうさ、喧嘩をした事が知れれば、おれが兄上にそう云うと、兄上はきっと不届《ふとどき》な奴、相助を暇《いとま》にしてしまうと仰しゃってお暇になるだろう。」

相「お暇になっては詰りましねえ、止しましょう。」

源「だがのう、こちらで貴様に暇を出せば、隣でも義理だから孝助に暇を出すに違いない、あいつが暇になれば相川でも孝助は里がないから養子に貰う気遣いはない、その内こちらでは手前を先へ呼返して相川へ養子にやるつもりだ。」

相「誠にお前様《めえさま》、御親切恐れ入り奉《たてまつ》ります。」

というから、源次郎は懐中より金子《きんす》若干《いくらか》を取出し、

源「金子をやるから亀蔵たちと一杯呑《の》んでくれ。」

相「これははや金子《けんす》まで、これ戴いてはすみましねえ、折角の思召《おぼしめ》しだから頂戴いたしておきます。」

これから相助は亀蔵と時蔵のところへ往《ゆ》き、この事を話すと、面白半分《おもしろはんぶん》にやッつけろと、手筈《てはず》の相談を取極《とりき》めました。さて飯島平左衛門はそんな事とは知らず、孝助を供につれ、御番《ごばん》からお帰りになりました。

国「殿様今日は相川様のところへ孝助の結納でお出でになりますそうですが、少しお居間の御用がありますからお送り申したら、孝助は殿様よりお先へお帰し下さいまし、用が済み次第直《すぐ》にまたお迎いに遣《つか》わしましょう。」

という、飯島は「よしよし。」と孝助を連れて相川の宅《うち》へ参りましたが相川は極《ごく》小さい宅で、

孝「お頼み申しますお頼み申します。」

相「ドーレ、これ善蔵や玄関に取次があるようだ、善蔵いないか、どこへ行ったんだ。」

婆「あなた、善蔵はお使いにおやり遊ばしたではありませんか。」

相「おれが忘れた、牛込の飯島様がお出でになったのかも知れない、煙草盆《たばこぼん》へ火を入

れてお茶の用意をしておきな、多分孝助殿も一緒に来たかも知れないから、お徳にその事を云いな、これこれお前よく支度をしておけ、おれが出迎いをしよう。」

と玄関まで出て参り、

相「これは殿様大分お早く、どうぞ直にお上りを願います、へい誠にこの通り見苦しいところ、孝助殿も、御挨拶は後でします。」

相川はいそいそと一人で喜び、コッツリと柱に頭を打付《ぶっつ》け、アイタタ、とにかくこちらへと座敷へ通し、「さて残暑お熱い事でございます、また昨日は上りまして御無理を願ったところ、早速にお聞済《ききず》み下され有がとう存じます。」

飯「昨日はお草々《そうそう》を申しました、如何にもお急ぎなさいましたから御酒《ごしゅ》も上げませんで、大きにお草々申上げました。」

相「あれから帰りまして娘に申し聞けまして、殿様がお承知の上孝助殿を婿《むこ》にとる事に極って、明日《あす》は殿様お立合《たちあい》の上で結納取交せになると云いますと、娘は落涙をして悦《よろこ》びました、と云うと浮気のようですが、そうではない、お父様《とっさま》を大事に思うからとは云いながら、ただ今まで御苦労を掛けましたと申しますから、早く丈夫にならなければいけない、孝助殿が来るからと申して、直に薬を三服立付《たてつ》けて飲ませました、それからお粥《かゆ》を二膳半食べました、それから今日はナ娘がずっと気分が癒《なお》って、お父様こんなに見苦しい形《なり》でいては、孝助さまに愛想を尽かされるといけませんからというので、化粧をする、婆アもお鉄漿《はぐろ》を附けるやら大変です、私も最早五十五歳ゆえ早く養子をして楽がしたいものですから、誠に恥入った次第でございますが、早速のお聞済み、誠に有難う存じます。」

飯「あれから孝助に話しましたところ、当人も大層に悦び、私のような不束者《ふつつかもの》をそれほどまでに思召し下さるとは冥加《みょうが》至極と申してナ、あらかた当人も得心《とくしん》いたした様子でな。」

相「いやもう、あの人は忠義だから否《いや》でも殿様の仰しゃる事なら唯《はい》と云って言う事を聞きます、あの位な忠義な人はない、旗本八万騎の多い中にも恐らくはあの位な者は一人もありますまい、娘がそれを見込みましたのだ、善蔵はまだ帰らないか、これ婆ア。」

婆「なんでございます。」

相「殿様に御挨拶をしないか。」

婆「御挨拶をしようと思っても、あなたがせかせかしている者だから御挨拶する間もありはしません、殿様、御機嫌様よういらっしゃいました。」

飯「これは婆《ばあ》やア、お徳様が長い間御病気のところ、早速の御全快誠にお目でたい、お前も心配したろう。」

婆「お蔭様で、私はお嬢様のお少《ちい》さい時分からお側にいて、お気性も知っておりますのに何とも仰しゃらず、やっとこの間分ったので殿様に御苦労をかけました、誠に有がとうございます。」

相「善蔵はまだ帰らないか、長いなア、お菓子を持って来い、殿様御案内の通り手狭《てぜま》でございますから、何かちょっと尾頭附《おかしらつき》で一献《いっこん》差上げたいが、まアお聞き下さい、この通り手狭ですからお座敷を別にする事も出来ませんから、孝助殿もここへ一緒にいたし、今日は無礼講で御家来でなく、どうか御同席で御酒を上げたい、孝助は私が出迎えます。」

飯「なに私が呼びましょう。」

相「ナァニあれは私の大事な婿で、死水《しにみず》を取ってもらう大事な養子だから。」

と立上がり、玄関まで出迎え、

相「孝助殿誠に宜《よ》く、いつもお健《すこやか》に御奉公、今日はナ無礼講で、殿様の側で御酒、イヤなに酒は呑めないから御膳をちょっと上げたい。」

孝「これは相川様御機嫌よろしゅう、承ればお嬢様は御不快の御様子、少しはお宜しゅうございますか。」

相「何を云うのだお前の女房をお嬢様だのお宜しいもないものだ。」

飯「そんな事を云うと孝助が間《ま》を悪がります、孝助折角の思召し、御免を蒙《こうむ》ってこちらへ来い。」

相「なるほど立派な男で、なかなかフゥ、へえ、さて昨日は殿様に御無理を願い早速お聞済み下さいましたが、高《たか》は寡《すく》なし娘は不束《ふつつか》なり、舅《しゅうと》は知っての通りの粗忽者《そこつもの》、実に何と云って取るところはないだろうが、娘がお前でなければならないと煩うまでに思い詰めたというと、浮気なようだがそうではない、あれが七歳《ななつ》の時母が死んでそれから十八まで私が育った者だから、あれも一人の親だと大事に思い、お前の心がけのよい、優しく忠義なところを見て思い詰め病となったほどだ、どうかあんな奴でも見捨てずに可愛がってやっておくれ。私は直《すぐ》にチョコチョコと隠居して、隅の方へ引込《ひっこ》んでしまうから、時々少々ずつ小遣をくれればいい、それから外に何もお前に譲る物はないが、藤四郎吉光《とうしろうよしみつ》の脇差《わきざし》がある、拵《こしら》えは野暮《やぼ》だが、それだけは私の家《うち》に付いた物だからお前に譲るつもりだ、出世はお前の器量にある。」

飯「そういうと孝助が困るよ、孝助も誠に有難い事だが、少し仔細があって、今年一ぱい私の側で奉公したいと云うのが当人の望《のぞみ》だから、どうか当年一ぱいは私の手元に置いて、来年の二月に婚礼をする事にいたしたい、尤も結納だけは今日いたしておきます。」

相「へい来年の二月では今月が七月だから、七八九十十一十二正二と今から八ケ月間があるが、八ケ月では質物《しちもつ》でも流れてしまうから、あまり長いなア。」

飯「それは深い訳があっての事で。」

相「なるほど、ああ感服だ。」

飯「お分りになりましたか。」

相「それだから孝助に娘の惚《ほ》れるのも尤もだ、娘より私が先へ惚れた、それはこうでしょう、今年一ぱいあなたのお側で剣術を習い、免許でも取るような腕になるつもりだろう、これはそうなくてはならない、孝助殿の思うにはなんぼ自分が怜悧《りこう》でも器量があるにしたところが、少なくも禄《ろく》のあるところへ養子にくるのだから土産《みやげ》がなくてはおかしいと云うので、免許か目録の書付を握って来る気だろう、それに違いない、ああ感服、自分を卑下したところが偉いねえ。」

孝「殿様、私はちょっとお屋敷へ帰って参ります。」

相「行くのは、御主用だから仕方がないが、何もないがちょっと御膳を上げます少し待っておくれ、善蔵まだか、長いのう、だが孝助殿、また直に帰って来るだろうが主用だから来られないかも知れないから、ちょっと奥の六畳へ行って徳に逢ってやっておくれ、徳が今日はお白粉《しろい》を粧《つ》けて待っていたのだから、お前に逢わないと粧《つ》けたお白粉が徒《むだ》になってしまう。」

飯「そう仰しゃると孝助が間をわるがります。」

相「とにかくアレサどうかちょっと逢わせて。」

飯「孝助ああ仰しゃるものだからちょっとお嬢様にお目通りして参れ、まだこちらへ来ない間《うち》は、手前は飯島の家来孝助だ、相川のお嬢様のところへ御病気見舞に行くのだ、何をうじうじしている、お嬢様の御病気を伺って参れ。」

といわれ孝助は間を悪がってへいへい云っていると、

婆「こちらへどうぞ、御案内をいたします。」

とお徳の部屋へ連れて来る。

孝「これはお嬢様長らく御不快のところ、御様子は如何様《いかがさま》でございますか、お見舞を申し上げます。」

婆「孝助様どうかお目を掛けられて下さいまし、お嬢様孝助様がいらっしゃいましたよ、アレマア真赤になって、今まであなたが御苦労をなすったお方じゃアありませんか、孝助様がお出でになったらお怨《うらみ》を云うと仰しゃったに、ただ真赤になってお尻で御挨拶なすってはいけません。」

孝「お暇《いとま》を申します。」

と挨拶をして主人のところへ参り、

孝「一旦御用を達《た》して、早く済みましたら上ります。」

相「困ったねえ、暗くなったが何があるかえ。」

孝「何がとは。」

相「何サ提灯《ちょうちん》があるかえ。」

孝「提灯は持っております。」

相「何がないと困るがあるかえ、何サ蠟燭《ろうそく》があるかえ、何あるとえ、そんなら宜しい。」

孝助は暇乞《いとまごい》をして相川の邸を立出《たちい》で、大曲りの方を通れば、前に申した三人が待伏せをしているのだが、孝助の運が強かったと見え、隆慶橋《りゅうけいばし》を渡り、軽子坂《かるこざか》から邸へ帰って来た。

孝「ただ今帰りました。」

というからお国は驚いた。なんでも今頃は孝助が大曲り辺で、三人の仲間《ちゅうげん》に真鍮巻の木刀で打《ぶ》たれて殺されたろうと思っているところへ、平常《ふだん》の通りで帰って来たから、

国「おやおやどうして帰ったえ。」

孝「あなた様が御居間の御用があるから帰れと仰しゃったから帰って参りました。」

国「どこからどうお帰りだ。」

孝「水道端を出て隆慶橋を渡り、軽子坂を上って帰って来ました。」

国「そうかえ、私やまた今日は相川様でお前を引留めて帰る事が出来まいと思ったから、御用は済ませてしまったから、お前は直に殿様のお迎いに行っておくれ、そしてもしお前が迎いに行かない間《うち》にお帰りになるかも知れないよ、お前外の道を行って、途中でお目に懸らないといけないから、殿様はいつでも大曲りの方をお通りになるから、あっちの方から行けば途中で殿様にお目に懸るかも知れない、直に行っておくれ。」

孝「へい、そんなら帰らなければよかった。」

と再び屋敷を立出で、大曲りへかかると、仲間三人は手に手に真鍮巻の木刀を捻《ひね》くり待ちあぐんでいたのも道理、来ようと思う方から来ないで、後の方から花菱《はなびし》の提灯を提《さ》げて来るのを見付け、たしかに孝助と思い、相助はズッと進んで、
相「やい待て。」
孝「誰だ、相助じゃねえか。」
相「おお相助だ、貴様と喧嘩しようと思って待っていたのだ。」
孝「何をいうのだ、唐突《だしぬけ》に、貴様と喧嘩する事は何もねえ。」
相「おのれ相川様へ胡麻アすりゃアがっておれの養子になる邪魔をした、そればかりでなくおれの事を盗人根性があると云ゃアがったろう、どう云う訳で胡麻を摺《す》って、手《て》前《めえ》があのお嬢様のところへ養子に行こうとする、憎《にっこ》い奴、外《ほか》の事とは違う、盗人根性があると云ったから喧嘩するから覚悟しろ。」

と争っている横合《よこあい》から、亀蔵が真鍮巻の木刀を持って、いきなり孝助の持ってる提灯を叩き落す、提灯は地に落ちて燃え上る。

亀「手前《てめえ》は新参者の癖に、殿様のお気に入りを鼻に懸け、大手を振って歩きゃアがる、一体貴様は気に入らねえ奴だ、この畜生め。」

と云いながら孝助の胸ぐらを取る。孝助はこいつらは徒党したのではないかと、透《すか》して向うを見ると、溝《どぶ》の縁《ふち》に今一人踞《しゃが》んでいるから、孝助はかねて殿様が教えて下さるには、敵手《あいて》の大勢の時は慌てると怪我《けが》をする、寝て働くがいいと思い、胸ぐらを取られながら、亀蔵の油断を見て前袋*に手がかかるが早いか、孝助は自分の体を仰向《あおむ》けにして寝ながら、右の足を上げて亀蔵の睾丸《きんたま》のあたりを蹴返《けかえ》せば、亀蔵は逆筋斗《さかとんぼう》を打って溝の縁へ投げ付けられるを、左の方から時蔵相助が打ってかかるを、孝助はヒラリと体を引外《ひきはず》し、腰に差たる真鍮巻の木刀で相助の尻の辺《あたり》をドンと打《ぶ》つ。相助打たれて気が逆上《のぼ》せ上るほど痛く、眼も眩《くら》み足もすわらず、ヒョロヒョロと遁出《にげだ》し溝へ駆け込む。時蔵も打たれて同じく溝へ落ちたのを見て、

孝「やい何をしやアがるのだ、サアどいつでもこいつでも来い、飯島の家来には死んだ者は一疋《いっぴき》もいねえぞ、お印物《しるしもの》*の提灯を燃してしまって、殿様に申訳がないぞ。」

飯「まアまアもう宜しい、心配するな。」

孝「ヘイ、これは殿様どうしてここへ、私がこんなに喧嘩をしたのを御覧遊ばして、また私が失錯《しくじ》るのですかなア。」

飯「相川の方も用事が済んだから立帰って来たところ、この騒ぎ、憎い奴と思い、見

ていて手前が負けそうならおれが出て加勢をしようと思っていたが、貴様の力で追い散らして先ず宜かった、焼落ちた提灯を持って供をして参れ。」と主従連立って屋敷へお帰りになると、お国は二度びっくりしたが、素知らぬ顔でこの晩は済んでしまい、翌朝になると隣の源次郎が、済《すま》してやってまいり、

源「小父様《おじ》お早うございます。」

飯「いや、大分お早いのう。」

源「小父様、昨晩大曲りで御当家の孝助と私どもの相助と喧嘩をいたし、相助はさんざんに打たれ、ほうほうの体で逃げ帰りましたが、兄上が大層に怒り、怪《け》しからん奴だ、年甲斐もないと申して直に暇《いとま》を出しました、ついては喧嘩両成敗の譬《たとえ》の通り、御当家の孝助も定めてお暇になりましょう、家来の身分として私の遺恨を以て喧嘩などをするとは以ての外《ほか》の事ですから、兄の名代《みょうだい》でちょっと念のためにお届にまいりました。」

飯「それは宜しい、昨晩《ゆうべ》のは孝助は悪くはないのだ、孝助が私の供をして提灯を持って大曲りへ掛ると、田中の亀蔵、藤田の時蔵お宅《うち》の相助の三人が突然《いきなり》に孝助に打ってかかり、*供前《ともまえ》を防ぐるのみならず、提灯を打落とし、印物を燃しましたから、憎い奴、手打にしようと思ったが、隣ずからの仲間《ちゅうげん》を切るでもないと我慢をしているうちに、孝助

が怒って木刀で打散らしたのだから、昨夕《ゆうべ》のは孝助は少しも悪くはない、もし孝助に遺恨があるならばなぜ飯島に届けけん、供先を妨げ怪しからん事だ、相助の暇になるは当然《あたりまえ》だ、あれは暇を出すのが宜しい、あいつを置いては宜しくありませんとお兄さまに申し上げな、これから田中、藤田の両家へも廻文を出して、時蔵、亀蔵も暇を出させるつもりだ。」

と云い放し孝助ばかり残る事になりましたから、源次郎も当てが外れ、挨拶も出来ない位な始末で、何ともいう事が出来ず邸へ帰りました。

十

さてかの伴蔵は今年三十八歳、女房おみねは三十五歳、互に貧乏世帯を張るも萩原新三郎のお蔭にて、ある時は畑を耘《うな》い、庭や表のはき掃除などをし、女房おみねは萩原の宅へ参り煮《に》焚《たき》濯《すす》ぎ洗濯やお菜《かず》ごしらえお給仕などをしておりますゆえ、萩原も伴蔵夫婦には孫店《まごだな》を貸してはおけど、店賃《たなちん》なしで住まわせて、折々は小遣や浴衣《ゆかた》などの古い物をやり、家来同様使っていました。伴蔵は懶惰《なまけ》ものにて内職もせず、おみねは独りで内職をいたし、毎晩八ツ九ツ*まで夜延《よなべ》をいたしていましたが、ある晩の事絞《しぼ》りだらけの蚊帳《かや》を吊り、この絞りの蚊帳というは蚊帳に穴が明いているものですから、ところどころ観《かん》世縒《じんより》で括《しば》ってあるので、その蚊帳を吊り、伴蔵は寝蓙《ねござ》を敷き、独りで寝ていて、足をばたばたやっており、蚊帳の外では女房が頻りに夜延をしていますと、八ツの鐘がボンと聞え、世間はしんといたし、折々清水の水音が高く聞え、何となく物凄く、秋の夜風の草葉にあたり、陰々寂寞《せきばく》と世間が一体にしんといたしましたから、この時は小声で話をいたしても宜《よ》く聞えるもので、蚊帳の中《うち》で伴蔵が、頻りに誰かとこそこそ話をしているのに女房は気がつき、行燈《あんどう》の下影《したかげ》から、そっと蚊帳の中を差覗《さしのぞ》くと、伴蔵が起上《おきあが》り、ちゃんと坐り、両手を膝についていて、蚊帳の外には誰か来て話をしている様子は、何だかはっきり分りませんが、どうも女の声のようだから訝《おか》しい事だと、嫉妬《やきもち》の虫がグッと胸へ込み上げたが、年若とは違い、もう三十五にもなる事ゆえ、表向に悋気《りんき》もしかねるゆえ、あんまりな人だと思っているうちに、女は帰った様子ゆえ何とも云わず黙っていたが、翌晩もまた来てこそこそ話をいたし、こういう事がちょうど三晩の間続きましたので、女房ももう我慢が出来ません、ちと鼻が尖《とん》がらかッて来て、鼻息が荒くなりました。

伴「おみね、もう寝ねえな。」

みね「ああ馬鹿馬鹿しいやね、八ツ九ツまで夜延をしてさ。」
伴「ぐずぐずいわないで早く寝ねえな。」
みね「えい、人が寝ないで稼いでいるのに、馬鹿馬鹿しいからサ。」
伴「蚊帳の中へへいんねえな。」
おみねは腹立まぎれにズッと蚊帳をまくって中へ入れば、
伴「そんなへいりようがあるものか、なんてえへいりようだ、突立《つった》ってへえッちゃア蚊がへえってしようがねえ。」
みね「伴蔵さん、毎晩お前のところへ来る女はあれはなんだえ。」
伴「何でもいいよ。」
みね「何だかお云いなねえ。」
伴「何でもいいよ。」
みね「お前はよかろうが私ゃ詰らないよ、本当にお前の為に寝ないで齷齪《あくせく》と稼いでいる女房の前も構わず、女なんぞを引きずり込まれては、私のような者でもあんまりだ、あれはこういう訳だと明かして云っておくれてもいいじゃアないか。」
伴「そんな訳じゃねえよ、おれも云おう云おうと思っているんだが、云うとお前《めえ》が怖がるから云わねえんだ。」

みね「なんだえ怖がると、大方先の阿魔女《あまっちょ》が何《なん》かお前に怖もてで云やアがったんだろう、お前が嬶《かかあ》があるから女房に持つ事が出来ないと云ったら、そんなら打捨《うっちゃ》っておかないとか何とかいうのだろう、理不尽に阿魔女《あまっちょ》が女房のいるところへどかどか入《へい》って来て話なんぞをしやアがって、もし刃物三昧でもする了簡なら私はただはおかないよ。」

伴「そんな者じゃアないよ、話をしても手前《てめえ》怖がるな、毎晩来る女は萩原様に極《ごく》惚れて通って来るお嬢様とお附《つき》の女中だ。」

みね「萩原様は萩原様の働きがあってなさる事だが、お前はこんな貧乏世帯を張っていながら、そんな浮気をして済むかえ、それじゃアお前がそのお附の女中とくッついたんだろう。」

伴「そんな訳じゃないよ、実は一昨日《おととい》の晩おれがうとうとしていると、清水《しみず》の方から牡丹《ぼたん》の花の燈籠を提げた年増《としま》が先へ立ち、お嬢様の手を引いてずっとおれの宅《うち》へ入《へえ》って来たところが、なかなか人柄のいいお人だから、おれのような者の宅へこんな人が来るはずはないがと思っていると、その女がおれの前《めえ》へ手をついて、伴蔵さんとはお前さまでございますかというから、私《わっち》が伴蔵でござえやすと云ったら、あなたは萩原様の御家来かと聞くから、まアまア家来同様な訳でごぜえますというと萩原様はあんまりなお方でございます、お嬢様が萩原様に恋焦《こいこが》れて、今夜いらっしゃいとたしかにお約束を遊ばしたのに、今はお嬢様をお嫌いなすって、入れないようになさいますとはあんまりなお方でございます、裏の小さい窓に御札が貼ってあるので、どうしてもはいることが出来ませんから、お情にその御札を剝《はが》してくださいましというから、明日《あした》きっと剝しておきましょう、明晩きっとお願い申しますと云ってずっと帰《けえ》った、それから昨日は終日《いちにち》畠耘《うな》いをしていたが、つい忘れていると、その翌晩また来て、何故《なぜ》剝して下さいませんというから、違《ちげ》えねえ、ツイ忘れやした、きっと明日の晩剝がしておきやしょうと云ってそれから今朝畠へ出たついでに萩原様の裏手へ廻って見ると、裏の小窓に小さいお経の書いてある札が貼ってあるが、何してもこんな小さい所からはいることは人間には出来る物ではねえが、かねて聞いていたお嬢様が死んで、萩原様のところへ幽霊になって逢いに来るのがこれに相違ねえ、それじゃア二晩来たのは幽霊だッたかと思うと、ぞっと身の毛がよだつほど怖くなった。」

みね「ああ、いやだよ、おふざけでないよ。」

伴「今夜はよもや来やアしめえと思っているところへまた来たア、今夜はおれが幽霊だと知っているから怖くッて口もきけず、膏汗《あぶらあせ》を流して固まっていて、おさえつけられるように苦しかった、そうするとまだ剝しておくんなさいませんねえ、どうしても剝しておくんなさいませんと、あなたまでお怨み申しますと、恐《おっ》かねえ顔をしたから、明日《あした》はきっと剝しますと云って帰《けえ》したんだ、それだのに手前《てめえ》にとやこう嫉妬をやかれちゃア詰らねえよ、おれは幽霊に怨みを受ける覚えはねえが、札を剝せば萩原様が喰殺《くいころ》されるか取殺されるに違《ちげ》えねえから、おれはここを越してしまおうと思うよ。」

みね「嘘をおつきよ、何ぼ何でも人を馬鹿にする、そんな事があるものかね。」

伴「疑《うたぐ》るなら明日の晩手前《てめえ》が出て挨拶をしろ、おれは真平《まっぴら》だ、戸棚に入《へい》って隠れていらア。」

みね「そんなら本当かえ。」

伴「本当も嘘もあるものか、だから手前が出なよ。」

みね「だッて帰る時には駒下駄の音がしたじゃアないか。」

伴「そうだが、大層綺麗な女で、綺麗ほどなお怖いもんだ、明日の晩おれと一緒に出な。」

みね「ほんとうなら大変だ、私ゃいやだよう。」

伴「そのお嬢様が振袖を着て髪を島田に結上《ゆいあ》げ、極《ごく》人柄のいい女中が丁寧に、おれのような者に両手をついて、瘦《やせ》ッこけた何だか淋しい顔で、伴蔵さんあなた……。」

みね「ああ怖い。」

伴「ああびっくりした、おれは手前の声で驚いた。」

みね「伴蔵さん、ちょいといやだよう、それじゃアこうしておやりな、私達が萩原様のお蔭でどうやらこうやら口を糊《すご》しているのだから、明日の晩幽霊が来たらば、おまえが一生懸命になってこうおいいな、まことに御尤もではございますが、あなたは萩原様にお恨《うらみ》がございましょうとも、私ども夫婦は萩原様のお蔭でこうやっているので、萩原様に万一《もしも》の事がありましては私ども夫婦の暮《くら》し方《かた》が立ちませんから、どうか暮し方の付くようにお金を百両持って来て下さいまし、そうすればきっと剝しましょうとお云いよ、怖いだろうがお前は酒を飲めば気丈夫になるというから、私が夜延《よなべ》をしてお酒を五合ばかり買っておくから、酔った紛《まぎ》れにそう云ったらどうだろう。」

伴「馬鹿云え、幽霊に金があるものか。」

みね「だからいいやね、金をよこさなければお札を剝さないやね、それで金もよこさないでお札を剝さなけりゃア取殺すというような訳の分らない幽霊はないよ、それにお前には恨のある訳でもなしさ、こういえば義理があるから心配はない、もしお金を持って来れば剝してやってもいいじゃアないか。」

伴「なるほど、あの位訳のわかる幽霊だから、そう云ったら、得心《とくしん》して帰《けえ》るかも知れねえ、殊によると百両持って来るものだよ。」

みね「持って来たらお札を剝してやりな、お前考えて御覧、百両あればお前と私は一生困りゃアしないよ。」

伴「なるほど、こいつは旨《うめ》え、きっと持って来るよ、こいつは一番やッつけよう。」

と慾というものは怖しいもので、明《あく》る日は日の暮れるのを待っていました。そうこうする内に日も暮れましたれば、女房は私ゃ見ないよと云いながら戸棚へ入るという騒ぎで、かれこれしているうち夜も段々と更けわたり、もう八ツになると思うから伴蔵は茶碗酒でぐいぐい引っかけ、酔った紛れで掛合うつもりでいると、その内八ツの鐘がボーンと不忍《しのばず》の池に響いて聞えるに、女房は熱いのに戸棚へ入り、襤褸《ぼろ》を被《かぶ》って小さくなっている。伴蔵は蚊帳《かや》の中にしゃに構えて待っているうち、清水のもとからカランコロンカランコロンと駒下駄の音高く、常に変らず牡丹の花の燈籠を提げて、朦朧《もうろう》として生垣の外まで来たなと思うと、伴蔵はぞっと肩から水をかけられるほど怖気《こわけ》立《だ》ち、三合呑《の》んだ酒

もむだになってしまい、ぶるぶる慄《ふる》えながらいると、蚊帳の側《そば》へ来て伴蔵さん伴蔵さんというから、

伴「へいへいお出《い》でなさいまし。」

女「毎晩参りまして、御迷惑の事をお願い申して誠に恐れ入りますが、まだ今夜も御札が剝がれておりませんのではいる事が出来ず、お嬢様がお憤《むず》かり遊ばし、私が誠に困りますから、どうぞ二人のものを不便《ふびん》と思召《おぼしめ》してあのお札を剝して下さいまし。」

伴蔵はガタガタ慄えながら、

伴「御尤さまでございますけれども、私ども夫婦の者は、萩原様のお蔭様でようやくその日を送っている者でございますから、萩原様のお体に、もしもの事がございましては私ども夫婦のものが後で暮し方に困りますから、どうぞ後で暮しに困らないように百両の金を持って来て下さいましたらば直《すぐ》に剝しましょう。」

と云うたびに冷たい汗を流し、やっとの思いで云いきりますと、両人は顔を見合せて、しばらく首を垂《た》れて考えていましたが、

米「お嬢様、それ御覧《ごろう》じませ、このお方にお恨はないのに御迷惑をかけて済まないではありませんか、萩原様はお心変りが遊ばしたのだから、あなたがお慕いなさるのはお

冗《むだ》でございます、どうぞふッつりお諦めあそばして下さい。」

露「米や、私ゃどうしても諦める事は出来ないから、百目《ひゃくめ》の金子《きんす》を伴蔵さんに上げて御札を剝がして戴き、どうぞ萩原様のお側へやっておくれヨウヨウ。」

といいながら、振袖を顔に押しあてさめざめと泣く様子が実に物凄い有様です。

米「あなた、そう仰しゃいますがどうして私が百目の金子を持っておろう道理はございませんが、それほどまでに御意《ぎょい》遊ばしますなら、どうか才覚をして、明晩持ってまいりましょうが、伴蔵さん、まだ御札の外に萩原さまの懐に入れていらっしゃるお守《まもり》は、海音如来様《かいおんにょらいさま》という有難い御守ですから、それがあってはやっぱりお側《そば》へまいる事が出来ませんから、どうかその御守も昼の内にあなたの御工夫でお盗み遊ばして、外《ほか》へお取捨《とりすて》を願いたいものでございますが、出来ましょうか。」

伴「へいへい御守も盗みましょうが、百両はどうぞきっと持って来ておくんなせえ。」

米「嬢様それでは明晩までお待ち遊ばせ。」

露「米やまた今夜も萩原様にお目にかからないで帰るのかえ。」

と泣きながらお米に手を引かれてスゥーと出て行きました。

十一

二十四日は飯島様はお泊り番で、お国はただ寝ても覚めても考えるには、どうがなして宮野辺《みやのべ》の次男源次郎と一つになりたい、ついては来月の四日に、殿様と源次郎と中川へ釣に行く約束がある故、源次郎に殿様を川の中へ突落させ、殺してしまえば、源次郎は飯島の家《うち》の養子になるまでの工夫は付いたものの、この密談を孝助に立聞かれましたから、どうがな工夫をして孝助に暇《いとま》を出すか、殿様のお手打にでもさせる工夫はないかと、いろいろと考え、終いには疲れてとろとろ仮寝《まどろ》むかと思うと、ふと目が覚めて、と見れば、二間《にけん》隔っている襖《ふすま》がスゥーとあきます。以前は屋敷方にては暑中でも簾障子《すだれしょうじ》はなかったもので、縁側《えんがわ》はやはり障子、中は襖で立て切ってありますのが、サラサラと開《あ》いたかと思うと、スラリスラリと忍び足で歩いて参り、また次のお居間の襖をスラリスラリと開けるから、お国はハテナ誰かまだ起きているかと思っていると、*地袋《じぶくろ》の戸がガタガタと音がしたかと思うと、錠を明ける音がガチガチと聞えましたから、ハテナと思う内スゥーットンと襖をしめ、ピシャリピシャリと裾《すそ》を引くような塩梅《あんばい》で台所の方へ出て行きますから、ハテ変な事だと思い、お国は気丈《きじょう》な女でありますから起上《おきあが》り、雪洞《ぼんぼり》を点《つ》け行って見ると、誰もいないから、地袋の方を見ると、戸が明け放してあって、お納《なん》戸《ど》縮緬《ちりめん》の胴巻が外の方へ流れ出していたのに驚いて調べて見ると、殿様のお手文庫の錠前を捻切《ねじき》り胴巻の中にあった百目《ひゃくめ》の金子《きんす》が紛失《ふんじつ》いたしたに、さては盗賊《どろぼう》かと思うと後が怖気《こわけ》立《だ》って臆するものでお国も一時驚いたが、たちまち一計を考え出し、この胴巻の金子の紛失したるを幸に、これを証拠として、孝助を盗賊に落し、殿様にたきつけて、お手打にさせるか暇《ひま》を出すか、どの道かにしようと、その胴巻を袂《たもと》に入れおき、臥床《ふしど》に帰って寝てしまい、翌日になっても知らぬ顔をしており、孝助には弁当を持たせて殿様のお迎いに出してやり、その後へ源助という若党が箒《ほうき》を提《さ》げてお庭の掃除に出てまいりました。

国「源助どん。」

源「へいへいお早うございます、いつも御機嫌よろしゅう、この節は日中は大層いきれて凌《しの》ぎかねます、今年のような酷《きび》しい事はございません、どうも暑中より酷しいようでございます。」

国「源助どん、お茶がはいったから一杯飲みな。」

源「へい有難うございます、お屋敷様は高台でございますから、よほど風通しもよくて、へい御門はどうも悉《ことごと》く熱うございまする、へい、これはどうも有難うございまする、私は御酒《ごしゅ》をいただきませんからお茶は誠に結構で、時々お茶を戴きまするのは何よりの楽みでございまする。」

国「源助どん、お前は八ケ年前御当家へ来てなかなか正直者だが、孝助は三月の五日に当家へ御奉公に来たが、孝助は殿様の御意《ぎょい》に入りを鼻にかけて、この節は増長して我儘になったから、お前も一つ部屋にいて、時々は腹の立つ事もあるだろうねえ。」

源「いえいえどういたしまして、あの孝助ぐらいな善く出来た人間はございません、その上殿様思いで、殿様の事と云うと気違《きちがい》のようになって働きます、年はまだ二十一だそうですが、なかなか届いたものでございます、そして誠に親切な事は私も感心いたしました、先達《せんだっ》て私の病気の時も孝助が夜《よっ》ぴて寝ないで看病をしてくれまして、朝も眠むがらずに早くから起きて殿様のお供をいたし、あの位な情合《じょうあい》のある男はないと私は実に感心をしております。」

国「それだからお前は孝助に誑《ばか》されているのだよ、孝助はお前の事を殿様にどんなに胡麻《ごま》をするだろう。」

源「へェー胡麻をすりますか。」

国「お前は知らないのかえ、この間孝助が殿様に云付けるのを聞いていたら、源助はどうも意地が悪くて奉公がしにくい、一つ部屋にいるものだから、源助が新参ものと侮《あなど》り、種々《いろいろ》に苛《いじ》め、私に何も教えてくれませんで仕損《しくじ》るようにばかりいたし、お茶がはいって旨《おい》しい物を戴いても、源助が一人で食べてしまって私にはくれません、本当に意地の悪い男だというものだから、殿様もお腹をお立ち遊ばして、源助は年甲斐もない憎い奴だ、今に暇《いとま》を出そうと思っていると仰しゃったよ。」

源「へい、これはどうも、孝助は途方《とほう》もない事を云ったもので、これはどうも、私は孝助にそんな事をいわれる覚えはございません、おいしい物を沢山に戴いた時は孝助殿お前は若いから腹が減るだろうと云って、皆《みん》な孝助にやって食べさせる位にしているのに何たる事でしょう。」

国「そればかりじゃアないよ、孝助は殿様の物を掠《くす》ねるから、お前孝助と一緒にいると今に掛《かか》り合いだよ。」

源「へい何か盗《と》りましたか。」

国「へいたッて、お前は何も知らないから今に掛り合になるよ、たしかに殿様の物を取った事を私は知っているよ、私は先刻《さっき》から女部屋のものまで検《あらた》めている位だから、お前はちょっと孝助の文庫をここへ持って来ておくれ。」

源「掛り合いになっては困ります。」

国「それは私が宜《い》いように殿様に申上げておいたから、そっと孝助の文庫を持って来な。」

といわれて源助は、もとより人が好《い》いからお国に奸策《わるだくみ》あるとは知らず、部屋へ参りて孝助の文庫を持って参ってお国の前へ差出すと、お国は文庫の蓋を明け、中を検める振《ふり》をしてそっとかのお納戸《なんど》縮緬《ちりめん》の胴巻を袂から取出して中へズッと差込んでおいて、

国「呆《あき》れたよ、殿様の大事な品がここに入っているんだもの、今に殿様がお帰りの上で*目張りこ《めつぱ》で皆《みんな》の物を検めなければ、私のお預りの品が失なったのだから、私が済まないよ、きっと詮議をいたします。」

源「へい、人は見かけによらないものでございますねえ。」

国「この文庫を見た事を黙っておいでよ。」

源「へい宜しゅうございます。」

と文庫を持って立帰り、元の棚へ上げておきました。すると八ツ時、今の三時半頃殿様がお帰りになりましたから、玄関まで皆々お出迎いをいたし、殿様は奥へ通りお褥《しとね》の上

にお坐りなされたから、いつもならば出来立てのお供《そな》えのようにお国が側から団扇《うちわ》で扇《あお》ぎ立て、ちやほやいうのだが、いつもと違って鬱《ふさ》いでいる故、

飯「お国大分すまん顔をしているが、気分でも悪いのか、どうした。」

国「殿様申訳《もうしわけ》のない事が出来ました、昨晩お留守に盗賊《どろぼう》がはいり、金子《きんす》が百目紛失《ひゃくめふんじつ》いたしました、あのお納戸縮緬の胴巻に入れておいたのを胴巻ぐるみ紛失いたしました、何でも昨晩の様子で見ると、台所口の障子が明いたようで、外《ほか》は締りは厳重にしてあって、誰もおりませんから、よく検めますと、お居間の地袋の中にあるお文庫の錠前が捻《ねじ》切《き》ってありました、それから驚いて毘沙門様《びしゃもんさま》に願がけをしたり、占者《うらないしゃ》に見てもらうと、これは内々《うちうち》の者が取ったに違いないと申しましたから、皆の文庫や葛籠《つづら》を検めようと思っております。」

飯「そんな事をするには及ばない、内々の者に、百両の金を取るほどの器量のある者は一人もいない、他からはいった賊であろう。」

国「それでも御門の締りは厳重に付けておりますし、ただ台所口が明いていたのですから、内々の者をひと通り詮議をいたします、……アノお竹どん、おきみどん、皆こちらへ来ておくれ。」

竹「とんだ事でございました。」

きみ「私はお居間などにはお掃除の外参った事はございませんが、さぞ御心配な事でございましょう、私なぞは昨晩の事はさっぱり存じませんでございます、誠に驚き入りました。」

飯「手前達を疑《うた》ぐる訳ではないが、おれが留守で、国が預り中の事ゆえ心配をいたしているものだから。」

女中は「恐れ入ります、どうぞお検め下さいまし。」と銘々葛籠を縁側へ出す。

飯「たけの文庫にはどういう物が入っているか見たいナ、なるほど*たまかな女だ、一昨年《おととし》遣《つか》わした手拭がチャンとしてあるな、女という者は小切《こぎれ》の端でもチャンと畳紙《たとう》へいれておく位でなければいかん、おきみや手前の文庫をひとつ見てやるからここへ出せ。」

君「私のはどうぞ御免あそばして、殿様が直《じき》に御覧あそばさないで下さい。」

飯「そうはいかん、竹のを検めて手前のばかり見ずにいては怨みッこになる。」

君「どうぞ御勘弁恐れ入ります。」

飯「何も隠す事はない、なるほど、ハハア大層*枕草紙《まくらぞうし》をためたな。」

君「恐れ入ります、貯めたのではございません、親類内から到来をいたしたので。」
飯「言訳をするな、着物が殖《ふえ》ると云うから宜《い》いわ。」
国「アノ男部屋の孝助と源助の文庫を検めて見とうございます、お竹どんちょっと二人を呼んでおくれ。」
竹「孝助どん、源助どん、殿様のお召《めし》でございますよ。」
源「へいへいお竹どんなんだえ。」
竹「お金が百両紛失《ふんじつ》して、内々の者へお疑いがかかり、今お調べのところだよ。」
源「どこからはいったろう、何しろ大変な事だ、何しろ行って見よう。」
と両人飯島の前へ出て来て、
源「承わりびっくりいたしました、百両の金子が御紛失になりましたそうでございますが、孝助と私と御門を堅く守っておりましたに、どういう事でございましょう、さぞ御心配な事で。」
飯「なに国が預り中で、大層心配をするからちょっと検めるのだ。」
国「孝助どん、源助どん、お気の毒だがお前方二人はどうも疑られますよ、葛籠をここへ持ってお出で。」

源「お検めを願います。」

国「これ切りかえ。」

源「一切合切《いっさいがっさい》一世帯《ひとしょたい》これ切りでございます。」

国「おやおやまア、着物を袖畳《そでだた》みにして入れておくものではないよ、ちゃんと畳んでおおきな、これは何だえ、ナニ寝衣《ねまき》だとえ、相変らず無性《ぶしょう》をして丸めておいて穢《きた》ないねえ、この紐は何だえ、*虱紐《しらみひも》だとえ、穢いねえ、孝助どんお前のをお出し、この文庫切りか。」

とこれから段々*ひろちゃくいたしましたが、元より入れておいた胴巻ゆえあるに違いない。お国はこれ見よがしに団扇の柄に引掛《ひっか》けて、すッと差上げ、

国「おい孝助どんこの胴巻はどうしてお前の文庫の中に入っていたのだ。」

孝「おやおやおや、さっぱり存じません、どういたしたのでしょう。」

国「おとぼけでないよ、百両のお金がこの胴巻ぐるみ紛失したから、御神籤《おみくじ》の占《うらない》のと心配をしているのです、これが失くなってはどうも私が殿様に済まないからお金を返しておくれよ。」

孝「私は取った覚えはありません、どんな事があっても覚えはありません、へいへい

どういう訳でこの胴巻が入っていたか存じません、へえ。」

国「源助どん、お前は一番古くこのお屋敷にいるし、年かさも多い事だから、これは孝助どんばかりの仕業《しわざ》ではなかろう、お前と二人で心を合せてした事に違いない、源助どんお前から先へ白状しておしまい。」

源「これは、私はどうも、これ孝助孝助、どうしたんだ、おれが迷惑を受けるだろうじゃないか、私はこのお屋敷に八ケ年も御奉公をして、殿様から正直と云われているのに年嵩《としかさ》だものだから御疑念を受ける、孝助どうしたか云わねえか。」

孝「私は覚えはないよ。」

源「覚えはないといったって、胴巻の出たのはどうしたのだ。」

孝「どうして出たか私ゃ知らないよ、胴巻は自然《ひとりで》に出て来たのだもの。」

国「自然《ひとりで》に出たと云ってすむかえ、胴巻の方から文庫の中へ駈込むやつがあるものか、そらぞらしい、そんな優しい顔つきをして本当に怖い人だよ、恩も義理も知らない犬畜生とはお前の事だ、私が殿様にすまない。」

と孝助の膝をグッと突く。

孝「何をなさいます、私は覚えはございません、どんな事があっても覚えはございませんございません。」

国「源助どん、お前から先へ白状おしよ。」

源「孝助、おれが困る、おれが智慧でも付けたようにお疑ぐりがかかり、困るから早く白状しろよ。」

孝「私ゃ覚えはない、そんな無理な事云ってもいけないよ、外の事と違って、大それた、家来が御主人様のお金を百両取ったなんぞと、そんな覚えはない。」

源「覚えがないとばかり云っても、それじゃア胴巻の出た趣意が立たねえ、おれまで御疑念がかかり困るから、早く白状して殿様の御疑念を晴《はら》してくれろ。」

とこづかれて、孝助は泣きながら、ただ残念でございますと云っていると、お国は先夜の意趣を晴すはこの時なり、今日こそ孝助が殿様にお手打になるか追出されるかと思えば、心地よく、わざと「孝助どん云わないか。」と云いながら力に任せて孝助の膝をつねるから、孝助は身にちっとも覚えなき事なれど、証拠があれば云い解く術《すべ》もなく、口惜涙《くやしなみだ》を流し、

孝「痛《いと》うございます、どんなに突かれても抓《つね》られても、覚えのない事は云いようがありません。」

国「源助どん、お前から先へ云ってしまいな。」
源「孝助云わねえか。」
と云いながらドンと突飛ばす。
孝「何を突き飛ばすのだね。」
源「いつまでも云わずにいちゃアおれが迷惑する、云いなよ。」
とまた突き飛ばす。孝助は両方から抓《つ》ねられたり突飛ばされたりして、残念で堪《たま》らない。
孝「突き飛ばしたって覚えはない、お前もあんまりだ、一つ部屋にいておれの気性も知っているじゃアないか、お庭の掃除をするにも草花一本も折らないように気を付け、釘一本落ちていても直《す》ぐに拾って来て、お前に見せるようにしているじゃアないか、おいらの心も知っていながら、人を盗賊《どろぼう》と疑ぐるとはあんまり酷《ひど》いじゃアないか、そんなにキャアキャアいうと殿様までが私を疑ぐります。」
始終を聞いていた飯島は大声を上げて、
飯「黙れ孝助、主人の前も憚《はば》からず大声を発して怪《け》しからぬ奴、覚えがなければどうして胴巻が貴様の文庫の中にあったか、それを申せ、どうして胴巻があった。」
孝「どうしてありましたか、さっぱり存じません。」

飯「ただ存ぜぬ知らんと云って済むと思うかえ、不埒《ふらち》な奴だ、おれがこれほど目を懸けてやるにサ、その恩義を打忘れ、金子《きんす》を盗むとは不届《ふとどき》ものめ、手前ばかりではよもあるまい、外《ほか》に同類があるだろう、さア申訳が立たんければ手打にしてしまうからさよう心得ろ。」

と云放つ。源助は驚いて、

源「どうかお手打のところは御勘弁を願います、へいまた何者にか騙《だま》されましたか知れませんから、篤《とく》と源助が取調べ御挨拶を申上げまするまでお手打のところはお日延《ひのべ》を願いとう存じます。」

飯「黙れ源助、さような事を申すと手前まで疑念が懸るぞ、孝助を構い立てすると手前も手打ちにするからさよう心得ろ。」

源「これ孝助、お詫を願わないか。」

孝「私は何もお詫をするような不埒をした事はない、殿様にお手打になるのは有難い事だ、家来が殿様のお手に掛って死ぬのは当然《あたりまえ》の事だ、御奉公に来た時から、身体《からだ》は元より命まで殿様に差上げている気だから、死ぬのは元より覚悟だけれど、これまで殿様の御恩になったその御恩を孝助が忘れたと仰しゃった殿様のお言葉、それればかりが冥途《よみじ》の障《さわ》りだ、しかしこれも無実の難で致し方がない、後でその金を盗んだ奴が出て、ああ孝助が盗んだのではない、孝助は無実の罪であったという事が分るだろうから、今お手打になっても構わない、さア殿様スッパリとお願い申します、お手打になさいまし。」

と摩《す》り寄ると、

飯「今は日のあるうち血を見せては穢《けが》れる恐れがあるから、夕景になったら手打にするから、部屋へ参って蟄居《ちっきょ》しておれ、これ源助、孝助を取逃がさんように手前に預けたぞ。」

源「孝助お詫《わび》を願え。」

孝「お詫をする事はない、お早くお手打を願います。」

飯「孝助よく聞け、匹夫下郎《ひっぷげろう》という者はおのれの悪い事を余所《よそ》にして、主人を怨み、酷《むご》い分らんと我《が》を張って自から舌なぞを嚙《か》み切り、あるいは首をくくって死ぬ者があるが、手前は武士の胤《たね》だという事だからよもさような死にようはいたすまいな、手打になるまできっと待っていろ。」

と云われて孝助は口惜涙の声を慄《ふる》わせ、

孝「そんな死にようはいたしません、早くお手打になすって下さいまし。」

源「これ孝助お詫びを願わないか。」
孝「どうしても取った覚えはない。」
源「殿様は荒い言葉もお掛なすった事もなかったが大枚の百両の金が紛失《ふんじつ》したので、金ずくだから御尤もの事だ、お隣の宮野辺の御次男様にお頼み申し、お詫言《わびごと》を願っていただけ。」
孝「隣の次男なんぞに、たとえ舌を喰って死んでも詫言なぞは頼まねえ。」
源「そんなら相川様へ願え、新五兵衛様へサ。」
孝「何も失錯《しくじり》の廉《かど》がないものを、何も覚えがないのだから、あとで金の盗人《ぬすみて》が知れるに違いない、天誠《まこと》を照すというから、その時殿様が御一言でも、ああ孝助は可愛相な事をしたと云って下されば、そればっかりが私への好《い》い手向《たむけ》だ、源助どん、お前にも長らく御厄介《ごやっかい》になったから、相川様へ養子に行くようになったら、小遣でも上げようと心懸けていたのも、今となっては水の泡、どうぞ私がない後は、お前が一人で二人前《ふたりまえ》の働きをして、殿様を大切に気を付け、忠義を尽して上げて下さい、それればかりがお願いだ、それに源助どん お前は病身だから体を大切に厭《いと》って御奉公をし、丈夫でいておくれ、私は身に覚えのない盗賊《どろぼう》におとされたのが残念だ。」

と声を放って泣き伏しましたから、源助も同じく鼻をすすり、涙を零《こぼ》して眼を擦《こす》りながら、

源「わび事を頼めよ頼めよ。」

孝「心配おしでないよ。」

と孝助はいよいよ手打になる時は、隣の次男源次郎とお国と姦通し、剰《あまつさ》え来月の四日中川で殿様を殺そうという巧みの一伍一什《いちぶしじゅう》を委《くわ》しく殿様の前へ並べ立て、そしてお手打になろうという気でありますから、少しも臆する色もなく、平常《ふだん》の通りでいる。その内に燈《あかり》がちらちらと点《つ》く時刻となりますと、飯島の声で「孝助庭先へ廻れ。」という。この後はどうなりますか、次回《つぎ》までお預り。

十二

伴蔵の家《うち》では、幽霊と伴蔵と物語をしているうち、女房おみねは戸棚に隠れ、熱さを堪《こら》えて襤褸《ぼろ》を被《かぶ》り、ビッショリ汗をかき、虫の息をころしているうちに、お米は飯島の娘お露の手を引いて、姿は朦朧として掻消《かきけ》す如く見えなくなりましたから、伴蔵は戸棚の戸をドンドン叩き、

伴「おみね、もう出なよ。」

みね「まだいやァしないかえ。」

伴「帰《けえ》ってしまった、出ねえ出ねえ。」

みね「どうしたえ。」

伴「どうにもこうにもおれが一生懸命に掛合ったから、飲んだ酒も醒《さ》めてしまった、おらァ全体《ぜんてえ》酒さえのめば、侍《さむれえ》でもなんでも怖《おっ》かなくねえように気が強くなるのだが、幽霊が側《そば》へ来たかと思うと、頭から水を打ちかけられたようになって、すっかり酔《よい》も醒め、口もきけなくなった。」

みね「私が戸棚で聞いていれば、何だかお前と幽霊と話をしている声が幽《かす》かに聞えて、本当に怖《こわ》かったよ。」

伴「おれは幽霊に百両の金を持って来ておくんなせえ、私《わっち》ども夫婦は萩原様のお蔭でどうやらこうやら暮しをつけております者ですから、萩原様に万一《もしも》の事がありましては私ども夫婦は暮し方に困りますから、百両のお金を下さったなら、きっとお札を剥《はが》しましょうというと、幽霊は明日の晩お金を持って来ますからお札を剥してくれろ、それにまた萩原様の首に掛けていらっしゃる海音如来《かいおんにょらい》の御守《おまもり》があって入る事が出来ないから、どうか工夫をしてそのお守を盗み、外へ取捨てて下さいと云ったは、金無垢《きんむく》で丈《たけ》は四寸二分の如来様だそうだ、おれもこの間お開帳《かいちょう》の時ちょっと見たが、あの時坊さんが何か云ってたよ、そも何とかいったっけ、あれに違《ちげ》えねえ、何でも大変な作物《さくもの》だそうだ、あれを盗むんだが、どうだえ。」

みね「どうも旨いねえ、運が向いて来たんだよ、その如来様はどっかへ売れるだろうねえ。」

伴「どうして江戸ではむずかしいから、どこか知らない田舎へ持って行って売るのだなア、たとえ潰《つぶ》しにしても大したものだ、百両や二百両は堅いものだ。」

みね「そうかえ、まア二百両あれば、お前と私と二人ぐらいは一生楽に暮すことが出来るよ、それだからねえ、お前一生懸命でおやりよ。」

伴「やるともさ、だがしかし首にかけているのだから容易に放すまい、どうしたら宜《よ》かろうナ。」

みね「萩原様はこの頃お湯にも入らず、蚊帳《かや》を吊りきりでお経を読んでばかりいらっしゃるものだから、汗臭いから行水《ぎょうずい》をお遣《つか》いなさいと云って勧めて使わせて、私が萩原様の身体《からだ》を洗っているうちにお前がそっとお盗みな。」

伴「なるほど旨《うめ》えや、だがなかなか外へは出まいよ。」

みね「そんなら座敷の三畳の畳を上げて、あそこで遣わせよう。」

と夫婦いろいろ相談をし、翌日湯を沸かし、伴蔵は萩原の宅へ出掛けて参り、

伴「旦那え、今日は湯を沸かしましたから行水をお遣いなせえ、旦那をお初《はつ》に遣わせようと思って。」

新「いやいや行水はいけないよ、少し訳があって行水は遣えない。」

みね「旦那この熱いのに行水を遣わないで毒ですよ、お寝衣《ねめし》も汗でビッショリになっておりますから、お天気ですから宜《よ》うございますが、降りでもすると仕方がありません、身体《からだ》のお毒になりますからお遣いなさいよ。」

新「行水は日暮方《ひくれがた》表で遣うもので、私は少し訳があって表へ出る事の出来ない身分だからいけないよ。」

伴「それじゃアあすこの三畳の畳を上げてお遣《つけ》えなせえ。」

新「いけないよ、裸になる事だから、裸になる事は出来ないよ。」

伴「隣の占者《うらない》の白翁堂先生がよくいいますぜ、何でも穢《きたな》くしておくから病気が起ったり幽霊や魔物などがはいるのだ、清らかにしてさえおけば幽霊なぞはいられねえ、じ

じむさくしておくと内《うち》から病《やまい》が出る、また穢くしておくと幽霊がへいって来ますよ。」
新「穢くしておくと幽霊がはいって来るか。」
伴「来るどころじゃアありません両人《ふたり》で手を引いて来ます。」
新「それでは困る、内で行水を遣うから三畳の畳を上げてくんな。」
というから、伴蔵夫婦はしめたと思い、
伴「それ盥《たらい》を持って来て、手桶《ておけ》へホレ湯を入れて来い。」
などと手早く支度《したく》をした。萩原は着物を脱ぎ捨て、首に掛けているお守を取りはずして伴蔵に渡し、
新「これは勿体《もったい》ないお守だから、神棚へ上げておいてくんな。」
伴「へいへい、おみね、旦那の身体を洗って上げな、よく丁寧にいいか。」
みね「旦那様こちらの方をお向きなすっちゃアいけませんよ、もっと襟《えり》を下の方へ延ばして、もっとズゥッと屈《こご》んでいらっしゃい。」
と襟を洗う振《ふり》をして伴蔵の方を見せないようにしている暇に、伴蔵はかの胴巻をこき、ズルズルと出して見れば、黒塗《くろぬり》つや消《け》しのお厨子《ずし》で、扉を開くと中はがたつくから黒い絹で包《くる》んであり、中には丈《たけ》四寸二分、金無垢の海音如来、そっと懐中へ抜取り、代り物

がなければいかぬと思い、かねて用心に持って来た同じような重さの瓦《かわら》*の不動様を中へ押込み、元のままにして神棚へ上げおき、

伴「おみねや長いのう、あまり長く洗っているとお逆上《のぼせ》なさるから、宜《い》い加減にしなよ。」

新「もう上がろう。」

と身体を拭《ふ》き、浴衣《ゆかた》を着、ああ宜い心持になった。と着た浴衣は経帷子《きょうかたびら》、使った行水は湯灌《ゆかん》となる事とは、神ならぬ身の萩原新三郎は、誠に心持よく表を閉めさせ、宵《よい》の内から蚊帳を吊り、その中で雨宝陀羅尼経《うほうだらにきょう》を頻《しき》りに読んでおります。こちらは伴蔵夫婦は、持ちつけない品を持ったものだからほくほく喜び、宅《うち》へ帰りて、

みね「お前立派な物だねえ、なかなか高そうな物だよ。」

伴「なにおらたちには何だか訳が分らねえが、幽霊はこいつがあるとへいられねえというほどな魔除《まよけ》のお守だ。」

みね「ほんとうに運が向いて来たのだねえ。」

伴「だがのう、こいつがあると幽霊が今夜百両の金を持って来ても、おれの所へへいる事が出来めえが、これにゃア困った。」

みね「それじゃアお前出掛けて行って、途中でお目に懸ってお出でな。」
伴「馬鹿ア云え、そんな事が出来るものか。」
みね「どっかへ預けたら宜かろう。」
伴「預けなんぞして、伴蔵の持物には不似合だ、どういう訳でこんな物を持っていると聞かれた日にゃア盗んだ事が露顕して、こっちがお仕置《しおき》になってしまわァ、また質《しち》に置くことも出来ず、と云って宅へ置いて、幽霊が札が剝がれたから萩原様の窓からへいって、萩原様を喰殺すか取殺した跡をあらためた日にゃア、お守が身体にないものだから、誰か盗んだに違《ちげ》えねえと詮議になると、疑《うたぐ》りのかかるは白翁堂かおれだ、白翁堂は年寄の事で正直だから、こちらはのっけに疑ぐられ、家捜《やさが》しでもされてこれが出ては大変だからどうしよう、これを羊羹箱《ようかんばこ》か何かへ入れて畑へ埋めておき、上へ印の竹を立てておけば、家捜しをされても大丈夫だ、そこで一旦身を隠して、半年か一年も立って、ほとぼりの冷めた時分帰《けえ》って来て掘出せば大丈夫知れる気遣はねえ。」
みね「旨い事ねえ、そんなら穴を深く掘って埋めておしまいよ。」
と、直《すぐ》に伴蔵は羊羹箱の古いのにかの像を入れ、畑へ持出し土中へ深く埋めて、その上へ目標《めじるし》の竹を立置き立帰り、さアこれから百両の金の来るのを待つばかり、前祝いに一杯やろうと夫婦差向いで互に打解け酌交《くみか》わしもう今に八ツになる頃だからというので、女房は戸棚へはいり、伴蔵一人酒を飲んで待っているうちに、八ツの鐘が忍ケ岡《しのぶおか》に響いて聞えますと、一際《ひときわ》世間がしんといたし、水の流れも止り、草木も眠るというくらいで、壁にすだく蟋蟀《こおろぎ》の声も幽《かす》かに哀《あわれ》を催おし、物凄く、清水の下《もと》からいつもの通り駒下駄の音高くカランコロンカランコロンと聞えましたから、伴蔵は来たなと思うと身の毛もぞっと縮まるほど怖ろしく、かたまって、様子を窺《うかが》っていると、生垣の元へ見えたかと思うと、いつの間にやら縁側のところへ来て、「伴蔵さん伴蔵さん。」と云われると、伴蔵は口が利《き》けない、ようようの事で、「へいへい。」と云うと、

米「毎晩上りまして御迷惑の事を願い、誠に恐れ入りまするが、まだ今晩も萩原様の裏窓のお札が剝《はが》れておりませんから、どうかお剝しなすって下さいまし、お嬢様が萩原様に逢いたいと私をお責め遊ばし、おむずかって誠に困り切りまするから、どうぞあなた様、二人の者を不便《ふびん》に思召《おぼしめ》しお札を剝して下さいまし。」

伴「剝します、へい剝しますが、百両の金を持って来て下すったか。」

米「百目《ひゃくめ》の金子《きんす》たしかに持参いたしましたが、海音如来の御守をお取捨《とりすて》になりましたろうか。」

伴「へい、あれは脇へ隠しました。」

米「さようなれば百目の金子お受取り下さいませ。」

とズッと差出すを、伴蔵はよもや金ではあるまいと、手に取上げて見れば、ズンとした小判《こばん》の目方《めかた》、持った事もない百両の金を見るより伴蔵は怖い事も忘れてしまい、慄えながら庭へ下り立ち、「御一緒にお出でなせえ。」と二間梯子《にけんばしご》を持出し、萩原の裏窓の蔀《*しとみ》へ立て懸け、慄える足を踏締《ふみし》めながらようよう登り、手を差伸ばし、お札を剝そうとしても慄えるものだから思うように剝れませんから、力を入れて無理に剝そうと思い、グッと手を引張る拍子に、梯子がガクリと揺れるに驚き、足を踏み外し、逆《さか》とんぼうを打って畑の中へ転げ落ち、起上《おきあが》る力もなく、お札を片手に摑《つか》んだまま声をふるわし、ただ南無阿弥陀仏南無阿弥陀仏と云っていると、幽霊は嬉しそうに両人顔を見合せ、

米「嬢様、今晩は萩原様にお目にかかって、十分にお怨みを仰しゃいませ、さアいらっしゃい。」

と手を引き伴蔵の方を見ると、伴蔵はお札を摑んで倒れておりますものだから、袖で顔を隠しながら、裏窓からズッと中へはいりました。

十三

飯島平左衛門の家《うち》では、お国が、今夜こそかねて源次郎と諜《しめ》し合せた一大事を立聞きした邪魔者の孝助が、殿様のお手打になるのだから、仕すましたりと思うところへ、飯島が奥から出てまいり、

飯「国、国、誠にとんだ事をした、譬《たとえ》にも七たび捜して人を疑ぐれという通り、紛失《ふんじつ》した百両の金子《きんす》が出たよ、金の入れ所は時々取違えなければならないものだから、おれが外《ほか》へ仕舞っておいて忘れていたのだ、皆《みんな》に心配を掛けて誠に気の毒だ、出たから悦《よろこ》んでくれろ。」

国「おやまアお目出度うございます。」

と口には云えど、腹の内ではちっとも目出たい事も何にもない。どうして金が出たであろうと不審が晴れないでおりますと、

飯「女どもを皆ここへ呼んでくれ。」

国「お竹どん、おきみどん皆ここへお出《い》で。」

竹「ただ今承わりますればお金が出ましたそうでおめでとう存じます。」

君「殿様誠におめでとうございます。」
飯「孝助も源助もここへ呼んで来い。」
女「孝助どん源助どん、殿様がめしますよ。」
源「へいへい、これ孝助お詫事《わびごと》を願いな、お前は全く取らないようだが、お前の文庫の中から胴巻が出たのがお前があやまり、詫ごとをしなよ。」
孝「いいよ、いよいよお手打になるときは、殿様の前で私が列《なら》べ立てる事がある、それを聞くとお前はさぞ悦ぶだろう。」
源「なに嬉しい事があるものか、殿様が召すからマア行こう。」
と両人連立《つれだ》ってまいりますと、
飯「孝助、源助、こっちへ来てくれ。」
源「殿様、ただ今部屋へ往《い》って段々孝助へ説得をいたしましたが、どうも全く孝助は盗《と》らないようにございます、お腹立《はらだち》の段は重々《じゅうじゅう》御尤でござりますが、お手打の儀は何《なに》卒《とぞ》廿三日までお日延《ひのべ》のほどを願いとう存じます。」
飯「まアいい、孝助これへ来てくれ。」
孝「はいお庭でお手打になりますか、蓙《ござ》をこれへ敷きましょうか、血が滴《た》れますから。」

飯「縁側へ上がれ。」

孝「へい、これはお縁側でお手打、これは有がたい、勿体《もったい》ない事で。」

飯「そう云っちゃア困るよ、さて源助、孝助、誠に相済まん事であったが、百両の金は実はおれが仕舞処《しまいどころ》を違えておいたのが、用簞笥《ようだんす》から出たから喜んでくれ、家来だからあんなに疑ってもよいが、外《ほか》の者でもあってはおれが言訳のしようもない位な訳で、誠に申しわけがない。」

孝「お金が出ましたか、さようなれば私は盗賊《どろぼう》ではなく、お疑《うたぐ》りは晴れましたか。」

飯「そうよ、疑りはすっぱり晴れた、おれが間違いであったのだ。」

孝「ええ有がとうござります、私は素《もと》よりお手打になるのは厭《いと》いませんけれども、ただ全く私が取りませんのを取ったかと思われまするのが冥路《よみじ》の障《さわ》りでございましたが、御疑念が晴れましたならお手打は厭いません、ササお手打になされまし。」

飯「おれが悪かった、これが家来だからいいが、もし朋友か何かであった日にゃア腹を切っても済まないところ、家来だからといって、無闇《むやみ》に疑りを掛けては済まない、飯島が板の間へ手を突いてことごとく詫びる、堪忍してくれ。」

孝「ああ勿体ない、誠に嬉しゅうございました、源助どん。」
源「誠にどうも。」
飯「源助、手前は孝助を疑って孝助を突いたから謝《あや》まれ。」
源「へいへい孝助どん、誠に済みません。」
飯「たけや何かも何か少し孝助を疑ったろう。」
竹「ナニ疑りはいたしませんが、孝助どんは平常《ふだん》の気性にも似合ないことだと存じまして、ちっとばかり。」
飯「やはり疑ったのだから謝まれ、きみも謝まれ。」
竹「孝助どん、誠にお目出度う存じます、先ほどは誠に済みません。」
飯「これ国、貴様は一番孝助を疑り、膝を突《つっ》いたり何かしたから余計に謝まれ、おれでさえ手をついて謝ったではないか、貴様はなおさら丁寧に詫をしろ。」
国「孝助どん誠に重々すまない事をいたしました、どうか勘弁しておくんなさいましと云われてお国は、こんどこそ孝助がお手打になる事と思い、心の中で仕済ましたりと思っているところへ、金子が出て、孝助に謝まれと云うから残念で堪《たま》らないけれども、仕方がないから、よ。」

孝「なに宜しゅうございます、お金が出たから宜《い》いがもしお手打にでもなるなら、殿様の前でおためになる事を並べ立《たて》て死のうと思って……。」

と急込《せきこ》んで云いかけるを、飯島は、

飯「孝助何も云ってくれるな、おれにめんじて何事もいうな。」

孝「恐れ入ります、金子は出ましたが、あの胴巻はどうして私の文庫から出ましたろう

飯「あれはホラいつか貴様が胴巻の古いのを一つ欲しいと云った事があったっけノウ、その時おれが古いのを一つやったじゃないか。」

孝「ナニさような事は。」

飯「貴様がそれ欲しいと云ったじゃないか。」

孝「草履取《ぞうりとり》の身の上で縮緬《ちりめん》のお胴巻を戴いたとて仕方がございません。」

飯「こいつ物覚えの悪いやつだ。」

孝「私より殿様は百両のお金を仕舞い忘れる位ですからあなたの方が物覚えがわるい。」

飯「なるほどこれはおれがわるかった、何しろ目出度いから皆に蕎麦《そば》でも喰わせてやれ。」

と飯島は孝助の忠義の志しはかねて見抜いてあるから、孝助が盗み取るようなことはないと知っている故、金子は全く紛失したなれども、別に百両を封金に拵え、この騒動を我が粗忽《そこつ》にしてぴったりと納まりがつきました。飯島はかほどまでに孝助を愛する事ゆえ、孝助も主人のためには死んでもよいと思い込んでおりました。かくてその月も過ぎて八月の三日となり、いよいよ明日《あす》はお休みゆえ、殿様と隣邸《となり》の次男源次郎と中川へ釣に行く約束の当日なれば、孝助は心配をいたし、今夜隣の源次郎が来て当家に泊るに相違ないから、殿様に明日《みょうにち》の釣をお止めなさるように御意見を申し上げ、もしどうしてもお聞入《ききいれ》のないその時は、今夜客間に寝ている源次郎めが中二階《ちゅうにかい》に寝ているお国のところへ廊下伝いに忍び行くに相違ないから、廊下で源次郎を槍玉《やりだま》にあげ、中二階へ踏込んでお国を突殺し、自分はその場から去らず切腹すれば、何事もなく事済《ことずみ》になるに違いない、これが殿様へ生涯の御恩返し、しかしどうかして明日主人を漁にやりたくないから、一応は御意見をして見ようと、

孝「殿様明日は中川へ漁にいらっしゃいますか。」

飯「ああ行くよ。」

孝「たびたび申上げるようですが、お嬢様がお亡くなりになり、まだ間もない事でございまするから、お見合せなすっては如何《いかが》。」

飯「おれは外に楽みはなく釣が極《ご》好きで、番*がこむから、たまには好きな釣ぐらいはしなければならない、それを止めてくれては困るな。」

孝「あなたは泳ぎを御存じがないから水辺《すいへん》のお遊びは宜しくございません、それともたっていらっしゃいますならば孝助お供いたしましょう、どうか手前お供にお連れください。」

飯「手前は釣は嫌いじゃないか、供はならんよ、能《よ》く人の楽みを止める奴だ、止めるな。」

孝「じゃア今晩やってしまいます、長々御厄介《ごやっかい》になりました。」

飯「何を。」

孝「え、なんでも宜しゅうございます、こちらの事です、殿様私は三月二十一日に御当家へ御奉公に参りまして、新参者の私を、人が羨《うらや》ましがるほどお目を掛けてくださり、御恩義のほどは死んでも忘れはいたしません、死ねば幽霊になって殿様のお身体《からだ》に附きまとい、凶事のないように守りまするが、全体あなたは御酒《ごしゅ》を召上れば前後も知らずお寝《やす》みになる、また召上がらねば少しもお寝みになる事が出来ません、御酒も随分気を散じますから少々は召上がっても宜しゅうございますが多分に召上ってお酔いなすっては、たとえどんなに御剣術が御名人でも、悪者がどんなことをいたしますかも知れません。

私はそれが案じられてなりません。」

飯「さような事は云わんでも宜しい、あちらへ参れ。」

孝「へえ。」

と立上がり、廊下を二足三足行きにかかりましたが、これがもう主人の顔の見納めかと思えば、足も先に進まず、また振返って主人の顔を見てポロリと涙を流ししおしおとして行きますから、振返るを見て飯島もハテナと思い、しばし腕拱《うでこまぬ》き、小首かたげて考えておりました。孝助は玄関に参り、欄間《らんま》に懸ってある槍をはずし、手に取って鞘《さや》を外して検《あらた》めるに、真赤に錆《さ》びておりましたゆえ、庭へ下り、砥石《といし》を持来《もちきた》り、槍の身をゴシゴシ研《と》ぎはじめていると、

飯「孝助、孝助。」

孝「へいへい。」

飯「何だ、何をする、どういたすのだ。」

孝「これは槍でございます。」

飯「槍を研いでどういたすのだえ。」

孝「あんまり真赤に錆《さび》ておりますから、なんぼ泰平の御代《みよ》とは申しながら、狼藉《ろうぜき》ものでも入りますと、その時のお役に立たないと思い、身体が閑《ひま》でございますから研ぎ始めたのでございます。」

飯「錆槍で人が突けぬような事では役にたたんぞ、たとえ向うに一寸幅の鉄板《てついた》があろうとも、こちらの腕さえ確《たしか》ならプツリッと突き抜ける訳のものだ、錆ていようが丸刃《まるば》であろうが、さような事に頓着はいらぬから研ぐには及ばん、また憎い奴を突殺す時は錆槍で突いた方が、先の奴が痛いからこちらがかえっていい心持だ。」

孝「なるほどこりゃアそうですな。」

とそのまま槍を元のところへ掛けておく。飯島は奥へはいり、その晩源次郎がまいり酒宴《さかもり》が始まり、お国が長唄*の地で春雨かなにか三味線《さみせん》を掻きならし、当時の九時過まで興を添えておりましたが、もうお引《ひけ》にしましょうと客間へ蚊帳《かや》を一杯に吊って源次郎を寝かし、お国は中二階へ寝てしまいました。お国は誰が泊っても中二階へ寝なければ源次郎の来た時不都合《ふつごう》だから、何時《いつ》でもお客さえあればここへ寝ます。夜も段々と更け渡ると、孝助は手拭《てぬぐい》を眉深《まぶか》に頬冠《ほおかむ》りをし、紺看板に梵天帯《ぼんてんおび》を締め、槍を小脇に掻込《かいこ》んで庭口へ忍び込み、雨戸を少々ずつ二所《ふたところ》明けておいて、花壇の中《うち》へ身を潜《ひそ》め隠し縁の下へ槍を突込んで様子を窺っている。その中に八ツの鐘がボーンと鳴り響く、この鐘は目白の鐘だから少々早めです。すると、さらりさらり障子を明け、抜足《ぬきあし》をして廊下を忍び来る者は、寝衣姿《ねまきすがた》なれば、たしかに源次郎に相違ないと、孝助は首を差延べ様子を窺うに、行燈《あんどう》の明りがぼんやりと障子に映るのみにて薄暗く、はっきりそれとは見分けられねど、段々中二階の方へ行くから、孝助はいよいよ源次郎に違いなしとやり過し、戸の隙間《すきま》から脇腹を狙って、物をも云わず、力を任せて繰出す槍先は過《あやま》たず、プツリッと脾腹《ひばら》へ掛けて突き徹《とお》す。突かれて男はよろめきながら右手《めて》を延して槍先を引抜きさまグッと突返す、突かれて孝助たじたじと石へ躓《つまず》き尻もちをつく。男は槍の穂先を摑《つか》み、縁側より下へヒョロヒョロと降り、沓脱石《くつぬぎいし》に腰を掛け、「孝助外庭へ出ろ出ろ。」と云われて孝助、オヤ、と言って見ると、びっくりしたは源次郎と思いの外、大恩受けたる主人の肋骨《あばら》へ槍を突掛けた事なれば、アッとばかりに呆《あき》れはて、ただキョトキョトキョトキョトとして逆上《のぼせ》あがってしまい、呆気《あっけ》に取られて涙も出ずにいる。

飯「孝助こちらへ来い。」
と気丈な殿様なれば袂《たもと》にて疵口《きずぐち》を確《しっ》かと抑えてはいるものの、血《のり》は溢《あふ》れてぽたりぽたりと流れ出す。飯島は血《のり》に染みたる槍を杖として、飛石伝いにヒョロヒョロと建仁寺垣《けんにんじがき》の外なる花壇の脇のところへ孝助を連れて来る。孝助は腰が抜けてしまって、歩けないで這って来た。
孝「へいへい間違でございます。」
飯「孝助おれの上締《うわじめ》を取って疵口を縛《しば》れ、早く縛れ。」
と云われても、孝助は手がブルブルとふるえて思うままに締らないから、飯島自ら疵口をグッと堅く締め上げ、なお手をもってその上を押え、根府川《ねぶかわ》の飛石の上にペタペタと坐る。
孝「殿様、とんでもない事をいたしました。」
とばかりに泣出《なきいだ》す。
飯「静かにしろ、他へ洩れては宜しくないぞ、宮野辺源次郎めを突こうとして、過まって平左衛門を突いたか。」
孝「大変な事をいたしました、実は召使《めしつかい》のお国と宮野辺の次男源次郎と疾《とく》より不義をしていて、先月《あとげつ》廿一日お泊番《とまりばん》の時、源次郎がお国の許へ忍び込み、お国と密々《ひそひそ》話している処へうっかり私がお庭へ出て参り、様子を聞くと、殿様がいらっしゃっては邪魔になるゆえ、来月の四日中川にて殿様を釣舟から突落して殺してしまい、体能《ていよ》くお頭《かしら》に届けをしてしまい、源次郎を養子に直し、お国と末長く楽しもうとの悪工《わるだく》み、聞くに堪《た》えかね、怒りに任せ、思わず呻《うな》る声を聞きつけ、お国が出て参り、かれこれと言い合わしたものの、源次郎の方には殿様から釣道具の直しを頼みたいとの手紙を以て証拠といたし、一時は私云い籠められ、弓の折《おれ》にてしたたかに打たれ、いまだに残る額の疵、口惜《くやし》くてたまりかね、表向《おもてむき》にしようとは思ったなれど、こちらは証拠のない聞いた事、殊に向うは次男の勢い、無理でも圧《おさ》え付けられて私はお暇《いとま》になるに相違ないと思い諦め、あの事は胸にたたんでしまっておき、いよいよ明日は釣にお出《いで》になるお約束日ゆえお止め申しましたが、お聞入れがないから、是非なく、今晩二人の不義者を殺し、その場を去らず切腹なし、殿様の難義をお救い申そうと思った事は*鶍《いすか》の嘴《はし》と喰違い、とんでもない間違をいたしました、主人のために仇《あだ》を討とうと思ったにかえって主人を殺すとは神も仏もない事か、何たる因果な事であるか、殿様御免遊ばせ。」

と飛石へ両手をつき孝助は泣き転がりました。飯島は苦痛を堪《こら》えながら、

飯「あああ不束《ふつつか》なるこの飯島を主人と思えばこそ、それほどまでに思うてくれる志忝《かたじけ》ない、なんぼ敵同士《かたきどうし》とは云いながら現在汝《なんじ》の槍先に命を果《はた》すとは輪廻《りんね》応報、ああ実に殺生《せっしょう》は出来んものだなア。」

孝「殿様敵同士《かたきどうし》とは情ない、何で私は敵同士でございますの。」

飯「其方《そのほう》が当家へ奉公に参ったは三月二十一日、その時某《それがし》非番にて貴様の身の上を尋ねしに、父は小出《こいで》の藩中にて名をば黒川孝蔵と呼び、今を去る事十八年前、本郷三丁目藤村屋新兵衛という刀屋の前にて、何者とも知れず人手に罹《かか》り、非業《ひごう》の最期《さいご》を遂げたゆえ、親の敵《かたき》を討ちたいと、若年《じゃくねん》の頃より武家奉公を心掛け、ようようの思いで当家へ奉公住《ほうこうずみ》をしたから、どうか敵の討てるよう剣術を教えて下さいと手前の物語りをした時、びっくりしたというは、拙者がまだ平太郎と申し部屋住《へやずみ》の折、かの孝蔵といささかの口論がもととなり、切捨てたるはかく云う飯島平左衛門であるぞ。」

と云われて孝助はただへいへいとばかりに呆れ果て、張詰めた気もひょろぬけて腰が抜け、ペタペタと尻もちを突き、呆気に取られて、飯島の顔を打眺め、茫然としておりましたが、しばらくして、

孝「殿様そう云う訳なれば、なぜその時にそう云っては下さいません、お情のうござ

います。」

飯「現在親の敵と知らず、主人に取って忠義を尽す汝の志、殊に孝心深きに愛《め》で、不便《びん》なものと心得、いつか敵と名告《なの》って汝に討たれたいと、さまざまに心痛いたしたなれど、かりそめにも一旦主人とした者に刃向えば主殺《しゅうごろ》しの罪は遁《のが》れ難し、されば如何にもして汝をば罪に落さず、敵と名告り討たれたいと思いし折から、相川より汝を養子にしたいとの所望に任せ、養子に遣わし、一人前の侍となしておいて仇《かたき》と名告り討たれんものと心組んだるそのところへ、国と源次郎めが密通《みっつう》したを怒《いか》って、二人の命を絶たんとの汝の心底、最前庭にて錆槍を磨《と》ぎし時より暁《さと》りしゆえ、機を外さず討たれんものと、わざと源次郎の容《かたち》をして見違えさせ、槍で突かして孝心の無念をここに晴《はら》させせんと、かくは計らいたる事なり、今汝が錆槍にて脾腹を突かれし苦痛より、先の日汝が手を合せ、親の敵を討てるよう剣術を教えてくだされと、頼まれた時のせつなさは百倍増《まし》であったるぞ、定めて敵を討ちたいだろうが、我首を切る時は忽《たちま》ち主殺しの罪に落ちん、されば我髷《まげ》をば切取って、之にて胸をば晴し、其方はひとまずここを立退《たちの》いて、相川新五兵衛方へ行き密々《みつみつ》に万事相談いたせ、この刀は先《さき》つ頃藤村屋新兵衛方にて買わんと思い、見ているうちに喧嘩となり、汝の父を討ったる刀、中身《なかご》は天正助定《てんしょうすけさだ》なれば、これを汝に形《かた》見《み》として遣わすぞ、またこの包の中には金子百両と悉《くわ》しく跡方の事の頼み状、これを披《ひら》いて読下《よみくだ》せば、我が屋敷の始末のあらましは分るはず、汝いつまで名残を惜しみてここにいる時は、汝は主殺《しゅうごろし》の罪に落るのみならず、飯島の家は改易《かいえき》となるは当然《あたりまえ》、この道理を聞分けて疾《と》く参れ。」

孝「殿様、どんな事がございましょうともこの場は退《の》きません、たとえ親父《おやじ》をお殺しなさりょうが、それは親父が悪いから、かくまで情《なさけ》ある御主人を見捨てて他へ立退けましょうか、忠義の道を欠く時はやっぱり孝行は立たない道理、一旦主人と頼みしお方を、粗相とは云いながら槍先にかけたは私の過り、お詫のためにこの場にて切腹いたして相果てます。」

飯「馬鹿な事を申すな、手前に切腹させる位なら飯島はかくまで心痛はいたさぬわ、さような事を申さず早く往け、もしこの事が人の耳に入りなば飯島の家に係わる大事、悉しい事は書置《かきおき》にあるから早く行かぬか、これ孝助、一旦主従の因縁を結びし事なれば、仇《あだ》は仇恩《おん》は恩、よいか一旦仇を討ったる後は三世も変らぬ主従と心得てくれ、敵同士でありながら汝の奉公に参りし時から、どう云う事か其方が我子のように可愛くてなア。」

と云われ孝助は、おいおいと泣きながら、

孝「へいへい、これまで殿様の御丹誠を受けまして、剣術といい槍といい、なま兵《びょう》法《ほう》に覚えたが今日かえって仇となり、腕が鈍くばかくまでに深くは突かぬものであったに、御勘弁なすってくださいまし。」

と泣き沈む。

飯「これ早く往《ゆ》け、往かぬと家は潰《つぶ》れるぞ。」

と急き立てられて、孝助はやむをえず形見の一刀腰に打込み、包を片手に立上り、主人の命に随って脇差《わきざし》抜いて主人の元結《もとゆい》をはじき、大地へ慟《どう》と泣伏し、

孝「おさらばでございます。」

と別れを告げてこそこそ門を出て、早足に水道端《すいどうばた》なる相川の屋敷に参り、

孝「お頼《たの》ん申します、お頼ん申します。」

相「善蔵や誰か門を叩くようだ、御廻状《ごかいじょう》が来たのかも知れん、ちょっと出ろ、善蔵や。」

善「へいへい。」

相「何だ、返事ばかりしていてはいかんよ。」

善「ただ今明けます、ただ今、へい真暗《まっくら》でさっぱり訳がわからない、ただ今ただ今、

へいへい、どっちが出口だか忘れた。」
コツリと柱で頭を打《ぶ》ッつけ、アイタアイタタタタと寝惚眼《ねぼけまなこ》をこすりながら戸を開いて表へ立出《たちい》で、
善「外の方がよっぽど明るいくらいだ、へいへいどなた様でございます。」
孝「飯島の家来孝助でございますが、宜しくお取次を願います。」
善「御苦労様でございます、ただ今明けます。」
と石の吊してある門をがッたんがッたんと明ける。
孝「夜中《やちゆう》上りまして、おしずまりになったところを御迷惑をかけました。」
善「まだ殿様はおしずまりなされぬようで、まだ御本のお声が聞えますすくらい、先ずおはいり。」
と内へ入れ、善蔵は奥へ参り、
善「殿様、ただ今飯島様の孝助様がいらっしゃいました。」
相「それじゃアこれへ、アレ、コリャ善蔵寝惚《ねぼけ》てはいかん、これ蚊帳の釣手を取って向うの方へやっておけ、これ馬鹿何を寝惚ているのだ、寝ろ寝ろ、仕方のない奴。」
と呟《つぶや》きながら玄関まで出迎え、これは孝助殿、さアさアお上り、今では親子の中何も遠

慮はいらない、ズッと上れ。と座敷へ通し、

相「さて孝助殿、夜中のお使《つかい》定めて火急の御用だろう、承りましょう、ええどう云う御用か、何だ泣いているな、男が泣くくらいではよくよくな訳だろうが、どうしたんだ。」

孝「夜中上り恐れ入りますが、不思議の御縁、御当家様の御所望に任せ、主人得心《とくしん》の上私養子のお取極《とりきめ》はいたしましたが、深い仔細《しさい》がございまして、どうあっても遠国へ参らんければなりませんゆえ、この縁談は破談と遊ばして、どうか外々《ほかほか》から御養子をなされて下さいませ。」

相「はいナアなるほどよろしい、お前が気に入らなければ仕方がないねえ、高《たか》は少なし、娘は不束なり、舅《しゅうと》はこの通りの粗忽家《そそつかしや》で一つとして取りどころがない、だが娘がお前の忠義を見抜いて煩《わずら》うまでに思い込んだもんだから、殿様にも話し、お前の得心の上取極めた事であるのを、お前一人来て破談をしてくれろと云ってもそれは出来ないな、殿様が来てお取極めになったのを、お前一人で破るには、何か趣意がなければ破れまい、さようじゃござらんか、どう云う訳だか次第を承わりましょう、娘が気に入らないのか、舅が悪いのか、高が不足なのか、何んだ。」

孝「決してそういう訳ではございません。」

相「それじゃアお前は飯島様を失錯《しくじ》りでもしたか、どうも尋常《ただ》の顔付ではない、お前は根が忠義の人だから、しくじってハッと思い、腹でも切ろうか、遠方へでも行こうと云うのだろうが、そんな事をしてはいかん、しくじったなら私が一緒に行って詫をしてやろう、もうお前は結納《ゆいのう》まで取交《とりかわ》せをした事だから、内の者に云い付けて、孝助どのとは云わせず、孝助様と呼ばせるくらいで、云わば内の悴《せがれ》を来年の二月婚礼をいたすまで、先の主人へ預けておくのだ、少し位の粗相があったッてしくじらせる事があるものか、と不理窟をいえばそんなものだが、マア一緒に行こう、行ってやろう。」

孝「いいえ、そう云う訳ではございません。」

相「何だ、それじゃアどう云う訳だ。」

孝「申すに申し切れないほどな深い訳がございまして。」

相「ははア分った、宜しい、そうあるべき事だろう、どうもお前のような忠義もの故、飯島様が相川へ行ってやれ、ハイと主命を背《そむ》かず答はしたものの、お前の器量だから先に約束をした女でもあるのだろう、ところが今度の事をその女が知って私が先約だから是非とも女房にしてくれなければ主人に駈込んでこの事を告げるとか、何とか云い出したもんだから、お前はハッと思い、その事が主人へ知れては相済まん、それじゃアお前を一緒に連れて遠国へ逃げようと云うのだろう、なに一人ぐらいの妾《めかけ》はあっても宜しい、お頭《かしら》へちょっと届けておけば仔細はない、尤もの事だ、娘は表向の御新造《ごしんぞ》として、内々《ないない》のところはその女を御新造としておいてもいい、私が取る分米《ぶんまい》をその女にやりますから宜しい、私が行ってその女に逢って頼みましょう、その女は何者じゃ、芸者か何んだ。」

孝「そんな事ではございません。」

相「それじゃア何んだよ、エイ何んだ。」

孝「それではお話をいたしまするが、殿様は負傷《ておい》でいます。」

相「ナニ負傷で、何故早く云わん、それじゃア狼藉者が忍び込み、飯島がさすが手者《てしゃ》でも多勢に無勢、切立てられているのを、お前が一方を切抜けて知らせに来たのだろう、宜しい手前は剣術は知らないが、若い時分に学んで槍は少々心得ておる、参ってお助太刀《すけだち》をいたそう。」

孝「さようではございません、実は召使の国と隣の源次郎と疾《とう》から密通をして。」

相「へい、やっていますか、呆れたものだ、そういえばちらちらそんな噂もあるが、恩人の思いものをそんな事をして憎い奴だ、人非人《にんぴにん》ですねえ、それからそれから。」

孝「先月の二十一日、殿様お泊番《とまりばん》の夜に、源次郎が密《ひそ》かにお国の許へ忍び込み、明日中川にて殿様を舟から突落し殺そうとの悪計《わるだく》みを、私が立聞《たちぎき》をしたところから、争いとなりましたが、こちらは悲しいかな草履取の身の上、向うは二男の勢なれば喧嘩は負となったのみならず、弓の折にて打擲《ちょうちゃく》され、額に残るこの疵もその時打たれた疵でございます。」

相「不届至極《ふとどきしごく》な奴だ、お前なぜその事を直《すぐ》に御主人に云わないのだ。」

孝「申そうとは思いましたが、私の方は聞いたばかり、証拠にならず、向うには殿様から、暇があったら夜にでも宅《うち》へ参って釣道具の損じを直してくれとの頼みの手紙がある事ゆえ、表沙汰にいたしますれば、主人は必ず隣へ対し、義理にも私はお暇《いとま》になるに違いはありません、さすれば後にて二人の者が思うがままに殿様を殺しますから、どうあってもあのお邸は出られんと今日まで胸*を摩《さす》っておりましたが、明日《あした》はいよいよ中川へ釣にお出《いで》になる当日ゆえ、それとなく今日殿様に明日の漁をお止め申しましたが、お聞入れがありませんから、やむをえず、今宵《こよい》の内に二人の者を殺し、その場で私が切腹すれば、殿様のお命に別条はないと思い詰め、槍を提げて庭先へ忍んで様子を窺《うかが》いました。」

相「誠に感心感服、アア恐れ入ったね、忠義な事だ、誠にどうも、それだから娘より私《わし》が惚《ほ》れたのだ、お前の志は天晴《あっぱれ》なものだ、そのような奴は突放《つきつぱな》しで宜《い》いよ、腹は切らんでも宜いよ、私がどのようにもお頭に届を出しておくよ、それからどうした。」

孝「そういたしまするとと、廊下を通る寝衣姿《ねまきすがた》はたしかに源次郎と思い、繰出す槍先あやまたず、脇腹深く突き込みましたところ間違って主人を突いたのでございます。」

相「ヤレハヤ、それはなんたることか、しかし疵は浅かろうか。」

孝「いえ、深手でございます。」

相「イヤハヤどうも、なぜ源次郎と声を掛けて突かないのだ、無闇に突くからだ、困った事をやったなア、だが過って主人を突いたので、お前が不忠者でない悪人でない事は御主人は御存じだろうから、間違いだと云う事を御主人へ話したろうね。」

孝「主人は疾くより得心にて、わざと源次郎の姿と見違えさせ、私に突かせたのでございます。」

相「これはマア何ゆえそんな馬鹿な事をしたんだ。」

孝「私には深い事は分りませんが、このお書置に委《くわ》しい事がございますから。」

と差出す包を、

相「拝見いたしましょう、どれこれかえ、大きな包だ、前掛《まえかけ》が入っている、ナニ婆やアのだ、なぜこんなところに置くのだ、そっちへ持って行け、コレ本の間に眼鏡があるから取ってくれ。」

と眼鏡を掛け、行燈《あんどん》の明り掻き立て読下して相川も、ハッとばかりに溜息をついて驚きました。

十四

伴蔵は畑へ転がりましたが、両人の姿が見えなくなりましたから、慄《ふる》えながらようよう起上り、泥だらけのまま家《うち》へ駈け戻り、

伴「おみねや、出なよ。」

みね「あいよ、どうしたえ、まア私《わたし》は熱かったこと、膏汗《あぶらあせ》がビッショリ流れるほど出たが、我慢をしていたよ。」

伴「手前《てめえ》は熱い汗をかいたろうが、おらア冷てえ汗をかいた、幽霊が裏窓からはいって行ったから、萩原様は取殺されてしまうだろうか。」

みね「私の考えじゃア殺すめえと思うよ、あれは悔《くや》しくって出る幽霊ではなく、恋しい恋しいと思っていたのに、お札があってはいれなかったのだから、これが生きている

人間ならば、お前さんはあんまりな人だとか何とか云って口説《くぜつ》でも云うところだから殺す気遣はあるまいよ、どんな事をしているか、お前見ておいでよ。」

伴「馬鹿をいうな。」

みね「表から廻ってそっと見ておいでヨウヨウ。」

といわれるから、伴蔵は抜足して萩原の裏手へ廻り、しばらくして立帰り、

みね「大層長かったね、どうしたえ。」

伴「おみね、なるほど手前の云う通り、何だかゴチャゴチャ話し声がするようだから覗いて見ると、蚊帳《かや》が吊ってあって何だか分らないから、裏手の方へ廻るうちに、話し声がパッタリとやんだようだから、大方《おおかた》仲直りがあって幽霊と寝たのかも知れねえ。」

みね「いやだよ、詰らない事をお云いでない。」

という中に夜もしらしらと明け離れましたから、

伴「おみね、夜が明けたから萩原様のところへ一緒に往《い》って見よう。」

みね「いやだよ私ゃ夜が明けても怖くっていやだよ。」

というのを、

伴「マア往きねえよ。」

と打連れだち、

伴「おみねや、戸を明けねえ。」

みね「いやだよ、何だか怖いもの。」

伴「そんな事を云ったって、手前が毎朝戸を明けるじゃアねえか、ちょっと明けねえな。」

みね「戸の間から手を入れてグッと押すと、栓張棒《しんばりぼう》が落ちるから、お前お明けよ。」

伴「手前そんな事を云ったって、毎朝来て御膳《ごぜん》を炊《た》いたりするじゃアねえか、それじゃア手前手を入れて栓張だけ外すがいい。」

みね「私ゃいやだよ。」

伴「それじゃアいいや。」

と云いながら栓張を外し、戸を引き開けながら、

伴「御免ねえ、旦那え旦那え夜が明けやしたよ、明るくなりやしたよ、旦那え、おみねや、音も沙汰もねえぜ。」

みね「それだからいやだよ。」

伴「手前先へ入《へい》れ、手前はここの内の勝手をよく知っているじゃアねえか。」

みね「怖い時は勝手もなにもないよ。」

伴「旦那え旦那え、御免なせえ、夜が明けたのに何怖いことがあるものか、日の恐れがあるものを、なんで幽霊がいるものか、だがおみね世の中に何が怖いッてこの位怖いものアねえなア。」

みね「ああ、いやだ。」

伴蔵は呟《つぶや》きながら中仕切《なかじきり》の障子を明けると、真暗で、

伴「旦那え旦那え、よく寝ていらッしゃる、まだ生体《しょうてえ》なく能《よ》く寝ていらッしゃるから大丈夫だ。」

みね「そうかえ、旦那、夜が明けましたから焚《た》きつけましょう。」

伴「御免なせえ、私《わっち》が戸を明けやすよ、旦那え旦那え。」

と云いながら床の内を差覗き、伴蔵はキャッと声を上げ、おみねや、おらアもうこの位《くれえ》な怖いもなァ見た事はねえ。」

とおみねは聞くよりアッと声をあげる。

伴「おお手前の声でなお怖くなった。」

みね「どうなっているのだよ。」

伴「どうなったのこうなったのと、実に何ともかとも云いようのねえ怖《こえ》えことだが、これを手前とおれと見たばかりじゃア掛合《かかりあい》にでもなっちゃア大変《てえへん》だから、白翁堂の爺さんを連れて来て立合《たちえい》をさせよう。」

と白翁堂の宅へ参り、

伴「先生先生伴蔵でごぜえやす、ちょっとお明けなすって。」

白「そんなに叩かなくってもいい、寝ちゃアいねえんだ、疾《と》うに眼が覚めている、そんなに叩くと戸が毀《こわ》れらア、どれどれ待っていろ、ああ痛《い》たたたた戸を明けたのにおれの頭をなぐる奴があるものか。」

伴「急いだものだから、つい、御免なせえ、先生ちょっと萩原様のところへ往《い》って下せえ、どうかしましたよ、大変《てえへん》ですよ。」

白「どうしたんだ。」

伴「どうにもこうにも、私《わっち》が今おみねと両人《ふたり》でいって見て驚いたんだからお前《めえ》さんちょっと立合って下さい。」

と聞くより勇斎も驚いて、黎《あかざ》の杖を曳《ひ》き、ポクポクと出掛けて参り、

白「伴蔵お前《めえ》先へ入《はい》んなよ。」

伴「私《わっち》は怖いからいやだ。」
白「じゃアおみねお前先《めえ》へ入れ。」
みね「いやだよ、私だって怖いやねえ。」
白「じゃアいい。」
と云いながら中へはいったけれども、真暗で訳が分らない。
白「おみね、ちょっと小窓の障子を明けろ、萩原氏《うじ》、どうかなすったか、お加減でも悪いかえ。」
と云いながら、床《とこ》の内を差覗き、白翁堂はわなわなと慄《ふる》えながら思わず後へ下りました。

十五

相川新五兵衛は眼鏡を掛け、飯島の遺書《かきおき》をば取る手おそしと読み下しまするに、孝助とは一旦主従の契《ちぎ》りを結びしなれども敵同士《かたきどうし》であったること、孝助の忠実に愛《め》で、孝心の深きに感じ、主殺《しゅごろし》の罪に落さずして彼が本懐《ほんかい》を遂げさせんがため、わざと宮野辺源次郎と見違えさせ討たれしこと、孝助を急ぎ門外《もんそと》に出《いだ》しやり、自身に源次郎の寝室《ねま》に忍び入り、彼が刀の鬼となる覚悟、さすれば飯島の家《うち》は滅亡いたすこと、彼等両人我《われ》を打って立退《たちの》く先は必定《ひつじょう》お国の親元なる越後《えちご》の村上《むらかみ》ならん、ついては、汝孝助時を移さず跡追《おい》掛《か》け、我が仇《あだ》なる両人の生首提《なまくびひっさ》げて立帰り、主の敵を討ちたる廉《かど》を以て我が飯島の家名再興の儀を頭《かしら》に届けてくれ、その時は相川様にもお心添えのほど偏《ひとえ》に願いたいとのこと、また汝は相川へ養子に参る約束を結びたれば、娘お徳どのと互いに睦《むつ》ましく暮し、両人の間に出来た子供は男女にかかわらず、孝助の血統《ちすじ》を以て飯島の相続人と定めくれ、後はこうこうしかじかと、実に細《こま》かに届く飯島の家来思いの切なる情に、孝助は相川の遺書を読む間、息をもつかず聞いていながら、膝の上へぽたりぽたりと大粒な熱い涙を零《こぼ》していましたが、突然《いきなり》剣幕を変えて表の方へ飛出そうとするを、

相「これ孝助殿、血相変えてどこへ行きなさる。」

と云われて孝助は泣声を震わせ、

孝「ただ今お遺書の御様子にては、主人は私を急いで出し、後で客間へ踏込んで源次郎と闘うとの事ですが、如何に源次郎が剣術を知らないでも、殿様があんな深傷《ふかで》にてお立合なされては、彼が無残の刃《やいば》の下に果敢《はか》なくおなりなされるは知れた事、みすみす敵を目の前に置きながら、恩あり義理ある御主人を彼らに酷《むご》く討たせますは実に残念でござりますから、直《すぐ》に取って返し、お助太刀《すけだち》をいたす所存でございます。」

相「分らない事を云わっしゃるな、御主人様がこれだけの遺書をお遣わしなさるは何のためだと思わッしゃる、そんな事をしなさると、飯島の家が潰《つぶ》れるから、邸へ行く事は明朝までお待ち、この遺書の事を心得てこれを反故《ほご》にしてはならんぜ。」

と亀の甲より年の功、さすが老巧《ろうこう》の親身の意見に孝助はかえす言葉もありませんで、口惜《くやし》がり、ただ身を震わして泣伏しました。話かわって飯島平左衛門は孝助を門外《もんそと》に出し、急ぎ血潮滴《した》たる槍《やり》を杖とし、蟹《かに》のようになってようように縁側に這い上がり、蹌《よろ》めく足を踏みしめ踏みしめ、段々と廊下を伝い、そっと客間の障子を開き中へ入り、十二畳一杯に釣ってある蚊帳の釣手を切り払い、かなたへはねのけ、グウグウとばかり高《たか》鼾《いびき》で前後《あとさき》も知らず眠《ね》ている源次郎の頰の辺りを、血に染みた槍の穂先にてペタリペタリと叩きながら、

飯「起ろ起ろ。」

と云われて源次郎頰が冷やりとしたにふと目を覚し、と見れば飯島が元結《もとゆい》はじけし散し髪で、眼は血走り、顔色は土気色《つちけいろ》になり、血の滴たる手槍をピタリッと付け立っている有様を見るより、源次郎は早くも推《すい》し、アアアこりゃアさすが飯島は智慧者だけある、おれと妾のお国と不義している事を覚《さと》られたか、さなくば例の悪計《あくけい》を孝助奴《め》が告げ口し

たに相違なし、何しろよほどの腹立だ、飯島は真影流《しんかげりゅう》の奥儀《おうぎ》を極めた剣術の名人で、旗本八万騎のその中に、肩を並ぶるものなき達人の聞えある人に槍を付けられた事だから、源次郎は、ぎょっとして枕頭《まくらもと》の一刀を手早く手元に引付けながら、慄える声を出して、

源「小父様《おじ》、何をなさいます。」

と一生懸命面色《めんしょく》土気色に変わり、眼色《めいろ》血走りました、飯島も面色土気色で目が血走りているから、あいこでせえでございます。*源次郎は一刀の鍔前《つばまえ》に手を掛けてはいるものの、気臆《きおく》れがいたし刃向《はむか》う事は出来ませんで竦《すく》んでしまいました。

源「小父様、私をどうなさるおつもりで。」

飯島は深傷《ふかで》を負いたる事なれば、震える足を踏み止めながら、

飯「何事とは不埒《ふらち》な奴だ、汝が疾《とく》より我が召使国と不義姦通《いたずら》しているのみならず、明日《みようにち》中川にて漁船《りようせん》より我を突き落し、命を取った暁《あかつき》に、うまうまこの飯島の家を乗取《のっと》らんとの悪だくみ、恩を仇《あだ》なる汝が不所存、云おうようなき人非人《にんぴにん》、この場に於て槍玉《やりだま》に揚げてくれるからさよう心得ろ。」

と云い放たれて、源次郎は、剣術はからっ下手《ぺた》にて、放蕩《ほうとう》を働き、大塚の親類に預けられるほどな未熟不鍛錬な者なれども、飯島はこの深傷にては彼の刃《やいば》に打たれて死するに

相違なし、しかし打たれて死ぬまでもこの槍にてしたたかに足を突くか手を突いて、亀手《てんぼう》か跛足《びっこ》にでもしておかねば後日《ごにち》孝助が敵討《かたきうち》をなす時幾分かの助けになる事もあるだろうから、どっかを突かんと狙い詰められ、

源「小父さま私は何も槍で突かれるような覚えはございません。」

飯「黙れ。」

と怒りの声を振立てながら、一歩《ひとあし》進んで繰出す槍鋒《やりさき》鋭く突きかける、源次郎はアッと驚き身を交したが受け損じ、太股へ掛けブッツリと突き貫き、今一本突こうとしましたが、孝助に突かれた深傷に堪《た》えかね、よろよろとするところを、源次郎は一本突かれて死物狂いになり、一刀を抜くより早く飛込みさま飯島目掛《めが》けて切り付ける。切付けられてアッと云ってひょろめくところへ、また一太刀深く肩先へ切込まれ、アッと叫んで倒れるところへ乗《の》し掛って、まるで河岸《かし》で鮪《まぐろ》でもこなすように切ってしまいました。お国は中二階に寝ていましたが、この物音を聞き附け、寝衣《ねまき》のままに階子《はしご》を降り、そっと来て様子を窺うと、この体裁《ていたらく》に驚き、慌てて二階へ上ったり下《お》りたりしていると、源次郎が飯島に止《とど》めを刺したようだから、お国は側へ駈付けて、

国「源さま、あなたにお怪我《けが》はございませんか。」

源次郎は肩息をつきフウフウとばかりで返事もいたしません。
国「あなた黙っていては分りませんよ、お怪我はありませんか。」
といわれて、源次郎はフウフウといいながら、
源「怪我はないよ、誰だ、お国さんか。」
国「あなたのお足から大層血が出ますよ。」
源「これは槍で突かれました。手強《てごわ》い奴と思いの外なアにわけはなかった、しかしここにいつまでこうしてはいられないから、両人《ふたり》で一緒にいずくへなりとも落延びようから、早く支度をしな。」
と云われてお国はなるほどそうだと急ぎ奥へ駈戻り、手早く身支度《みじたく》をなし、用意の金子《きんす》や結構な品々を持《も》ち来《きた》り、
国「源さまこの印籠《いんろう》をお提《さ》げなさいよ、この召物《めしもの》を召せ。」
と勧められ、源次郎は着物を幾枚も着て、印籠を七つ提げて、大小を六本挿《さ》し帯を三本締めるなど大変な騒ぎで、ようよう支度が整ったから、お国とともに手を取って忍び出でようとするところを、仲働《なかばたら》きの女中お竹が、先ほどより騒々しい物音を聞付け、来て見ればこの有様に驚いて「アレ人殺し。」という奴を、源次郎が驚いて、この声人に聞

かれてはと、一刀抜くより飛込んで、デップリ肥っている身体《からだ》を、肩先から背びらへ掛けて斬付《きりつ》ける。斬られてお竹はキャッと声をあげてそのまま息は絶えました。他の女どもも驚いて下流《したなが》し*へ這込むやら、または薪箱《まきばこ》の中へ潜《もぐ》り込むやら騒いでいる中に、源次郎お国の両人はここを忍び出で、いずくともなく落ちて行く。後で源助は奥の騒ぎを聞きつけて、いきなり自分の部屋を飛びだし、拳《こぶし》を振《ふる》って隣家《となり》の塀を打ち叩き、破れるような声を出して、

源「狼藉ものがはいりましたはいりました。」

と騒ぎ立てるに、隣家の宮野辺源之進はこれを聞付け思うよう、飯島のごとき手者《てしゃ》のところへ押入る狼藉ものだから、大勢徒党《ととう》したに相違ないから、なるたけ遅くなって、夜が明けて往《ゆ》く方がいいと思い、先ず一同を呼起《よびおこ》し、蔵《くら》へまいって着込《きこみ》を持ってまいれの、小手脛当《こてすねあて》の用意のと云っているうちに、夜はほのぼのと明け渡りたれば、もう狼藉者はいる気遣はなかろうと、源之進は家来一、二人を召連れ来て見ればこの始末。如何したる事ならんと思うところへ、一人の女中が下流しから這上《はいあが》り、源之進の前に両手をつかえ、実は昨晩の狼藉者は、あなた様の御舎弟《おしゃてい》源次郎様とお国さんと、疾《と》うから密通してお出《い》でになって、昨夜殿様を殺し、金子衣類を窃取《ぬすみと》り、いずくともなく逃げました。と

聞いて源之進は大いに驚き、早速に邸へ立帰り、急ぎお頭《かしら》へ向け源次郎が出奔《しゆっぽん》の趣《おもむき》の届を出す。飯島の方へはお目附が御検屍に到来して、段々死骸《しがい》を検《あらた》め見るに脇腹に槍の突《つき》傷《きず》がありましたから、源次郎如き鈍き腕前にてはとても飯島を討つ事は叶うまじ、されば必ず飯島の寝室《ねま》に忍び入り、熟睡の油断に附入りて槍を以て欺《だま》し討ちにしたその後に、刀を以て斬殺したに相違なしということで、源次郎はお尋ね者となりましたけれども、飯島の家は改易と決り、飯島の死骸は谷中新幡随院《やなかしんばんずいいん》へおくり、こっそりと野辺《のべ》送りをしてしまいました。こちらは孝助、御主人が私のために一命をお捨てなされた事なるかと思えば、いとど気もふさぎ、鬱々《うつうつ》としていますと、相川はお頭から帰って、

相「婆アや、少し孝助殿と相談があるからこっちへ来てはいかんよ、首などを出すな。」

婆「何か御用で。」

相「用じゃないのだよ、そっちへ引込《ひっこ》んでいろ、これこれ茶を入れて来い、それから仏様へ線香を上げな、さて孝助殿少し話したい事もあるから、まあまあこっちへこっちへ、誰にもいわれんが、先以《まず》て御主人様のお遺書《かきおき》通りになるから心配するには及ばん、お前は親の敵は討ったから、これからは御主人は御主人としてその敵を復《かえ》し、飯島のお

家再興《いえさいこう》だよ。」

孝「仰せに及ばず、もとより敵討《かたきうち》の覚悟でございます、この後万事に付き宜しくお心《こころ》添《ぞえ》のほどを願います。」

相「この相川は年老いたれども、その事は命に掛けて飯島様の御家の立つように計《はか》らいます、そこでお前は何日《いつ》敵討に出立《しゅつたつ》なさるえ。」

孝「最早《もはや》一刻も猶予いたす時でございませんゆえ、明早天《みようそうてん》出立いたす了簡《りようけん》です。」

相「明日《あした》直ぐに、さようかえ、あまり早や過ぎるじゃないか、宜しいこの事ばかりは留められない、もう一日一日と引《ひ》き広《ひろ》ぐ事は出来ないが、お前の出立前に私《わし》が折入って頼みたい事があるが、どうか叶えては下さるまいか。」

孝「どのような事でも宜しゅうございます。」

相「お前の出立前に娘お徳と婚礼の盃《さかずき》だけをして下さい、外に望みは何もない、どうか聞済《ききす》んで下さい。」

孝「一旦お約束申した事ゆえ、婚礼をいたしまして宜しいようなれど、主人よりのお約束申したは来年の二月、殊に目の前にて主人があの通りになられましたのに、ただ今婚礼をいたしましては主人の位牌《いはい》へ対して済みません、敵討の本懐を遂げ立帰り、目出度く婚礼をいたしますれば、どうぞそれまでお待ち下さるように願います。」

相「それはお前の事だから、遠からず本懐を遂げて御帰宅になるだろうが、敵の行方《ゆくえ》が知れない時は、五年で帰るか十年でお帰りになるか、幾年掛るか知れず、それに私《わし》はもう取る年、明日をも知れぬ身の上なれば、この悦びを見ぬ内帰らぬ旅に赴《おもむ》く事があっては冥路《よみじ》の障《さわ》り、殊に娘も煩うほどお前を思っていたのだから、どうか家内《かない》だけで、盃事《さかずきごと》を済ませておいて、安心させてくださいな、それにお前も飯島の家来では真鍮巻《しんちゆうまき》の木刀を差して行かなければならん、それより相川の養子となり、その筋へ養子の届をして、一人前《ひとりまえ》の立派な侍に出立《いでた》って往来すれば、途中で人足などに馬鹿にもされず宜かろうから、何《ど》うぞ家内だけの祝言《しゆうげん》を聞済んでください。」

孝「至極御尤もなる仰せです、家内だけなれば違背《いはい》はございません。」

相「御承知くだすったか、千万忝《せんばんかたじ》けない、ああ有難い、相川は貧乏なれども婚礼の入費の備えとして五、六十両は掛ると見込んで別にしておいたが、これはお前の餞別《せんべつ》に上げるから持って行っておくれ。」

孝「金子は主人から貰いましたのが百両ございますから、もう入《い》りません。」

相「アレサいくらあっても宜《い》いのは金、殊に長旅のことなれば、邪魔でもあろうがそう云わずに持って行ってください、そこで私《わたし》が細かい金を選《よ》って襦袢《じゅばん》の中へ縫い込んでおくつもりだから、肌身《はだみ》離さず身に着けておきなさい、道中には胡魔《ごま》の灰という奴があるから随分気をお付けなさい、それにこの矢立《やたて》をさしてお出で、またこれなる一刀はかねて約束しておいた藤四郎吉光《とうしろうよしみつ》の太刀、重くもあろうが差しておくれ、これと御主人のお形見天正助定《てんしょうすけさだ》を差して行けば、舅《しゅうと》と主人がお前の後影《うしろかげ》に付添っているも同様、勇ましき働きをなさいまし。」

孝「有りがとうございます。」

相「どうか今夜不束《ふつつか》な娘だが婚礼をしてくだされ、これ婆、明日《あした》は孝助殿が目出度く御出立だ、そこで目出度いついでに今夜婚礼をするつもりだから、徳に髪でも取り上げさせ、お化粧でもさせておいてくれ、その前に仕事がある、この金を襦袢へ縫込んでくれ、善蔵や、手前はすぐ水道町の花屋へ行って、目出度く何か頭付《かしらつ》きの魚を三枚ばかり取って来い、ついでに酒屋へ行って酒を二升、味淋《みりん》を一升ばかり、それから帰りに半紙を十帖ばかりに、*煙草《たばこ》を二玉《ふたたま》に、草鞋《わらじ》の良《い》いのを取って参れ。」

といい付け、そうこうするうちに支度も整いましたから、酒肴《さけさかな》を座敷に取並べ、媒妁《なこうど》なり親なり兼帯《けんたい》にて相川が四海《しかい》浪静《なみしず》かにと謡《うた》い、三三九度の盃事、祝言《しゅうげん》の礼も果て、先ずお開《ひら》きと云う事になる。

相「あああ婆ア、誠に目出度かった。」

婆「誠にお目出とう存じます、私はお嬢様のお少《ちい》さい時分からお附き申して御婚礼をなさるまで御奉公いたしましたかと存じますと、誠に嬉しゅうございます、あなたさぞ御安心でございましょう。」

相「婆ア宜《いい》かえ、頼むよ、おいらは明日の朝早く起るから、お前飯を炊《た》かして、孝助殿に尾頭《おかしら》付きでぽッぽッと湯気《ゆげ》の立つ飯を食べさして立たせてやりたいから、いいかえ、緩《ゆる》りとお休み、先ずお開《ひらき》といたしましょう、孝助殿どうか幾久《いくひさ》しく願います、娘はまだ年もいかず、世間知らずの不束者だからなにぶん宜しくお頼み申す、氷人《なこうど》は宵《よい》の中《うち》だから、婆アいいかえ、頼んだぜ。」

婆「あなたは頼む頼むと仰しゃって何でございます。」

相「分らない婆アだな、嬢の事をサ、あすこへちょっと屏風《びょうぶ》を立廻して、恥かしくないように、宜しいか、それがサ誠にあいつが恥かしがって、もじもじとしているだろうから旨くソレ。」

婆「旦那様なんのお手付きでございますよ。」

相「こいつわからぬ奴だナ、手前だって亭主を持ったから子供が出来たのだろう、子供が出来たのち乳が出て、乳母《うば》に出たのだろう、ホレ娘は年がいかないからいい塩梅《あんばい》にホレ、いいか。」
婆「あなたは本当に何時《いつ》までもお嬢様をお少さいように思召《おぼしめし》ていらっしゃいますよ、大丈夫でございますよ。」
相「なるほど目出たい、宜《い》いかえ頼むよ。」
婆「旦那様、お嬢様お休み遊ばせ。」と云っても、孝助はお国源次郎の跡を追い掛け、とやこうと種々《いろいろ》心配などして腕こまねき、床の上に坐り込んでいるから、お徳も寝るわけにもいかず坐っているから、
婆「さようなれば旦那様御機嫌様宜しく、お嬢様先ほど申しました事は宜しゅうございますか。」
徳「あなた少しお静まり遊ばせな。」
孝「私は少し考え事がありますから、あなたお構いなくお先へお休みなすって下さいまし。」
徳「婆《ばあ》やアちょっと来ておくれ。」

婆「ハイ、何でございます。」
徳「旦那様がお休みなさらなくって。」
と云いさして口ごもる。
婆「あなたお静まりあそばせ、それではお嬢様がお休みなさる事が出来ませんよ。」
孝「ただ今寝ます、どうかお構いなく。」
婆「誠にどうもお堅過《かたすぎ》でお気が詰りましょう、御機嫌様よろしゅう。」
徳「あなた少しお横におなり遊ばしまし。」
孝「どうかお先へお休みなさい。」
徳「婆やア。」
婆「困りますねえ、あなた少しお休みあそばせ。」
徳「婆やア。」
と、のべつに呼んでいるから孝助も気の毒に思い、横になって枕をつけ、玉椿八千代《たまつばきやちよ》までと思い思った夫婦中《ふうふなか》、初めての語らい、誠にお目出たいお話でございます。翌日《あした》になると、暗いうちから孝助は支度をいたし、
相「これこれ婆アや、支度は出来たかえ、御膳は上げたか、湯気は立ったかえ、善蔵

に板橋《いたばし》まで送らせてやるつもりだから、荷物は玄関の敷台《しきだい》まで出しておきな、孝助殿御膳を上れ。」

孝「お父様《とっさま》御機嫌よろしゅう、長い旅ですからつどつど書面を上《あげ》る訳にも参りません、ただ心配になるのはお父様のお身体《からだ》、どうか私が本懐を遂げ帰宅いたすまで御丈夫にお出であそばせよ、敵《かたき》の首を提《さ》げてお目に掛け、お悦《よろこ》びのお顔が見とうございます。」

相「お前も随分身体を大事にして下さい、どうか立派に出立して下さい、種々《いろいろ》と云いたい事もあるが、キョトキョトして云えないから何も云いません、娘何んで袖を引張《ひっぱ》るのだ。」

徳「お父様《とっさま》、旦那様は今日お立ちになりましたら、いつ頃お帰宅になるのでございますのでしょう。」

相「まだ分らぬ事をいう、いつまでも少さい子供のような気でいちゃいけないぜ、旦那さまは御主人の敵討に御出立なさるので、伊勢参宮や物見遊山《ものみゆさん》に往《ゆ》くのではない、敵を討ち遂げねばお帰りにはならない、何だ泣《なき》ッ面《つら》をして。」

徳「でも大概《たいがい》いつ頃お帰りになりましょうか。」

相「おれにも五年かかるか十年かかるか分らない。」

徳「それなら五年も十年もお帰りあそばさないの。」

と云いながらさめざめと泣き萎《しお》れる。

相「これ、何が悲しい、主《しゅう》の敵を討つなどと云う事は、侍の中にも立派な事だ、かかる立派な亭主を持ったのは有難いと思え、目出度い出立だ、何故笑い顔をして立たせない、手前が未練を残せば少禄の娘だから未練だ、意気地《いくじ》がないと孝助殿に愛想《あいそ》を尽かされたらどうする、孝助殿歳《とし》がいかない子供のような娘だから、気にかけて下さるな、婆ア何を泣く。」

婆「私だってお名残りが惜しいから泣きます、あなたも泣いていらっしゃるではございませんか。」

相「おれは年寄だから宜しい。」

と言訳をしながら泣いていると、孝助は、「さようならば御機嫌よろしゅう。」と玄関の敷台を下り草鞋を穿《は》こうとする、その側へお徳はすり寄り袂を控え、涙に目もとをうるましながら、「御機嫌様よろしく。」と縋《すが》り付くを孝助は慰《なだ》め、善蔵に送られ出立しました。

十六

白翁堂勇斎は萩原新三郎の寝所《ねどこ》を捲《ま》くり、実にぞっと足の方から総毛立《そうけだ》つほど怖く思ったのも道理、萩原新三郎は虚空《こくう》を摑《つか》み、歯を喰いしばり、面色土気色《つちけいろ》に変り、よほどな苦しみをして死んだものの如く、その脇へ髑髏《どくろ》があって、手とも覚《おぼ》しき骨が萩原の首玉《たま》にかじり付いており、あとは足の骨などがばらばらになって、床《とこ》の中に取散らしてあるから、勇斎は見てびっくりし、

白「伴蔵これは何だ、おれは今年六十九になるが、こんな怖ろしいものは初めて見た、支那の小説なぞには、よく狐を女房にしたの、幽霊に出逢ったなぞと云うことも随分あるが、かような事にならないように、新幡随院の良石和尚《りょうせきおしょう》に頼んで、有難い魔除《まよけ》の御守《おまもり》を借り受けて萩原の首に掛けさせておいたのに、どうも因縁《いんねん》は免《のが》れられないもので仕方がないが、伴蔵首に掛けている守を取ってくれ。」

伴「怖いから私《わっち》ゃアいやだ。」

白「おみね、ここへ来な。」

みね「私もいやですよ。」

白「何しろ雨戸を明けろ。」

と戸を明けさせ、白翁堂が自ら立って萩原の首に掛けたる白木綿《しろもめん》の胴巻を取外《とりはず》し、グッ

としごいてこき出せば、黒塗光沢消《くろぬりつやけし》の御厨子《ごずし》にて、中を開けば如何に、金無垢《きんむく》の海音如《かいおんにょ》来《らい》と思いの外、いつしか誰か盗んですり替えたるものと見え、中は瓦《かわら》に赤銅箔《しゃくどうはく》を置いた土の不動と化《け》してあったから、白翁堂はアッと呆《あき》れて茫然といたし、

白「伴蔵これは誰が盗んだろう。」

伴「なんだか私《わっち》にゃアさっぱり訳が分りません。」

白「これは世にも尊き海音如来の立像にて、魔界も恐れて立去るというほど尊い品なれど、新幡随院の良石和尚が厚い情の心より、萩原新三郎を不便《ふびん》に思い、貸して下され、新三郎は肌身離さず首にかけていたものを、どうしてかようにすり替えられたか、誠に不思議な事だなア。」

伴「なるほどなア。私《わっち》どもにゃア何だか訳が分らねえが、観音様ですか。」

白「伴蔵手前を疑《うたぐ》る訳じゃねえが、萩原の地面内《じめんうち》にいる者はおれと手前ばかりだ、よもや手前は盗みはしめえが、人の物を奪う時は必ずその相に顕われるものだ。伴蔵ちょっと手前の人相を見てやるから顔を出せ。」

と懐中より天眼鏡《てんがんきょう》を取出され、伴蔵は大きに驚き、見られては大変と思い、

伴「旦那え、冗談いっちゃアいけねえ、私《わっち》のようなこんな面《つら》は、どうせ出世の出来ね

え面だから見ねえでもいい。」

と断る様子を白翁堂は早くも推《すい》し、ハハアこいつ伴蔵がおかしいなと思いましたが、なまなかの事を云出して取逃がしてはいかぬと思い直し、

白「おみねや、事柄の済むまでは二人でよく気を付けていて、なるたけ人に云わないようにしてくれ、おれはこれから幡随院へ行って話をして来る。」

と藜《あかざ》の杖を曳《ひ》きながら、幡随院へやって来ると、良石和尚は浅葱木綿《あさぎもめん》の衣《ころも》を着し、寂《じゃく》寞《まく》として座蒲団《ざぶとん》の上に坐っているところへ勇斎入《い》り来《き》たり、

白「これは良石和尚いつも御機嫌よろしく、とかく今年は残暑の強い事でございます。」

良「やア出て来たねえ、こっちへ来なさい、誠に萩原も飛んだことになって、とうとう死んだのう。」

白「ええあなたはよく御存じで。」

良「側に悪い奴が附いていて、また萩原も免れられない悪因縁《あくいんねん》で仕方がない、定まるコッちゃ、いいわ心配せんでもよいわ。」

白「道徳高き名僧智識は百年先の事を看破《みやぶ》るとの事だが、貴僧《あなた》の御見識《ごけんしき》誠に恐れ入り

ました、つきましては私が済まない事が出来ました。」

良「海音如来などを盗まれたと云うのだろうが、ありゃア土の中に隠してあるがあれは来年の八月にはきっと出るから心配するな、よいわ。」

白「私は陰陽《おんよう》を以って世を渡り、未来の禍福《かふく》を占《うらな》って人の志を定むる事は、私承知しておりますけれども、これればかりは気が付きませなんだ。」

良「どうでもよいわ、萩原の死骸は外《ほか》に菩提所《ぼだいしょ》もあるだろうが、飯島の娘お露とは深い因縁がある事ゆえ、あれの墓に並べて埋めて石塔を建ててやれ。お前も萩原に世話になった事もあろうから施主《せしゅ》に立ってやれ。」

と云われ白翁堂は委細承知と請《うけ》をして寺をたち出で、路々もどうして和尚があの事を早くも覚《さと》ったろうと不思議に思いながら帰って来て、

白「伴蔵、貴様も萩原様には恩になっているから、野辺の送りのお供をしろ。」

と跡の始末を取り片付け、萩原の死骸は谷中の新幡随院へ葬ってしまいました。伴蔵は如何にもして自分の悪事を匿《かく》そうため、今の住家《すまい》を立退《たちの》かんと思いましたけれども、慌てた事をしたら人の疑いがかかろう、ああもしようか、こうもしようかとやっとの事で一策を案じ出《いだ》し、自分から近所の人に、萩原様のところへ幽霊の来るのをおれがたしか

に見たが、幽霊が二人で*ボンボンをして通り、一人は島田《しまだ》髷《まげ》の新造《しんぞ》で、一人は年増《としま》で牡《ぼ》丹《たん》の花の付いた燈籠を提《さ》げていた、あれを見る者は三日を待たず死ぬから、おれは怖くてあすこにいられないなぞと云触《いいふら》すと、聞く人々は尾に尾を付けて、萩原様のところへは幽霊が百人来るとか、根津の清水では女の泣声がするなど、さまざまの評判が立ってちりぢり人が他へ引越してしまうから、白翁堂も薄気味悪くや思いけん、ここを引払って神田《かんだ》旅籠町《はたごちょう》辺へ引越しました。伴蔵おみねはこれを機《しお》に、なにぶん怖くていられぬとて、栗橋在《くりはしざい》は伴蔵の生れ故郷の事なれば、中仙道《なかせんどう》栗橋へ引越しました。

十七

伴蔵は悪事の露顕を恐れ、女房おみねと栗橋へ引越し、幽霊から貰った百両あれば先ずしめたと、懇意の馬方久蔵《うまかたきゅうぞう》を頼み、この頃は諸式が安いから二十両で立派な家《うち》を買取り、五十両を資本《もとで》に下し荒物見世《あらものみせ》を開きまして、関口屋《せきぐちや》伴蔵と呼び、初めのほどは夫婦とも一生懸命働いて、安く仕込んで安く売りましたから、忽ち世間の評判を取り、関口屋の代物《しろもの》は値が安くて品がいいと、方々《ほうぼう》から押掛けて買いに来るほどゆえ、大いに繁昌を極めました。凡夫《ぼんぷ》盛んに神祟《たたり》なし、人盛んなる時は天に勝つ、人定まって天人に勝つとは古人の金言宜《むべ》なるかな、素《もと》より水泡銭《あぶくぜに》の事なれば身につく道理のあるべき訳はなく、翌年の四月頃から伴蔵は以前の事も打忘れ少し贅沢がしたくなり、絽《ろ》の小紋《こもん》の羽織が着たいとか帯は献上博多《けんじようはかた》を締めたいとか、雪駄《せつた》が穿《は》いて見たいとか云い出して、一日《あるひ》同宿の笹屋《ささや》という料理屋へ上り込み、一盃《いつぱい》やってる側に酌取女《しやくとりおんな》に出た別嬪《べつぴん》は、年は二十七位だが、どうしても二十三、四位としか見えないという頗《すこぶ》る代物を見るより、伴蔵は心を動かし、二階を下りてこの家《や》の亭主にその女の身上《みのうえ》を聞けば、さる頃夫婦の旅人がこの家《や》へ泊りしが、亭主は元は侍で、如何なる事か足の疵《きず》の痛み烈しく立つ事ならず、一日一日との長逗留《ながどうりゆう》、遂に旅用《りよよう》をも遣いはたし、そういつまでも宿屋の飯を食ってもいられぬ事なりとて、夫婦には土手下《どてした》へ世帯《しよたい》を持たせ、女房はこちらへ手伝い働き女としておいて、僅かな給金で亭主を見継《みつ》いでいるとの話を聞いて、伴蔵は金さえあればどうにもなると、その日は幾許《いくら》か金を与え、綺麗に家に帰りしが、これよりせっせと足近く笹屋に通い、金びら切って口説《くど》きつけ、遂にかの女と怪しい中になりました。一体この女は飯島平左衛門の妾《めかけ》お国にて、宮野辺源次郎と不義を働き、あまつさえ飯島を手に掛け、金銀衣類を奪い取り、江戸を立退き、越後の村上へ逃出しましたが、親元絶家《ぜつけ》して寄るべなきまま、段々と奥州路《おうしゆうじ》を経回《へめぐ》りて*下街道《しもかいどう》へ出て参りこの栗橋にて煩い付き、宿屋の亭主の情を受けて今の始末、素より悪性《あくしょう》のお国ゆえ忽ち思うよう、この人は一代身上《いちだいしんしょう》俄分限《にわかぶげん》に相違なし、この人の云う事を聞いたなら悪い事もあるまいと得心《とくしん》したる故、伴蔵は四十を越してこのような若い綺麗な別嬪《べっぴん》にもたつかれた事なれば、有頂天界《うちょうてんかい》に飛上り、これより毎日ここにばかり通い来て寝泊りをいたしておりますと、伴蔵の女房おみねは込上《こみあげ》る悋気《りんき》の角《つの》も奉公人の手前にめんじ我慢《がまん》はしていましたが、ある日のこと馬を牽《ひ》いて店先を通る馬子《まご》を見付け、

みね「おや久蔵さん、素通りかえ、あんまりひどいね。」

久「ヤアお内儀《かみ》さま、大きに御無沙汰をいたしやした、ちょっくり来るのだアけど今ア荷い積んで幸手《さって》まで急いでゆくだから、寄っている訳にはいきましねえが、この間は小遣を下さって有難うごぜえます。」

みね「まアいいじゃアないか、お前《めえ》は宅《うち》の親類じゃないか、ちょっとお寄りよ、一ぱい上げたいから。」

久「そうですかえ、それじゃア御免なせい。」

と馬を店の片端に結《ゆわ》い付け、裏口から奥へ通り、

久「おらアこっちの旦那の身寄りだというので、皆《みんな》に大きに可愛がられらア、この家《うち》

の身上は去年から金持になったから、おらも鼻が高い。」
と話の中におみねは幾許《いくら》か紙に包み、
みね「なんぞ上げたいが、あんまり少しばかりだが小遣にでもしておいておくれよ。」
久「これアどうも毎度戴《いただ》いてばかりいて済まねえよ、いつでも厄介《やっけえ》になりつづけだが、折角《せっかく》の思《おぼ》し召しだから頂戴いたしておきますべい、おや触って見たところじゃアえらく金があるようだから単物《ひとえもの》でも買うべいか、大きに有難うございます。」
みね「何だよそんなにお礼を云われてはかえって迷惑するよ、ちょいとお前に聞きたいのだが、宅の旦那は、四月頃から笹屋へよくお泊りなすって、お前も一緒に行って遊ぶそうだが、お前は何故私に話をおしでない。」
久「おれ知んねえよ。」
みね「おとぼけでないよ、ちゃんと種《たね》が上っているよ。」
久「種が上るか下るかおらア知んねえものを。」
みね「アレサ笹屋の女のことサ、ゆうべ宅の旦那が残らず白状してしまったよ、私はお婆さんになって嫉妬《やきもち》をやく訳ではないが旦那のためを思うから云うので、あの通りな粋《いき》な人だから、すっかりと打明けて、私に話して、ゆうべは笑ってしまったのだが、お前があんまりしらばっくれて、素通りするから呼んだのさ、云ったッて宜いじゃアないかえ。」

久「旦那どんが云ったけえ、アレマアわれさえ云わなければ知れる気遣《きづけ》えはねえ、われが心配《しんぺえ》だというもんだから、お前《めえ》さまの前へ隠していたんだ、夫婦の情合だから、と云ったらお前もあんまり心持も好くあんめえと思っただが、そうけえ旦那どんが云ったけえ、おれ困ったなア。」

みね「旦那は私に云ってしまったよ、お前《めえ》と時々一緒に行くんだろう。」

久「あの阿魔女《あまっちょ》は*屋敷者《やしきもの》だとよ、亭主は源次郎さんとか云って、足へ疵が出来て、立つ事が出来ねえで、土手下へ世帯を持っていて、女房は笹屋へ働き女をしていて、亭主を*過《すご》しているのを、旦那が聞いて気の毒に思い、可哀相にと思って、一番始め金え三分《さんぶ》くれて、二度目の時二両後から三両それから五両、一ぺんに二十両やった事もあった、ありゃお国さんとか云って二十七だとか云うが、お前さんなんぞよりよっぽど綺……ナニお前さまとは違《ちげ》え、屋敷もんだから不意気《ぶいき》だが、なかなか美《い》い女だよ。」

みね「何かえ、あれは旦那が遊びはじめたのは何時《いつ》だッけねえ、ゆうべ聞いたがちょいと忘れてしまった、お前知っているかえ。」

久「四月の二日からかねえ。」
みね「呆れるよ本当にマア四月から今まで私に打明けて話しもしないで、呆れかえった人だ、どんなに私が鎌《かま》を掛けて宅《うち》の人に聞いても何だのかだのとしらばっくれていて、ありがたいわ、それですっかり分った。」
久「それじゃア旦那は云わねえのかえ。」
みね「当前《あたりまえ》サ、旦那が私に改まってそんな馬鹿な事をいう奴があるものかね。」
久「アレヘエそれじゃアおらが困るべいじゃアねえか、旦那どんがおれにわれえ喋るなよと云うたに、困ったなア。」
みね「ナニお前の名前は出さないから心配おしでないよ。」
久「それじゃア私《わし》の名前《なめえ》を出しちゃアいかねえよ、大きに有難うござりました。」
と久蔵は立帰る。おみねは込上る悋気を押え、夜延《よなべ》をして伴蔵の帰りを待っていますと、
伴「文助《ぶんすけ》や明けてくれ。」
文「お帰り遊ばせ。」
伴「店の者も早く寝てしまいな、奥ももう寝たかえ。」
といいながら奥へ通る。

伴「おみね、まだ寝ずか、もう夜なべはよしねえ、身体《からだ》の毒だ、大概にしておきな、今夜は一杯飲んで、そうして寝よう、何か肴《さかな》は有合《ありあい》でいいや。」
みね「何もないわ。」
伴「*かくやでもこしらえて来てくんな。」
みね「およしよ、お酒を宅《うち》で飲んだって旨くもない、肴はなし、酌《しゃく》をする者は私のようなお婆さんだから、どうせ気に入る気遣いはない、それよりは笹屋へ行ってお上りよ。」
伴「そりゃア笹屋は料理屋だから何でもあるが、寝酒を飲むんだからちょっと海苔《のり》でも焼いて持って来ねえな。」
みね「肴はそれでも宜《い》いとしたところが、お酌が気に入らないだろうから、笹屋へ行ってお国さんにお酌をしてお貰いよ。」
伴「気障《きざ》なことを云うな、お国がどうしたんだ。」
みね「おまえは何故そう隠すんだえ、隠さなくってもいいじゃアないかえ、私が十九《つづ》や二十《はたち》の事ならばお前の隠すも無理ではないが、こうやってお互いにとる年だから隠しだてをされては私が誠に心持が悪いからお云いな。」

伴「何をよう。」

みね「お国さんの事をサ、美《い》い女だとね、年は二十七だそうだが、ちょっと見ると二十二、三にしか見えない位美《い》い娘《こ》で、私も惚々《ほれぼれ》するくらいだから、ありゃア惚れてもいいよ。」

伴「何だかさっぱり分らねえ、今日昼間馬方の久蔵が来やアしなかったか。」

みね「いいえ来やアしないよ。」

伴「おれもこの節は拠《よんどこ》ろない用で時々宅を明けるものだから、お前《めえ》がそう疑ぐるのも尤もだが、そんな事を云わないでもいいじゃアねえか。」

みね「そりゃア男の働きだから何をしたっていいが、お前のためだから云うのだよ、あの女の亭主は*双刀《りゃんこ》さんで、その亭主のためにああやっているんだそうだから、亭主に知れると大変だから、私も案じられらアね、お前は四月の二日からあの女に係《かかわ》り合っていながら、これッぱかりも私に云わないのは酷《ひど》いよ、そいっておしまいなねえ。」

伴「そう知っていちゃア本当に困るなア、あれはおれが悪かった、面目《めんぼく》ねえ、堪忍してくれ、おれだってお前に何かついでがあったら云おうと思っていたが、改まってさてこういう色が出来たとも云いにくいものだから、つい黙っていた、おれも随分道楽をした人間だから、そう欺《だま》されて金を奪《と》られるような心配はねえ、大丈夫だ。」

みね「そうサ初めての時三分やって、その次に二両、それから三両と五両二度やって、二十両一ぺんにやった事があったねえ。」

伴「いろんな事を知っていやアがる、昼間久蔵が来たんだろう。」

みね「来やしないよ、それじゃアお前こうおしな、向うの女も亭主があるのにお前に姦通《くっつ》くくらいだから、惚れているに違いないが、亭主があっちゃア危険《けんのん》だから、貰い切って妾《めかけ》にしてお前の側へお置きよ、そうして私は別になって、私は関口屋の出店《でみせ》でございますと云って、別に家業をやって見たいから、お前はお国さんと二人で一緒になってお稼ぎよ。」

伴「気障な事を云わねえがいい、別れるも何もねえじゃアねえか、あの女だって双刀の妾、主《ぬし》があるものだから、そう何時までも係り合っている気はねえのだが、ありゃア酔った紛《まぎ》れにツイ摘食《つまみぐ》いをしたので、おれがわるかったから、堪忍してくれろ、もう二度とあすこへ往《ゆ》きさえしなければ宜《い》いだろう。」

みね「行っておやりよ、あの女は亭主があってそんな事をする位だから、お前に惚れているんだからお出でよ。」

伴「そんな気障な事ばかり云って仕様がねえな……。」

みね「いいから私ゃア別になりましょうよ。」

と、くどくど云われて伴蔵はグット癪《しゃく》にさわり、

伴「なッてえなッてえ、これ四間間口《よんけんまぐち》の表店《おもてだな》を張っている荒物屋の旦那だア、一人二人の色があったってなんでえ、男の働きで当前《あたりめえ》だ、若えもんじゃあるめえし、嫉妬を焼くなえ。」

みね「それは誠に済みません、悪い事を申しました、四間間口の表店を張った旦那様だから、妾狂いをするのは当前だと、大層もない事をお云いでないよ、今では旦那だと云って威張っているが、去年まではお前は何だい、萩原様の奉公人同様に追い使われ小さな孫店《まごだな》を借《かり》ていて、萩原様から時々小遣を戴いたり、単物《ひとえもの》の古いのを戴いたりしてどうやらこうやらやっていたんじゃアないか、今こうなったからと云ってそれを忘れて済むかえ。」

伴「そんな大きな声で云わなくってもいいじゃアねえか、店の者に聞えるといけねえやナ。」

みね「云ったっていいよ、四間間口の表店を張っている荒物屋の旦那だから、妾狂い

が当前だなんぞと云って、先《せん》のことを忘れたかい。」

伴「喧《やかま》しいやい、出て行きやアがれ。」

みね「はい、出て行きますとも、出て行きますからお金を百両私におくれ、これだけの身代《しんだい》になったのは誰のお蔭だ、お互にここまでやったのじゃアないか。」

伴「恵比須講《*えびすこう》の商《あきな》いみたように大した事をいうな、静かにしろ。」

みね「云ったっていいよ、本当にこれまで互に跣足《はだし》になって一生懸命に働いて、萩原様の所にいる時も、私は煮焚《にたき》掃除や針仕事をし、お前は使はやまをして駈ずりまわり、どうやらこうやらやっていたが、旨い酒も飲めないというから、私が内職をして、たまには買って飲ませたりなんどして、八年以来《このかた》お前のためには大層苦労をしているんだア、それを何だえ、荒物屋の旦那だとえ、御大層《ごたいそう》らしい、私ゃア今こうなったッても、昔の事を忘れないために、今でもこうやって木綿物《もめんもの》を着て夜延《よなべ》をしている位なんだ、それにまだ一昨年《おととし》の暮だっけお前が鮭《しゃけ》のせんばいでお酒を飲みてえものだというから……。」

伴「静にしろ、外聞《げえぶん》がわりいや、奉公人に聞えてもいけねえ。」

みね「いいよ私ゃア云うよ、云いますよ、それから貧乏世帯を張っていた事だから、私も一生懸命に三晩寝ないで夜延をして、お酒を三合買って、鮭のせんばいで飲ませてやった時お前は嬉しがって、その時何と云ったい、持つべきものは女房だと云って喜んだ事を忘れたかい。」

伴「大きな声をするな、それだからおれはもうあすこへ行かないというに。」

みね「大きな声をしたっていいよ、お前はお国さんのところへお出でよ、行ってもいいよ、お前の方であんまり大きな事を云うじゃアないか。」

となおなお大きな声を出すから、伴蔵は「オヤこの阿魔《あま》。」といいながら拳《こぶし》を上げて頭を打《う》つ、打たれたおみねは哮《たけ》り立ち、泣声を振り立て、

みね「何を打《ぶ》ちゃアがるんだ、さア百両の金をおくれ、私ゃア出て参りましょう、お前はこの栗橋から出た人だから身寄《みより》もあるだろうが、私は江戸生れで、こんなところへ引張《ひっぱ》られて来て、身寄親戚《たより》がないと思っていい気になって、私が年を取ったもんだから女狂いなんぞはじめ、今になって見放されては喰方《くいかた》に困るから、これだけ金をおくれ、出て往《い》きますから。」

伴「出て往《ゆ》くなら出て往くがいいが、何も貴様に百両の金をやるという因縁《いんねん》がねいやア。」

みね「大層なことをお云いでないよ、私が考え付いた事で、幽霊から百両の金を貰っ

たのじゃないか。」

伴「こらこら静にしねえ。」

みね「云ったっていいよ、それからその金で*取りついてこうなったのじゃアないか、そればかりじゃアねえ、萩原様を殺して海音如来のお像を盗み取って、清水《しみず》の花壇の中へ埋めておいたじゃアないか。」

伴「静にしねえ、本当に気違《きちげ》えだなア、人の耳へでも入ったらどうする。」

みね「私ゃア縛《しば》られて首を切られてもいいよ、そうするとお前もそのままじゃアおかないよ、百両おくれ、私ゃア別になりましょう。」

伴「仕様がねえな、おれが悪かった、堪忍してくれ、そんならこれまでお前と一緒になってはいたが、おれに愛想《あいそ》が尽きたならこの宅《うち》はすっかりとお前《めえ》にやってしまわア、と云うと、なにかおれがあの女でも一緒に連れてどこかへ逃げでもすると思うだろうが、段々様子を聞けば、あの女は何か筋の悪い女だそうだから、もう好加減《いいかげん》に切りあげるつもり、それともここの家《うち》を二百両にでも三百両にでもたたき売ってしまって、お前《めえ》を一緒に連れて越後の新潟あたりへ身を隠し、もう一《ひ》と花《はな》咲かせ巨《でっ》かくやりてえと思うんだが、お前もう一度跣足《はだし》になって苦労をしてくれる気はねえか。」

みね「私だって無理に別れたいと云う訳でもありませんが、今になってお前が私を邪《じゃ》慳《けん》にするものだから、そうは云ったものの、八年以来《このかた》連添っていたものだから、お前が見捨てないと云う事なら、どこまでも一緒に行こうじゃアないか。」

伴「そんなら何も腹を立てる事はねえのだ、これから仲直りに一杯飲んで、両人《ふたり》で一緒に寝よう。」

と云いながらおみねの手首を取って引寄せる。

みね「およしよ、いやだよウ。」

川柳に「女房の角《つの》をへのこでたたき折り」で忽ち中も直りました。それから翌日は伴蔵がおみねに好きな衣類《きもの》を買ってやるからというので、幸手《さって》へまいり、呉服屋で反物《たんもの》を買い、ここの料理屋でも一杯やって両人《ふたり》連れ立ち、もう帰ろうと幸手を出て土手へさしかかると、伴蔵が土手の下へ降《お》りに掛るから、

みね「旦那、どこへ行くの。」

伴「実は江戸へ仕入れに行った時に、あの海音如来の金無垢のお守を持って来て、ここへ埋めておいたのだから、掘出そうと思って来たんだ。」

みね「あらまアお前はそれまで隠して私に云わないのだよ、そんなら早く人の目つま

にかからないうちに掘っておしまいよ。」

伴「これは掘出して明日古河《あしたこが》の旦那に売るんだ、何だか雨がポツポツ降って来たようだな、向うの渡し口のところからなんだか人が二人ばかり段々こっちの方へ来るような塩梅《あんべえ》だから、見ていてくんねえ。」

みね「誰も来やアしないよ、どこへさ。」

伴「向うの方へ気を付けろ。」

という。向うは往来が三叉《みつまた》になっておりまして、側《かた》えは新利根《しんとね》大利根の流《ながれ》にて、折しも空はどんよりと雨もよう、幽《かす》かに見ゆる田舎家の盆燈籠《ぼんどうろう》の火もはや消えなんとし、往来《ゆきき》も途絶《とだ》えて物凄く、おみねは何心なく向うの方へ目をつけている油断を窺い、伴蔵は腰に差したる胴金造《どうかねづく》りの脇差を音のせぬように引《ひっ》こ抜《ぬ》き、物をも云わず背後《うしろ》から一生懸命力を入れて、おみねの肩先目がけて切り込めば、キャッとおみねは倒れながら伴蔵の裾《すそ》にしがみ付き、

みね「それじゃアお前は私を殺して、お国を女房に持つ気だね。」

伴「知れた事よ、惚れた女を女房に持つのだ、観念しろ。」

と云いさま刀を逆手《さかて》に持直し、貝殻骨《かいがらぼね》のあたりから乳の下へかけ、したたかに突込《つきこ》んだ

れば、おみねは七顛八倒《しってんばっとう》の苦しみをなし、おのれそのままにしておこうかと、またも裾へしがみつく。伴蔵は乗掛《のしかか》って止《とど》めを刺したから、おみねは息が絶えましたが、どうしてもしがみついた手を放しませんから、脇差にて一本一本指を切り落し、ようやく刀を拭《ぬぐ》い、鞘《さや》に納め、跡をも見ず飛ぶが如くに我家《わがや》に立帰り、慌《あわただ》しく拳《こぶし》をあげて門《かど》の戸を打《うち》叩《たた》き、

伴「文助、ちょっとここを明けてくれ。」

文「旦那でございますか、へいお帰り遊ばせ。」

と表の戸を開く。伴蔵ズッと中に入り、

伴「文助や、大変だ、今土手で五人の追剝《おいはぎ》が出ておれの胸ぐらを摑《つか》まえたのを、払ってようやく逃げて来たが、おみねは土手下へ降りたから、悪くすると怪我《けが》をしたかも知れない、どうも案じられる、どうか皆《みんな》一緒に行って見てくれ。」

というので奉公人一同大いに驚き手に手に半棒栓張棒《はんぼうしんばりぼう》など携《たずさ》え、伴蔵を先に立て土手下に来て見れば、無慚《むざん》やおみねは目も当てられぬように切殺されていたから、伴蔵は空《そら》涙《なみだ》を流しながら、

伴「ああ可愛想な事をした、今一《ひ》ト足《あし》早かったら、こんな非業《ひごう》な死はとらせまいもの

を。」

と嘘を遣い、人を走《は》せてその筋へ届け、御検屍もすんで家《うち》に引取り、何事もなく村方へ野辺の送りをしてしまいましたが、伴蔵が殺したと気が付くものはありません。段々日《ひ》数《かず》も立って七日目の事ゆえ、伴蔵は寺参りをして帰って来ると、召使のおますという三十一歳になる女中が俄《にわか》にがたがたと慄えはじめて、ウンと呻《うな》って倒れ、何か譫言《うわごと》を云って困ると番頭がいうから、伴蔵が女の寝ているところへ来て、

伴「お前《めえ》どんな塩梅《あんべえ》だ。」

ます「伴蔵さん貝殻骨から乳の下へ掛けてズブズブと突《つき》とおされた時の痛かったこと。」

文「旦那様変な事を云いやす。」

伴「おます、気をたしかにしろ、風でも引いて熱でも出たのだろうから、蒲団を沢山《たんと》かけて寝かしてしまえ。」

と夜着《よぎ》を掛けるとおますは重い夜着や掻巻《かいまき》を一度にはね退《の》けて、蒲団の上にちょんと坐り、じいッと伴蔵の顔を睨《にら》むから、

文「変な塩梅《あんべえ》ですな。」

伴「おます、確《しっ》かりしろ、狐にでも憑《つ》かれたのじゃないか。」
ます「伴蔵さん、こんな苦しい事はありません、貝殻骨のところから乳のところまで脇差の先が出るほどまで、ズブズブと突かれた時の苦しさは、何ともかとも云いようがありません。」
と云われて伴蔵も薄気味悪くなり、
伴「何を云うのだ、気でも違いはしないか。」
ます「お互にこうして八年以来《このかた》貧乏世帯を張り、やッとの思いで今はこれまでになったのを、お前は私を殺してお国を女房にしようとは、マアあんまり酷《ひど》いじゃアないか。」
伴「これは変な塩梅《あんべえ》だ。」
と云うものの、腹の内では大いに驚き、早く療治をして直したいと思うところへ、この節幸手《さって》に江戸から来ている名人の医者があるというから、それを呼ぼうと、人を走《は》せて呼びにやりました。

十八

伴蔵は女房が死んで七日目に寺参りから帰ったその晩より、下女のおますが訝《おか》しな譫《うわ》言《ごと》を云い、幽霊に頼まれて百両の金を貰い、これまでの身代《しんだい》に取付いたの、萩原新三郎様を殺したの、海音如来のお守を盗み出し、根津の清水の花壇の中へ埋めたなどと喋り立てるに、奉公人たちは何だか様子の分らぬ事ゆえ、ただ馬鹿な譫語《うわごと》をいうと思っておりましたが、伴蔵の腹の中では、女房のおみねがおれに取り付く事の出来ないところから、この女に取付いておれの悪事を喋らせて、お上《かみ》の耳に聞えさせ、おれを召捕り、お仕置《しおき》にさせて怨《うら》みをはらす了簡《りょうけん》に違いなし、あの下女さえいなければかような事もあるまいから、いっそ宿元《やどもと》へ下げてしまおうか、いやいや待てよ、宿へ下げ、あの通りに喋られては大変だ、コリャうっかりした事は出来ないと思案にくれているところへ、先ほど幸手へ使にやりました下男の仲助《なかすけ》が、医者同道で帰って来て、

仲「旦那ただ今帰《けえ》りやした、江戸からお出でなすったお上手なお医者様だそうだがやっと願いやして御一緒に来てもらいやした。」

伴「これはこれは御苦労さま、手前方《てまえがた》はこう云う商売柄店《しょうばいがら》も散らかっておりますから、先ずこちらへお通り下さいまし。」

と奥の間へ案内をして上座《かみざ》に請《しょう》じ、伴蔵は慇懃《いんぎん》に両手をつかえ、

伴「初めましてお目通りをいたします、私は関口屋伴蔵と申します者、今日《こんにち》は早速の

御入《おいり》で誠に御苦労様に存じまする。」

医「はいはい初めまして、何か急病人の御様子、ハハアお熱で、変な譫語などを云うと。」

と言いながらふと伴蔵を見て、「おや、これは誠にしばらく、これはどうも誠にどうも、どうなすって伴蔵さん、先ず一別《いちべつ》以来相変らず御機嫌宜しく、どうもマア図《はか》らざるところでお目に懸りました、これは君の御新宅かえ、恐入《おそれい》ったねえ、しかし君はかくあるべき事だろうと、君が萩原新三郎様のところにいる時分から、あの伴蔵さんおみねさんの夫婦は、どうも機転の利《き》き方、才智の廻るところから、なかなかただの人ではない、今にあれはえらい人になると云っていたが、十指の指さすところ鑑定《めがね》は違わず、実に君は大した表店《おもてだな》を張り、立派な事におなりなすったなア。」

伴「いやこれは山本志丈さん、誠に思い掛けねえところでお目にかかりやした。」

志「実は私も人には云えねえが江戸を喰詰《くいつ》め、医者もしていられねえから、猫の額のような家《うち》だが売って、その金子《きんす》を路用として日光辺の知己《しるべ》を頼って行く途中、幸手の宿屋で相宿《あいやど》の旅人《りょじん》が熱病で悩むとて療治を頼まれ、その脈を取れば運よく全快したが、実は僕が治したんじゃアねえ、ひとりでに治ったんだが、運に叶《かな》って忽ちにあれは名人だ名医だとの評が立ち、あっちこっちから療治を頼まれ、実はいい加減にやってはいるが、相応に薬礼《やくれい》をよこすから、足を留めていたものの実はおれア医者は出来ねえのだ、尤も『*傷寒論《しょうかんろん》』の一冊位は読んだ事はあるが、一体病人は嫌《きれ》えだ、あの臭い寝床の側へ寄るのは厭《いや》だから、金さえあればツイ一杯呑む気になるようなものだから、江戸を喰い詰めて来たのだが、あの妻君はお達者《たっしゃ》かえ、イヤサおみねさんには久しく拝顔《はいがん》を得ないがお達者かえ。」

伴「あれは。」

と口ごもりしが、「八日あとの晩土手下で盗賊《どろぼう》に切殺されましたよ、それからようやく引取って葬式《とむらい》を出しました。」

志「ヤレハヤこれはどうも、存外な、さぞお愁傷《しゅうしょう》、お馴染《なじみ》だけになおさらお察し申します、あの方は誠に御貞節ないいお方であったが、これが仏家でいう因縁とでも申しますのか、さぞまア残念な事でありましたろう、それでは御病人はお家内《かない》ではないね。」

伴「ええ内の女ですが、なんだか熱にうかされて妙な事を云って困ります。」

志「それじゃアちょっと診《み》て上げて、後でまたいろいろ昔の話をしながら緩《ゆる》りと一杯やろうじゃアないか、知らない土地へ来て馴染の人に逢うと何だか懐かしいものだ、病人は熱なら、造作《ぞうさ》もないからねえ。」
伴「文助や、先生は甘い物は召上がらねえが、お茶とお菓子と持って来ておけ、先生こっちへお出《い》でなせえ、ここが女部屋で。」
志「さようか、マア暑いから羽織を脱ごうよ。」
伴「おますや、お医者様がいらっしゃったからよく診ていただきな、気を確《しっ》かりしていろ、変な事をいうな。」
志「どう云う御様子、どんな塩梅《あんばい》で。」
と云いながら側へ近寄ると、病人は重い掻巻《かいまき》を反《は》ね退《の》けて布団《ふとん》の上にちゃんと坐り志丈の顔をジッと見詰めている。
志「お前どう云う塩梅で、大方風がこうじて熱となったのだろう、悪寒《さむけ》でもするかえ。」
ます「山本志丈さん、誠に久しくお目にかかりませんでした。」
志「これは妙だ、僕の名を呼んだぜ。」
伴「こいつは妙な譫言ばッかり云っていますよ。」
志「だって僕の名を知っているのが妙だ、フウンどういう様子だえ。」

ます「私はね、この貝殻骨から乳のところまでズブズブと伴蔵さんに突かれた時の。」

伴「これこれ何を詰らねえ事をいうんだ。」

志「宜しいよ、心配したもうな、それからどうしたえ。」

ます「あなたの御存じの通り、私ども夫婦は萩原新三郎様の奉公人同様に追い使われ、跣足《はだし》になって駈《かけ》ずり廻っていましたが、萩原様が幽霊に取付かれたものだから、幡随院の和尚から魔除《まよけ》の御札を裏窓へ貼付けておいて幽霊のはいれないようにしたところから、伴蔵さんが幽霊に百両の金を貰ってその御札を剝《はが》し。」

伴「何を云うんだなア。」

志「宜しいよ、僕だから、これは妙だ妙だ、へい、そこで。」

ます「その金から取付いて今はこれだけの身代となり、それのみならず萩原様のお首に掛けてる金無垢の海音如来の御守を盗み出し、根津の清水の花壇に埋め、あまつさえ萩原様を蹴殺《けころ》して体《てい》よく跡を取繕《とりつくろ》い。」

伴「何を、とんでもない事を云うのだ。」

志「よろしいよ僕だから、妙だ妙だ、へイそれから。」

ます「そうしてお前、そんなあぶく銭《ぜに》でこれまでになったのに、お前は女狂いを始め、私を邪魔にして殺すとはあんまり酷い。」

伴「どうも仕様がないの、何をいうのだ。」

志「よろしいよ、妙だ、心配したもうな、これは早速宿へ下げたまえ、と云うと、宿でまたこんな譫語を云うと思し召そうが、下げればきっと云わない、この家《うち》にいるから云うのだ、僕も壮年の折こういう病人を二度ほど先生の代脈で手掛けた事があるが、宿へ下げればきっと云わないから下げべし下げべし。」

と云われて、伴蔵は小気味が悪いけれども、山本の勧めに任せ早速に宿を呼寄せ引渡し、表へ出るやいなや正気に復《かえ》った様子なれば、伴蔵も安心していると今度は番頭の文助がウンと呻《うな》って夜着《よぎ》をかむり、寝たかと思うと起上《おきあが》り、幽霊に貰った百両の金でこれだけの身代になり上り、といい出したれば、また宿を呼んで下げてしまうと、今度は小僧が呻り出したればまた宿へ下げてしまい、奉公人残らずを帰し、あとには伴蔵と志丈と二人ぎりになりました。

志「伴蔵さん、今度呻ればおいらの番だが、妙だったね、だが伴蔵さん打明けて話をしてくんなせえ、萩原さんが幽霊に魅《みい》られ、骨と一緒に死んでいたとの評判もあり、また首に掛けた大事の守りが掏代《すりかわ》っていたと云うが、その鑑定はどうも分らなかった、尤も白翁堂と云う人相見《にんそうみ》の老爺《おやじ》が少しは覚《けど》って新幡随院の和尚に話すと、和尚は疾《とう》より覚《さと》っていて、盗んだ奴が土中《どちゆう》へ埋め隠してあると云ったそうだが、今日初めてこの病人の話によれば、僕の鑑定ではたしかにお前と見て取ったが、もうこうなったらば隠さず云ってしまい、そうすれば僕もお前と一つになって事を計《はか》おうじゃないか、善悪共に相談をしようから打明け給え、それから君はおかみさんが邪魔になるものだから殺しておいて、盗賊《どろぼう》が斬殺《きりころ》したというのだろう、そうでしょうそうでしょう。」

といわれて伴蔵最早《もはや》隠し遂《おお》せる事にもいかず、

伴「実は幽霊に頼まれたと云うのも、萩原様のああ云う怪しい姿で死んだというのも、いろいろ訳があって皆私《わっち》が拵《こしら》えた事、というのは私が萩原様の肋《あばら》を蹴《けっ》て殺しておいて、こっそりと新幡随院の墓場へ忍び、新塚《しんづか》を掘起し、骸骨《しゃりこつ》を取出し、持帰って萩原の床の中へ並べておき、怪しい死ざまに見せかけて白翁堂の老爺をばーぺい欺込《はめこ》み、また海音如来の御守もまんまと首尾好く盗み出し、根津の清水の花壇の中へ埋めておき、それからおれが色々と法螺《ほら》を吹いて近所の者を怖がらせ、皆あちこちへ引越したを好《い》いしおにして、おれもまたおみねを連れ、百両の金を摑んでこの土地へ引込んで今の身の上、ところがおれが他《わき》の女に掛り合ったところから、嚊《かか》アが悋気《りんき》を起し、以前の悪事をがアがアと呶鳴《どな》り立てられ仕方なく、旨く賺《だま》して土手下へ連出して、おれが手に掛け殺しておいて、追剝《おいはぎ》に殺されたと空涙《そらなみだ》で人を騙《だま》かし、弔《とむら》いをも済《すま》してしまった訳なんだ。」

志「よく云った、誠に感服、大概の者ならそう打明けては云えぬものだに、おれが殺したと速《すみやか》に云うなどはこれは悪党アア悪党、お前にそう打明けられて見れば、私はお喋りな人間だが、こればッかりは口外はしないよ、その代り少し好みがあるがどうか叶えておくれ、と云うと何か君の身代でも当てにするようだが、そんな訳ではない。」

伴「ああああそれはいいとも、どんな事でも聞きやしょうから、どうか口外はして下さるな。」

と云いながら懐中より二十五両包を取出し、志丈の前に差置《さしお》いて、

伴「少ねえが*切餅《きりもち》をたった一ツ取っておいてくんねえ。」

志「これは云わない賃かえ、薬礼ではないね、宜しい心得た、何だかこう金が入ると浮気《うわき》になったようだから、一杯《いっぺえ》飲みながら、緩《ゆる》りと昔語《むかしがたり》がしてえのだが、ここの家《うち》ア陰気だからこれから、どこかへ行って一杯《いっぺえ》やろうじゃアねえか。」

伴「そいつは宜《よ》かろう、そんならおいらの馴染《なじみ》の笹屋へ行きやしょう。」

と打連立《うちつれだ》って家《うち》を立出で、笹屋へ上り込み、差向いにて酒を酌交《くみかわ》し、

伴「男ばかりじゃア旨くねえから、女を呼びにやろう。」

とお国を呼寄せる。

国「おや旦那、御無沙汰を、よくいらっしゃって、伺いますればお内儀《かみ》さんは不慮の事がございましたと、定めて御愁傷な事で、私も旦那にちょいとお目に懸りたいと思っておりましたは、内の人の傷もようやく治り、近々のうち越後へ向けて今一度《ひとたび》行きたいと云っておりますから、行った日にはあなたにはお目に懸ることが出来ないと思っているところへお使で、あんまり嬉しいから飛んで来たんですよ。」

伴「お国、お連の方に何故御挨拶をしないのだ。」

国「これはあなた御免遊ばせ。」

と云いながら志丈の顔を見て、

国「おやおや山本志丈さん、誠にしばらく。」

志「これは妙、どうも不思議、お国さんがここにお出でとは計らざる事で、これは妙、内々《ないない》御様子を聞けば、思うお方と一緒なら深山《みやま》の奥までと云うようなる意気事筋《いきごとすじ》で、誠に不思議、これは希代《きたい》だ、妙妙妙。」

と云われてお国はギックリ驚いたは、志丈はお国の身の上をば精《くわ》しく知った者ゆえ、も

し伴蔵に喋べられてはならぬと思い、

国「志丈さんちょっと御免あそばせ。」

と次の間へ立ち、

国「旦那ちょっといらっしゃい。」

伴「あいよ、志丈さん、ちょいと待っておくれよ。」

志「ああ宜しい、緩《ゆっ》くり話をして来たまえ、僕はさようなことには慣れているから苦しくない、お構いなく、緩くりと話をしていらっしゃい。」

国「旦那どう云うわけであの志丈さんを連れて来たの。」

伴「あれは内に病人があったから呼んだのよ。」

国「旦那あの医者の云う事をなんでも本当にしちゃアいけませんよ、あんな嘘つきの奴はありません、あいつの云う事を本当にするととんでもない間違いが出来ますよ、人の*合中《あいなか》を突《つっ》つく酷《ひど》い奴ですから、今夜はあの医者をどっかへやって、あなた独りここに泊っていて下さいな、そうすれば内の人を寝かしておいて、あなたのところへ来て、いろいろお話もしたい事がありますから宜《よ》うございますか。」

伴「よしよし、それじゃア内の方をいい塩梅《あんべい》にしてきっと来ねえよ。」

国「きっと来ますから待っておいでよ。」

とお国は伴蔵に別れ帰り行く。

伴「やア志丈さん、誠にお待ちどう。」

志「誠にどうも、アハハあの女はもう四十に近いだろうが若いねえ、君もなかなかお腕前《うでめえ》だね、大方君《おおかた》はあの婦人を喰っているのだろうが、これからはもう君と善悪を一ツにしようと約束をした以上は、君のためにならねえ事は僕は云うよ、一体君はあの女の身の上を知って世話をするのか知らないのか。」

伴「おらア知らねえが、お前《めえ》さんは心安いのか。」

志「あの婦人には男が附いている、宮野辺源次郎と云って旗下《はたもと》の次男だが、そいつが悪人で、萩原新三郎さんを恋慕《こいした》った娘の親御飯島平左衛門という旗下の奥様附《おくさまづき》で来た女中で、奥様が亡くなったところから手がついて妾となったが今のお国で、源次郎と不義をはたらき、恩ある主人の飯島を斬殺《きりころ》し、有金《ありがね》二百六十両に、大小を三腰《みこし》とか印籠《いんろう》を幾つとかを盗み取り逐電《ちくでん》した人殺しの盗賊《どろぼう》だ、すると後から忠義の家来藤助とか孝助とか云う男が、主人の敵《かたき》を討ちたいと追《お》っかけて出たそうだ、私の思うのは、あれは君に惚れたのではなく、源次郎が可愛いからお前の云う事を聞いたなら、亭主のためになるだろうと心得、身を任せ、*相対間男《あいたいまおとこ》ではないかと僕は鑑定するが、今聞けば急に越後へ立つと云い、僕をはいて君独り寝ているところへ源次郎が踏込んでゆすり掛け、二百両位の手切れは取る目算に違《ちげ》えねえが、君は承知かえ、だから君は今夜ここに泊っていてはいけねえから、僕と一緒にどっかへ女郎買《じょろうかい》に行ってしまい、あいつら二人に素股《すまた》を喰わせるとはどうだえ。」

伴「むむなるほど、そうか、それじゃアそうしよう。」

と連立《つれだ》ってここを立出で、鶴屋という女郎屋へ上り込む。後へお国と源次郎が笹屋へ来て様子を聞けば、先刻《さっき》帰ったと云うことに二人は萎《しお》れて立帰り、

源「お国もこうなれば仕方がないから、明日《あした》はおれが関口屋へ掛合いに行き、もし向うでしらをきったその時は。」

国「私が行って喋りつけ口を明かさずたんまりとゆすってやろう。」

とその晩は寝てしまいました。翌朝になり伴蔵は志丈を連れて我家へ帰り、種々《いろいろ》昨夜《ゆうべ》の惚気《のろけ》など云っている店前《みせさき》へ、

源「お頼ん申すお頼ん申す。」

伴「商人《あきんど》の店先へお頼ん申すと云うのは訝しいが、誰だろう。」

志「大方ゆうべ話した源次郎が来たのかも知れねえ。」
伴「そんならお前《めえ》そっちへ隠れていてくれ。」
志「いよいよ難かしくなったら飛出そうか。」
伴「いいから引込んでいなよ……へいへい、少々宅《うち》に取込《とりこみ》がありまして店を閉めておりますが、何か御用ならば店を明けてから願いとうございます。」
源「いや買物ではござらん、御亭主に少々御面談いたしたく参ったのだ、ちょっと明けてください。」
伴「さようでございますか、先ずお上り。」
源「早朝より罷《まか》り出でまして御迷惑、あなたが御主人か。」
伴「へい、関口屋伴蔵は私でございます、ここは店先どうぞ奥へお通りくださいまし。」
源「しからば御免を蒙《こう》むる。」
と蠟色鞘茶柄《ろいろざやちゃつか》の刀を右の手に下げたままに、亭主に構わずずっと通り上座《かみざ》に座す。
伴「どなた様でござりますか。」
源「これは始めてお目に懸りました、手前は土手下に世帯を持っている宮野辺源次郎と申す粗忽《そこつ》の浪人、家内国事《くに》、笹屋方にて働女《はたらきおんな》をなし、僅《わずか》な給金にてようようその日を送りいるところ、旦那より深く御贔屓《ごひいき》を戴くよし、毎度国より承わりおりますけれど、なにぶん足痛《そくつう》にて歩行もなりかねますれば、存じながら御無沙汰、重々御無礼をいたした。」

伴「これはお初《はつ》にお目通りをいたしました、伴蔵と申す不調法《ぶちょうほう》もの幾久しく御懇意を願います、お前様の塩梅の悪いと云う事は聞いていましたが、よくマア御全快、私《わっち》もお国さんを贔屓にするというものの、贔屓の引倒《ひきたお》しで何の役にも立ちません、旦那の御新《ごしん》造《ぞ》かねえ、どうも恐れ入った、勿体《もってい》ねえ、馬士《まご》や私のようなものの機嫌気づまを取りなさるかと思えばお気の毒だ、それがために失礼もたびたびいたしやした。」

源「どういたしまして、伴蔵さんにちと折入って願いたい事がありますが、私ども夫《は》婦《た》は最早旅費を遣いつくし、殊には病中の入費《いりめ》薬礼や何やかやで全く財布の底を払き、ようやく全快しましたれば、越後路へ出立したくも如何にも旅費が乏しく、どうしたら宜かろうと思案の側から、女房が関口屋の旦那は御親切のお方ゆえ、泣附いてお話をしたらお見継《みつ》ぎくださる事もあろうとの勧めに任せ参りましたが、どうか路金《ろぎん》を少々拝借が出来ますれば有り難う存じます。」

伴「これはどうも、そうあなたのように手を下げて頼まれては面目がありませんが。」
と中は幾許《いくら》かしら紙に包んで源次郎の前にさし置き、
伴「ほんの草鞋銭《わらじせん》でございますが、お請取《うけと》り下せえ。」
と云われて源次郎は取上げて見れば金千疋《*きんせんびき》。
源「これは二両二分、イヤサ御主人、二両二分で越後まで足弱《あしよわ》を連れて行《ゆ》かれると思いなさるか、御親切ついでにもそっとお恵みが願いたい。」
伴「千疋では少ないと仰しゃるなら、幾許《いくら》上げたら宜《よ》いのでございます。」
源「どうか百金お恵みを願いたい。」
伴「一本え、冗談言っちアいけねえ、薪《まき》かなんぞじゃアあるめえし、一本の二本のと転がっちゃアいねえよ、旦那え、こういう事《こた》ア一体《いってえ》こっちで上げる心持次第《しでい》のもので、幾許かくらと限られるものじゃアねえと思いやす、百両くれろと云われちゃア上げられねえ、また道中もしようで限《きり》のないもの、千両も持って出て足りずに内へ取りによこす者もあり、四百の銭で伊勢参宮をする者もあり、二分の金を持って金毘羅《こんぴら》参りをしたと云う話もあるから、旅はどうとも仕様によるものだから、そんな事を云ったって出来はしません、誠に商人《あきんど》なぞは遊んだ金はないもので、表店《おもてだな》を立派に張っていても内々《ないない》は一両の銭《ぜに》に困る事もあるものだ、百両くれろと云っても、そんなに私《わっち》はお前《めえ》さんにお恵みをする縁がねえ。」

源「国が別段御贔屓《ごひいき》になっているから、とやかく面倒云わず、餞別として百金貰おうじゃアねえか、何も云わずにサ。」

伴「お前《めえ》さんはおつう訝《おか》しな事を云わっしゃる、何かお国さんと私《わっち》と姦通《くっつ》いてでもいるというのか。」

源「おおサ姦夫《まおとこ》の廉《かど》で手切《てぎれ》の百両を取りに来たんだ。」

伴「ムム私《わっち》が不義をしたがどうした。」

源「黙れ、やい不義をしたとはなんだ、捨ておき難い奴だ。」

と云いながら刀を側へ引寄せ、親指にて鯉口《こいぐち》をプツリと切り、この間から何かと胡散《うさん》の事もあったれど、堪《こら》え堪えてこれまで穏便沙汰《おんびんざた》にいたしおき、昨晩それとなく国を責めたところ、国の申すには、実は済まない事だが貧に迫ってやむをえずあの人に身を任せたと申したから、その場において手打にしようとは思ったれども、こう云う身の上だから勘弁いたし、事穏かに話をしたに、手前《てめえ》の口から不義したと口外されては捨おきがてえ、表向きにいたさん。と哮《たけ》り立って呶鳴《どな》ると、伴「静におしなせえ、隣はないが名主《なぬし》のない村じゃアないよ、お前《めえ》さんがそう哮り立って鯉口を切り、私《わっち》の鬢《びん》たを打切る剣幕《けんまく》を恐れて、ハイさようならとお金を出すような人間と思うのは間違《まちげ》えだ、私なんぞは首が三ツあっても足りねえ身体《からだ》だ、十一の時から狂い出して、*脱《ぬ》け参《めえ》りから江戸へ流れ、悪いという悪い事は*二三の水出し、*やらずの最《も》中《なか》、*野《の》天《でん》丁半の*鼻ッ張り、*ヤアの賭場《どば》まで遂《お》って来たのだ、今は胼皹《ひびあかぎれ》を白足袋《しろたび》で隠し、なまぞらを遣っているものの、悪い事はお前より上だよ、それにまた姦夫《まおとこ》姦夫というが、あの女は飯島平左衛門様の妾で、それとお前《めえ》がくッついて殿様を殺し、大小や有金を引《ひっ》攫《さら》い高飛をしたのだから、云わばお前も盗みもの、それにお国もおれなんぞに惚れたはれたのじゃなく、お前が可愛いばッかりで、病気の薬代《やくだい》にでもするつもりでこっちに持ち掛けたのを幸いに、おれもそうとは知りながら、ツイ男のいじきたな、手を出したのはこっちの過りだから、何も云わずに千疋を出し、別段餞別《はなむけ》にしようと思い、これこの通り二十五両をやろうと思っているところ、一本よこせと云われちゃア、どうせ細った首だから、素首《そっくび》が飛んでも一文《いちもん》もやれねえ、それにお前よく聞きねえ、江戸《えど》近《ぢか》のこんなところにまごまごしていると危ねえぜ、孝助とかが主人の敵《かたき》だと云ってお前を狙っているから、お前の首が先へ飛ぶよ、冗談じゃアねえ。」

と云われて源次郎は*途胸《とむね》を突いて大いに驚き、
源「さような御苦労人とも知らず、ただの堅気《かたぎ》の旦那と心得、威《おど》して金を取ろうとしたのは誠に恐縮の至り、しからば相済みませんが、これを拝借願います。」
伴「早く行きなせえ、危険《けんのん》だよ。」
源「さようならお暇《いとま》申します。」
伴「跡をしめて行ってくんな。」
志丈は戸棚より潜《もぐ》り出し、
志「旨かったなア、感服だ、実に感服、君の二三の水出し、やらずの最中とは感服、ああ何《ど》うもそこが悪党、ああ悪党。」
これより伴蔵は志丈と二人連れ立って江戸へ参り根津の清水の花壇より海音如来の像を掘出すところから、悪事露顕の一埒《いちらつ》はこの次までお預りにいたしましょう。

十九

引続きまする怪談牡丹燈籠のお話は、飯島平左衛門の家来孝助は、主人の仇《あだ》なる宮野辺源次郎お国の両人が、越後の村上へ逃げ去りましたとのことゆえ、跡を追って村上へまいり、諸方《しょほう》を詮議致しましたが、とんと両人の行方《ゆくえ》が分りませんで、また我が母おりえと申す者は、内藤紀伊守《ないとうきいのかみ》の家来にて、沢田右衛門《さわだうえもん》の妹にて、十八年以前に別れたが、今も無事でいられる事か、一目お目に懸りたい事と、段々御城中の様子を聞合せまするところ、沢田右衛門夫婦は疾《とく》に相果て、今は養子の代に相成っておる事ゆえ母の行方さえとんと分らず、やむをえずここに十日ばかし、あすこに五日逗留いたし、あちこちと心当りのところを尋ね、深く踏込んで探って見ましたれども更に分らず、空しくその年も果て、翌年に相成って孝助は越後路から信濃路《しなのじ》へかけ、美濃路《みのじ》へかかり探しましたが一向に分らず、早や主人の年回にも当る事ゆえ一度江戸へ帰らんと思い立ち、日数《ひかず》を経て、八月三日江戸表へ着《ちゃく》いたし、先ず谷中《やなか》の三崎村《さんさきむら》なる新幡随院《しんばんずいいん》へ参り、主人の墓へ香《こう》花《げ》を手向《たむ》け水を上げ、墓原《はかはら》の前に両手を突きまして、

孝「旦那様私は身不肖《みふしょう》にして、まだ仇たるお国源次郎に廻り逢わず、まだ本懐は遂げませんが、ちょうど旦那様の一周忌の御年回に当りまする事ゆえ、この度江戸表へ立帰り、御法事御供養《ごくよう》をいたした上、早速また敵《かたき》の行方を捜しに参りましょう、この度は方角を違え、是非とも穿鑿《せんさく》を遂げまするの心得、なにとぞ草葉の蔭からお守りくださって、一時《いっとき》も早く仇の行方の知れまするようにお守り下されまし。」

と生きたる主人に物云う如く恭《うやうや》しく拝を遂げましてから、新幡随院の玄関に掛りまして、

「お頼み申しますお頼み申します。」

取次「どウれ、はアどちらからお出でだな。」

孝「手前は元牛込《うしごめ》の飯島平左衛門の家来孝助と申す者でございますが、この度主人の年回をいたしたき心得で墓参りをいたしましたが、方丈様《ほうじようさま》御在寺なればお目通りを願いとう存じます。」

取次「さようですか、しばらくお控えなさい。」

とこれから奥へ取次ぎますると、こちらへお通し申せという事ゆえ、孝助は案内に連れ奥へ通りますると、良石和尚は年五十五歳、道心堅固の智識にて大悟徹底いたし、寂《じゃく》寞《まく》と座蒲団の上に坐っておりまするが、道力《どうりよく》自然に表に現われ、孝助は頭がひとりでに下がるような事で、

孝「これは方丈様には初めてお目にかかりまする、手前事は相川孝助と申す者でございますが、当年は旧主人飯島平左衛門の一周忌の年回に当る事ゆえ、一度江戸表へ立帰りましたが、ここに金子《きんす》五両ございまするが、これにて宜しく御法事御供養を願いとう存じます。」

良「はい、初めまして、まアこっちへ来なさい、これはまア感心な事で……コレ茶を進ぜい……お前さんが飯島の御家来孝助殿か、立派なお人でよい心懸け、長旅をいたした身の上なれば定めて沢山の施主《せしゅ》もあるまい、一人か二人位の事であろうから、内の坊主どもに云い付けて何か精進物《しょうじんもの》を拵《こしら》えさせ、なるたけ金のいらんように、手は掛るが皆こっちでやっておくが、一ケ寺の住職を頼んでおきますが、お前ナアあまり早く来るとこちらで困るから、昼飯でも喰ってからそろそろ出掛け、夕飯はこちらで喰う気で来なさい、そしてお前はこれから水道端《すいどうばた》の方へ行きなさろうが、お前を待っている人がたんとある、またお前は悦《よろこ》び事《ごと》か何か目出度い事があるから早う行って顔を見せてやんなさい。」

孝「へい、私は水道端へ参りまするが、貴僧《あなた》はどうしてそれを御存じ、不思議な事でございます。」

と云いながら、「さようならば明日《あした》昼飯をしまいましてまた出ますから、なにぶん宜しくお願い申しまする、御機嫌よろしゅう。」

と寺を出ましたが、心の内に思うよう、どうも不思議な和尚様だ、どうして私が水道端へ行く事を知っているだろうか、本当に占者《うらないしゃ》のような人だと云いながら、水道端なる相川新五兵衛方へ参りましたが、孝助は養子になって間もなく旅へ出立し、一年ぶりにて立帰りました事ゆえ、少しは遠慮いたし、台所口から、

孝「御免下さいまし、ただ今帰りましたよ、これこれ善蔵どん善蔵どん。」

善「なんだよ、掃除屋が来たのかえ。」

孝「ナニ私だよ。」

善「おやこれは、どうも誠に失礼を申上げました、いつも今時分《じぶん》＊掃除屋が参りまするものですから、粗相を申しましたが、よくマア早くお帰りになりました、旦那様旦那様孝助様がお帰りになりました。」

相「なに孝助殿が帰られたとか、どこにお出でになる。」

善「へい、お台所にいらっしゃいます。」

相「どれどれ、これはマア、何んで台所などから来るのだ、そう云えば水は汲んで廻すものを、善蔵コレ善蔵何をぐるぐる廻っておるのだ、コレ婆ア孝助どのがお帰りだよ。」

婆「若旦那がお帰りでございますか、これはマアさぞお疲れでございますだろう、先ず御機嫌宜しゅう。」

孝「お父様《とつさま》にも御機嫌宜しゅう、私もつどつど書面を差上げたき心得ではございますが、なにぶん旅先の事ゆえ思うようにお便りもいたし難く、お父様はどうなされたかと日々お案じ申しまするのみでございましたが、先ずはお健《すこや》かなる御顔を拝しまして誠に大悦《たいえつ》に存じまする。」

相「誠にお前も目出たく御帰宅なされ、新五兵衛至極満足いたしました、はい実にねえ烏《からす》の鳴かぬ日はあるがと云う譬《たとえ》の通りで、お前のことは少しも忘れたことはない、雪の降る日は今日あたりはどんな山を越すか、風の吹く日はどんな野原を通るかと、雨につけ風につけお前の事ばかり少しも忘れた事はござらん、ところへ思いがけなくお帰りになり、誠に喜ばしく思いまする、娘もお前のことばかり案じ暮らし、お前の立った当座はただ泣いてばかりおりましたから私がそんなにくよくよして煩いでもしてはいかないから、気を取り直せよといい聞かせておきましたが、お前もマア健かでお早くお帰りだ。」

孝「私は今日江戸へ着き、すぐに谷中の幡随院へ参詣《さんけい》をいたして来ましたが、明日《あした》はちょうど主人の一周忌の年回にあたりますゆえ、法事供養をいたしたく立帰りました。」

相「そうか、如何にも明日は飯島様の年回に当るからと思ったが、お前がお留守だから私でも代参に行こうかと話をしていたのだ、これ婆ア、ここへ来な、孝助様がお帰りになった。」

婆「あら若旦那様お帰り遊ばしませ、御機嫌様よろしゅう、あなたがお立ちになってからというものは、毎日お噂ばかりいたしておりましたが、少しもお窶《やつ》れもなく、お色は少しお黒くおなり遊ばしましたが、相変らずよくまアねえ。」

相「婆ア、あれを連れて来なよ。」

婆「でもただ今よく寝んねしていらッしゃいますから、おめんめが覚めてから、お笑い顔を御覧に入れる方が宜しゅうございましょう。」

相「ウン、そうだ初めて逢うのに無理にめんめを覚《さま》さして泣顔《なきがお》ではいかんから、だが大概にしてここへ連れて抱いて来い。」

娘お徳は次の間に乳児《ちのみご》を抱いておりましたが、孝助の帰るを聞き、飛立つばかり、嬉し涙を拭いながら出て来て、

徳「旦那様御機嫌様よろしゅう、よくマアお早くお帰り遊ばしました、毎日毎日あなたのお噂ばかりいたしておりましたが、お窶れもありませんでお嬉しゅう存じまする。」

孝「はい、お前も達者《たっしゃ》で目出たい、私が留守中はお父様《とっさま》の事何かと世話になりました、

旅先の事ゆえつどつど便りも出来ず、どうなされたかと毎日案じるのみであったが、誠に皆《みんな》の達者な顔を見るというはこのような嬉しいことはない。」

徳「私は昨晩旦那様の御出立になるところを夢に見ましたが、よく人が旅立の夢を見るとその人にお目にかかる事が出来ると申しますから、お近いうち旦那様にお目にかかれるかと楽しんでおりましたが、今日お帰りとは思いませんでした。」

相「おれも同じような夢を見たよ、婆アや抱いてお出で、最《も》うおきたろう。」

婆々《ばば》は奥より乳児を抱いて参る。

相「孝助殿、これを御覧、いい児だねえ。」

孝「どちらのお子様で。」

相「ナニサお前の子だアね。」

孝「御冗談ばかり云っていらっしゃいます、私は昨年の八月旅へ出ましたもので、子供なぞはございません。」

相「たった一ぺんでも子供は出来ますよ、お前は娘と一つ寝をしたろう、だからたった一度でも子は出来ます、たった一度で子供が出来るというのはよっぽど縁の深い訳で、娘も初《はじめ》のうちはくよくよしているから、私が懐妊《かいにん》をしているから、それではいかん身体《からだ》に障《さわ》るからくよくよせんが宜しいと云っているうちに産み落したから、私が名付け親で、お前の孝の字を貰って孝太郎と付けてやりましたよ、マアよく似ておる事を、御覧よ。」

孝「へい誠に不思議な事で、主人平左衛門様が遺言《ゆいごん》に、其方《そのほう》養子となりて、もし子供が出来たなら、男女《なんにょ》にかかわらずその子を以て家督《かとく》といたし家の再興を頼むと御遺言書にありましたが、事によると殿様の生れ変りかも知れません。」

相「おお至極さようかも知れん、娘も子供が出来てからねえ、嬉し紛れにお父様私は旦那様の事はお案じ申しまするが、この子が出来ましてから誠によく旦那様に似ておりますから、少しは紛れて、旦那様と一つ所におるように思われますというたから、私がまたあんまり酷《ひど》く抱締《だきし》めて、坊《ぼう》の腕でも折るといけないなんぞと、馬鹿を云っている位な事で、善蔵や。」

善「へいへい。」

相「善蔵や。」

善「参っています、何でございます。」

相「何だ、お前も板橋まで若旦那を送って行ったッけな。」

善「へい参りました、これは若旦那様誠に御機嫌よろしゅう、あの折は実にお別れが惜しくて、泣きながら戻って参りましたが、よくマアお健かでいらっしゃいます。」
孝「あの折は大きにお世話様であったのう。」
相「それはともかくも肝腎の仇《あだ》の手掛りが知れましたか。」
孝「まだ仇には廻り逢いませんが、主人の法事をしたく、一先《ひとま》ず江戸表へ立帰りましたが、法事をいたしまして直《すぐ》にまた出立いたします。」
相「フウなるほど、明日《あす》法事に行くのだねえ。」
孝「さようでございます、お父様と私と参りまするつもりでございます、それに良石和尚の智識なる事はかねて聞き及んではいましたが、応験解道《おうけんげどう》窮《きわま》りなく、百年先の事を見抜くというほどだと承わっておりまするが、今日和尚の云う言葉に其方《そのほう》は水道端へ参るだろう、参る時は必ず待っている者があり、かつ慶《よろこ》び事があると申しましたが、私の考えは、かく子供の出来た事まで良石和尚は知っておるに違いありません。」
相「はてねえ、そんなところまで見抜きましたかえ、智識なぞという者は趺珈《ふか》量見智《りようけんち》で、あの和尚は谷中の何とか云う智識の弟子となり、禅学を打破ったと云う事を承わりおるが、えらいものだねえ、善蔵や、大急ぎで水道町の花屋へ行って、おめでたいのだから、何かお頭付《かしらつき》の魚を三品ばかりに、それからよいお菓子を少し取ってくるように、道中にはあまり旨いお菓子はないから、それから鮓《すし》も道中では良いのは食べられないから、鮓も少し取ってくるように、それから孝助殿は酒はあがらんから五合ばかりにして、味淋《みりん》のごく良いのを飲むのだから二合ばかり、それから蕎麦《そば》も道中にはあるが、醬油《したじ》が悪いから良い蕎麦の御膳の蒸籠《せいろう》を取って参れ、それからお汁粉《しるこ》も誂《あつ》らえてまいれ。」と種々《いろいろ》な物を取寄せ、その晩はめでたく祝しまして床に就きましたが、その夜は話も尽きやらず、長き夜も忽ち明ける事になり、翌日刻限を計り、孝助は新五兵衛と同道にて水道橋を立出で、切支丹坂《きりしたんざか》から小石川《こいしかわ》にかかり、白山《はくさん》から団子坂《だんござか》を下りて谷中の新幡随院へ参り、玄関へかかると、お寺には疾《と》うより孝助の来るのを待っていて、

良「施主が遅くって誠に困るなア、坊主は皆《みんな》本堂に詰懸《つめか》けているから、さアさア早く」

と急き立《せ》てられ、急ぎ本堂へ直りまするると、かれこれ坊主の四、五十人も押並び、いと懇《ねんごろ》なる法事供養をいたし、施餓鬼《せがき》をいたしまする内にもはや日は西山に傾く事になりましたゆえ、坊様達《ぼうさんたち》には馳走なぞして帰してしまい、後でまた孝助、新五兵衛、良石和尚の三人へは別に膳がなおり、和尚の居間で一口飲むことになりました。

相「方丈様には初めてお目にかかります、私は相川新五兵衛と申す粗忽《そこつ》な者でござい

ます、今日《こんにち》また御懇《ごねんごろ》な法事供養をなしくだされ、仏もさぞかし草葉の蔭から満足な事でございましょう。」

良「はいお前は孝助殿の舅御《しゅうとご》かえ、初めまして、孝助殿は器量と云い人柄と云い立派な正しい人じゃ、なかなか正直な人間でよほど怜悧《りこう》じゃが、お前はそそっかしそうな人じゃ。」

相「方丈様はよく御存じ、気味のわるいようなお方だ。」

良「ついては、孝助殿は旅へ行かれる事を承わったが、まだ急には立ちはせまいのう、私が少し思う事があるから、明日昼飯を喰って、それから八ツ前後に神田《かんだ》の旅籠町《はたごちょう》へ行きなさい、そこに白翁堂勇斎という人相を見る親爺《おやじ》がいるが、今年はもう七十だが達者な老人でなア、人相はよほど名人だよ、これに頼めばお前の望みの事は分ろうから往《い》って見なさい。」

孝「はい、有り難う存じます、神田の旅籠町でございますか、畏《かしこま》りました。」

良「お前旅へ行くなれば私が餞別を進ぜよう、お前が折角《せっかく》くれた布施《ふせ》はこちらへ貰っておくが、また私が五両餞別に進ぜよう、それからこの線香は外から貰ってあるから一箱進ぜよう仏壇へ線香や花の絶えんように上げておきなさい、これだけは私が志じゃ。」

相「方丈様恐れ入りまする、どうも御出家様からお線香なぞ戴いては誠にあべこべな事で。」
良「そんな事を云わずに取っておきなさい。」
孝「誠に有り難う存じます。」
良「孝助殿気の毒だが、お前はどうも危い身の上でナア、剣《つるぎ》の上を渡るようなれども、それを恐れて後《あと》へ退《さが》るような事ではまさかの時の役には立たん、何でも進むより外はない、進むに利あり退《しりぞ》くに利あらずと云うところだから、何でも臆してはならん、ずっと精神を凝《こら》して、たとえ向うに鉄門があろうとも、それを突切《つっき》って通り越す心がなければなりませんぞ。」
孝「有難うござりまする。」
良「お舅御さん、これはねえ精進物《しょうじんもの》だが、一体内《うち》で拵《こしら》えると云うたは嘘だが、仕出し屋へ頼んだのじゃ、甘《う》うもあるまいがこの重箱へ詰めておいたから、二重とも土産《みやげ》に持って帰り、内の奉公人にでも喰わしてやってください。」
相「これはまたお土産まで戴き、実に何ともお礼の申そうようはございません。」
良「孝助殿、お前帰りがけにきっと剣難《けんなん》が見えるが、どうも遁《のが》れ難いからそのつもりで行きなさい。」

相「誰に剣難がございますと。」

良「孝助殿はどうも遁れ難い剣難じゃ、なに軽くて軽傷《うすで》、それで済めば宜しいが、どうも深傷《ふかで》じゃろう、間が悪いと斬り殺されるという訳じゃ、どうもこれは遁れられん因縁じゃ。」

相「私は最早《もはや》五十五歳になりまするから、どうなっても宜しいが、貴僧《あなた》孝助は大事の身の上、殊に大事を抱えておりまする故、どうか一つあなたお助け下さいませんか。」

良「お助け申すと云っても、これはどうも助けるわけにはいかんなア、因縁じゃからどうしても遁《のが》るる事はない。」

相「さようならば、どうか孝助だけを御当寺へお留めおきくだされ、手前だけ帰りましょうか。」

良「そんな弱い事ではどうもこうもならんわえ、武士の一大事なものは剣術であろう、その剣術の極意というものには、頭の上へ晃《きら》めくはがねがあっても、電光《いなずま》の如く斬込んで来た時はどうしてこれを受けるという事は知っているだろう、仏説にも利剣頭面《りけんずめん》に触《ふ》るる時如何《いかん》という事があって、その時が大切の事じゃ、この位な心得はあるだろう、たとえ火の中でも水の中でも突切って行きなさい、その代りこれを突切れば後は誠に楽になるから、さっさっと行きなさい、そのような事で気怯《きおく》れがするような事ではいかん、ズッズッと突切って行くようでなければいかん、それを恐れるような事ではなりませんぞ、火に入《い》って焼けず水に入って溺《おぼ》れず、精神を極めて進んで行きなさい。」

相「さようなればこのお重箱は置いて参りましょう。」

良「いや折角だからマア持って行きなさい。」

相「どちらへか遁路《にげみち》はございませんか。」

良「そんな事を云わずズンズンと行きなさい。」

相「さようならば提灯《ちょうちん》を拝借して参りとうございます。」

良「提灯を持たん方がかえって宜しい。」

と云われて相川は意地の悪い和尚だと呟《つぶや》きながら、挨拶もそわそわ孝助と共に幡随院の門を立出でました。

二十

孝助は新幡随院にて主人の法事をしまい、その帰り道に遁れ難き剣難あり、浅傷《あさで》か深傷《ふかで》か運わるければ斬り殺されるほどの剣難ありと、新幡随院の良石和尚という名僧智識の教えに相川新五兵衛も大いに驚き、孝助はまだようやく二十二歳、殊に可愛いい娘の養子といい、御主《おしゅう》の敵《かたき》を打つまでは大事な身の上と、種々《いろいろ》心配しながら打ち連れ立て帰る。孝助はたとえ如何なる災《わざわい》があっても、それを恐れて一歩でも退《しりぞ》くようでは大事を仕遂げる事は出来ぬと思い、刀に反《そり》を打ち、目釘《めくぎ》を湿《しめ》し、鯉口《こいぐち》を切り、用心堅固に身を堅め、四方に心を配りて参り、相川は重箱を提《さ》げて、孝助殿気を付けて行けと云いながら参りますると、向うより薄《すすき》だたみを押分けて、血刀《ちがたな》を提げ飛出して、物をも云わず孝助に斬り掛けました。この者は栗橋無宿《くりはしむじゅく》の伴蔵にて、栗橋の世帯を代物付《*しろものつき》にて売払い、多分の金子《かね》をもって山本志丈と二人にて江戸へ立退《たちの》き、神田佐久間町《かんださくまちょう》の医師何某《なにがし》は志丈の懇意ですから、二人はここに身を寄せて二、三日逗留し、八月三日の夜二人は更けるを待ちまして忍び来り、根津の清水に埋めておいた金無垢の海音如来の尊像を掘出し、伴蔵は手早く懐中へ入れましたが、伴蔵の思うには、我が悪事を知ったは志丈ばかり、このままに生けおかば後の恐れと、伴蔵は差したる刀抜くより早く飛びかかって、出し抜けに力に任して志丈に斬り付けますれば、アッと倒れるところを乗《の》し掛り、一刀逆手《さかて》に持直し、肋《あばら》へ突込みこじり廻せば、山本志丈はそのままにウンと云って身を顫《ふる》わせて、忽ち息は絶えましたが、この志丈も伴蔵に与《くみ》し、悪事をした天罰のがれ難く斯《かか》る非業《ひごう》を遂げました。死骸を見て伴蔵は後へさがり、逃げ出さんとするところ、御用と声掛け、八方より取巻かれたに、伴蔵も慌てふためき必死となり、捕方《とりかた》へ手向いなし、死物狂いに斬り廻り、ようやく一方を切抜けて薄だたみへ飛込んで、往来の広いところへ飛出す出合がしら、伴蔵は眼も眩《くら》み、これも同じ捕方と思いましたゆえ、ふいに孝助に斬掛けましたが、大概の者なれば真二《まっぷた》つにもなるべきところなれども、さすがは飯島平左衛門の仕込で真影流《しんかげりゅう》に達した腕前、殊に用意をした事ゆえ、それと見るより孝助は一歩《ひとあし》退きしが、抜合《ぬきあわ》す間もなき事ゆえ、刀の鍔元《つばもと》にてパチリと受流し、身を引く途端に伴蔵がズルリと前へのめるところを、腕を取って逆に捻倒《ねじたお》し。

孝「やいやい曲者《くせもの》何といたす。」

曲「へい真平《まつぴら》御免下せえまし。」

相「そら出たかえ、孝助怪我《けが》はないか。」

孝「へい怪我はございません、こりゃ狼藉者《ろうぜき》め何等《なんら》の遺恨《いこん》で我に斬付けたか、次第を申せ。」

曲「へいへい全く人違いでごぜえやす。」

と小声にて、「今ここの先で友達と間違いをしたところが、皆が徒党をして、大勢で私を打殺すと云って追掛けたものだから、一生懸命にここまでは逃げては来たが、目が眩んでいますから、殿様とも心付きませんで、とんだ粗相をいたしました、どうかお見逃しを願いますから、そいつらに見付けられると殺されますから、早くお逃しなすって下されませ。」

孝「全くそれに違いないか。」

曲「へい、全く違えごぜえやせん。」

相「ああ驚いた、これ人違いにも事によるぞ、断ってしまってから人違いで済むか、べらぼうめ、実に驚いた、良石和尚のお告げは不思議だなア、おや今の騒ぎで重箱をどこかへ落してしまった。」

と四辺《あたり》を見廻しているところへ、依田豊前守《よだぶぜんのかみ》の組下にて石子伴作《いしこばんさく》、金谷藤太郎《かなやとうたろう》という両人の御用聞《ごようきき》が駈けて来て、孝助に向い慇懃《いんぎん》に、

捕「へい申し殿様、誠に有難う存じます、この者はお尋ね者にて、旧悪のある重罪な奴でござります、私どもはあすこに待受けていまして、つい取逃がそうとしたところを、旦那様のお蔭でようやくお取押えなされ、有難うございます、どうかお引渡しを願いと

う存じます。」
相「そうかえ、あれは賊かい。」
捕「大盗賊《おおどろぼう》でございます。」
孝「お父様《とつさま》呆れた奴でございます、この不埒者《ふらちもの》め。」
相「なんだ、人違いだなぞと嘘をついて、嘘をつく者は盗賊《どろぼう》の始りナニ疾《と》うに盗賊にもうなっているのだから仕方がない、直ぐに縄を掛けてお引きなさい。」
捕「殿様のお蔭でようやく取押え、誠に有り難う存じます、どうかお名前を承わりとう存じます。」
相「不浄人を取押えたとて姓名なぞを申すには及ばん、これこれこれ重箱を落したから捜してくれ、ああこれだこれだ、危なかったのう。」
孝「しかしお父様《とつさま》、なにぶん悪人とは申しながら、主人の法事の帰るさに縄を掛けて引渡すはどうも忍びない事でございます。」
相「なれどもそう申してはいられない、渡してしまいなさい、早く引きなされ。」
捕方は伴蔵を受取り、縄打って引立て行き、その筋にて吟味《ぎんみ》の末、相当の刑に行われましたことはあとにて分ります。さて相川は孝助を連れて我屋敷に帰り、互に無事を悦び、その夜は過ぎて翌日の朝、孝助は旅支度の用意のため、小網町《こあみちよう》辺へ行って種々《いろいろ》買物をしようと家《うち》を立ち出で、神田旅籠町《はたごちよう》へ差懸《さしかか》る、向うに白き幟《のぼり》*に人相墨色《すみいろ》白翁堂勇斎とあるを見て、孝助は「ははア、これが昨日《きのう》良石和尚が教えたには今日の八ツ頃《や》には必ず逢いたいものに逢う事が出来ると仰せあった占者《うらないしや》だな、敵《かたき》の手掛りが分り、源次郎お国に廻り逢う事もあろうか、何しろ判断して貰おう」と思い、勇斎の門辺《かどべ》に立って見ると、名人のようではございません。竹の打ち付け窓に煤《すす》だらけの障子を建て、脇に欅《けやき》の板に人相墨色白翁堂勇斎と記してありますが、家の前などは掃除などした事はないと見え、塵《ごみ》だらけゆえ、孝助は足を爪立《つまだ》てながら中《うち》に入り、

孝「おたのみ申しますおたのみ申します。」

白「なんだナ、誰だ、明けてお入り、履物《はきもの》をそこへ置くと盗まれるといけないから持ってお上り。」

孝「はい、御免下さいまし。」

と云いながら障子を明けて中《うち》へ通ると、六畳ばかりの狭いところに、真黒になった今戸焼の火鉢の上に口のかけた土瓶《どびん》をかけ、茶碗が転がっている。脇の方に小さい机を前に置き、その上に易書《えきしよ》を五、六冊積上げ、傍《かたえ》の筆立には短き筮竹《ぜいちく》を立て、その前に丸い小

さな硯《すずり》を置き、勇斎はぼんやりと机の前に坐しました態《さま》は、名人かは知らないが、少しも山*も飾りもない。じじむさくしている故、名人らしい事は更になけれども、孝助はかねて良石和尚の教えもあればと思って両手を突き、

孝「白翁堂勇斎先生はあなた様でございますか。」

白「はい、始めましてお目にかかります、勇斎は私《わし》だよ、今年はもう七十だ。」

孝「それは誠に御壮健な事で。」

白「まアまア達者でございます、お前は見て貰いにでも来たのか。」

孝「へい手前は谷中新幡随院の良石和尚よりのお指図《さしず》で参りましたものでございますが、先生に身の上を判断していただきとうございます。」

白「ははア、お前は良石和尚と心安いか、あれは名僧だよ、智識だよ、実に生仏《いきぼとけ》だ、茶はそこにあるから一人で勝手に汲んでお上り、ハハアお前は侍さんだね、何歳《いくつ》だえ。」

孝「へい、二十二歳でございます。」

白「ハア顔をお出し。」

と天眼鏡を取出し、しばらくのあいだ相を見ておりましたが、大道の易者のように高慢は云わず、

白「ハハアお前さんはマアマア家柄の人だ、してこれまで目上に縁なくして誠にどうもいちいち苦労ばかり重なって来るような訳になったの。」

孝「はい、仰せの通り、どうも目上に縁がございません。」

白「そこでどうもこれまでの身の上では、薄氷《はくひょう》を踏むが如く、剣《つるぎ》の上を渡るような境界で、大いに千辛万苦《せんしんばんく》をした事が顕われているが、そうだろうの。」

孝「誠に不思議、実によく当りました、私の身の上には危《あやう》い事ばかりでございました。」

白「それでお前には望みがあるであろう。」

孝「へい、ございますが、その望みは本意が遂げられましょうか如何でございましょう。」

白「望事《のぞみごと》は近く遂げられるが、そこのところがちと危ない事で、これと云う場合に向いたなら、水の中でも火の中でも向うへ突切る勢いがなければ、必ず大望は遂げられぬが、まず退《しりぞ》くに利あらず進むに利あり、こういうところで、悪くすると斬殺されるよ、どうも剣難が見えるが、旨く火の中水の中を突切ってしまえば、広々としたところへ出て、何事もお前の思うようになるが、それは難かしいから気を注《つ》けなけりゃいけない、もうこれきり見る事はないからお帰りお帰り。」

孝「へい、それに就きまして、私疾《と》うより尋ねる者がございますが、これはどうしても逢えない事とは存じておりますが、その者の生死《しょうし》は如何でございましょう、御覧下さいませ。」

白「ハハア見せなさい。」

とまた相《そう》して、

白「むむ、これは目上だね。」

孝「はい、さようでございます。」

白「これは逢っているぜ。」

孝「いいえ、逢いません。」

白「いや逢っています。」

孝「尤も今年《こんねん》より十九年以前に別れましたるゆえ、途中で逢っても顔も分らぬ位でありまするから、一緒におりましても互いに知らずにおりましたかな。」

白「いやいや何でも逢っています。」

孝「小さい時分に別れましたから、事によったら往来で摩《す》れ違った事もございましょうが、逢った事はございません。」
白「いやいやそうじゃない、たしかに逢っている。」
孝「それは少さい時分の事ゆえ。」
白「ああ煩さい、いや逢っていると云うのに、外には何も云う事はない、人相に出ているから仕方がない、きっと逢っている。」
孝「それは間違いでございましょう。」
白「間違いではない、極《き》めたところを云ったのだ、それより外に見るところはない、昼寝をするんだから帰っておくれ。」
とそっけなく云われ、孝助は後を細かく聞きたいからもじもじしていると、また門口《かどぐち》より入り来るは女連れの二人にて、
女「はい御免下さいませ。」
白「ああまた来たか、昼寝が出来ねえ、おお二人か何一人は供だと、そんならそこに待たしてこっちへお上り。」
女「はい御免くだされませ、先生のお名を承わりまして参りました、どうか当用の身の上を御覧願います。」

白「はいこっちへお出《い》で。」
とまたこの女の相をよくよく見て、「これは悪い相だなア、お前はいくつだえ。」
女「はい四十四歳でございます。」
白「これはいかん、もう見るがものはない、ひどい相だ、一体お前は目下に極縁《ごく》のない相だ、それに近々の内きっと死ぬよ、死ぬのだから外に何にも見る事はない。」
と云われて驚きしばらく思案をいたしまして、
女「命数は限りのあるもので、長い短いは致しかたがございませんが、私は一人尋ねるものがございますが、その者に逢われないで死にます事でございましょうか。」
白「フウムこれは逢っている訳だ。」
女「いえ逢いません、尤も幼年の折に別れましたから、先でも私の顔を知らず、私も忘れたくらいな事で、すれ違ったくらいでは知れません。」
白「何でも逢っています、もうそれで外に見るところも何もない。」
女「その者は男の子で、四つの時に別れた者でございますが。」
という側から、孝助はもしやそれかとかの女の側に膝をすりよせ、
孝「もしお内室様《かみさん》へ少々伺いますが、いずれの方かは存じませんが、ただ今四つの時

てあなたは越後村上の内藤紀伊守様の御家来沢田右衛門様のお妹御《いもとご》ではございません
か。」

女「おやまアよく知ってお出でです、誠に、はいはい。」

孝「そしてあなたのお名前はおりえ様とおっしゃって、小出信濃守様《こいでしなののかみさま》の御家来黒川孝蔵様へお片附《かたづき》になり、その後御離縁になったお方ではございませんか。」

女「おやまアあなたは私の名前までお当てなすって、大そうお上手様、これは先生のお弟子でございますか。」

と云うに、孝助は思わず側により、

孝「オオお母様《かかさま》お見忘れでございましょうが、十九年以前、手前四歳の折お別れ申した悴《せがれ》の孝助めでございます。」

りえ「おやまアどうもマア、お前がアノ悴の孝助かえ。」

白「それだから先刻《さっき》から逢っている逢っていると云うのだ。」

おりえは嬉涙《うれしなみだ》を拭い、

りえ「どうもマア思い掛ない、誠に夢のような事でございます、そうして大層立派におなりだ、こう云う姿になっているのだものを、表で逢ったって知れる事じゃアありません。」

孝「誠に神の引合せでございます、お母様お懐かしゅうございました、私は昨年越後《えちご》の村上へ参り、段々御様子を伺いますれば、沢田右衛門様の代も替り、お母様のいらっしゃいますところも知れませんから、どうがなしてお目に懸《かか》りたいと存じていましたに、図らずここでお目に懸り、先ずお壮健《すこやか》でいらッしゃいまして、こんな嬉しい事はございません。」

りえ「よくマア、さぞお前は私を怨《うら》んでおいでだろう。」

白「そんな話をここでしては困るわな、しかし十九年ぶりで親子の対面、さぞ話があろうが、いらざる事だが、供に知れても宜くない事もあろうから、どこか待合か何かへ行ってするがいい。」

孝「はいはい、先生お蔭様で誠に有難うございました、良石様のお言葉といい、あなた様の人相のお名人と申し、実に驚き入りました。」

白「人相が名人というわけでもあるまいが、皆こうなっている因縁だから見料《けんりょう》はいらねえから帰りな、ナニちっとばかり置いて行くか、それも宜かろう。」

りえ「種々《いろいろ》お世話様、有り難う存じました、孝助や種々話もしたい事があるからこうしよう、私は今馬喰町《ばくろちょう》三丁日下野屋《しもつけや》という宿屋に泊っているから、お前より一ト足先へ帰り、供を買物に出すから、その後へ供に知れないように上っておいで。」

白「さぞ嬉しかろうのう。」

孝「さようならば、これから直《すぐ》見え隠れにお母様《かかさま》のお跡に付いて参りましょう、それはそうと。」

と云いつつも懐中より何ほどか紙に包んで見料を置き、厚く礼を述べ白翁堂の家を立出で、見え隠れに跡をつけ、馬喰町へまいり、下野屋の門辺《かどべ》に佇《たたず》み待っているうちに、供の者が買ものに出て行きましたから、孝助は宿屋に入り、下女《おんな》に案内を頼んで奥へ通る。

りえ「サアサアサアここへ来な、本当にマアどうもねえ。」

と云いながら孝助をつくづく見て、

りえ「見忘れはしませぬ幼顔、お前の親御孝蔵殿によく似ておいでだよ、そうして、大層立派におなりだねえ、お前がお父様《とっさま》の跡を継《つ》いで、今でもお父様はお存生《ぞんしょう》でいらッしゃるかえ。」

孝「はい、お母様この両隣の座敷には誰もおりはいたしませんか。」

りえ「いいえ、私も来て間もないことだが、昼の中《うち》は皆買物や見物に出かけてしまうから誰もいないよ、日暮方は大勢帰って来るが、今は留守居が昼寝でもしている位だろうよ。」

孝「フウ、さようなら申上げますが、お母様は私の四つの時の二月にお離縁になりましたのも、お父様《とっさま》があの通りの酒乱からで、それからお父様はその年の四月十一日、本郷三丁目の藤村屋新兵衛と申す刀屋の前で斬殺《きりころ》され、無慙《むざん》な死をお遂げなされました。」

りえ「おやまアやっぱり御酒《ごしゅ》ゆえで、それだから私アもうお前のお父《とっ》さんでは本当に苦労を仕抜いたよ、あの時もお前と云う可愛い子があることだから、別れたいのではないが、兄が物堅い気性だから、あんな者へ付けてはおかれん、酒ゆえに主家をお暇《いとま》になるような者には添わせておかれんと、無理無体に離縁を取ったが、お行方《ゆくえ》の事はこの年月忘れた事はありませせぬ、そうしてお父様が亡くなっては、跡で誰もお前の世話をする者がなかったろう。」

孝「さアお父様の店受《たなうけ》弥兵衛《やへえ》と申しまする者が育ててくれ、私が十一の時に、お前のお父《とっ》さんはこれこれで死んだと話してくれました故、私もたとえ今は町人になってはいますものの、元は武家の子ですから、成人の後は必ずお父様の仇《あだ》を報いたいと思い詰め、屋敷奉公をして剣術を覚えたいと思っていましたに、縁あって昨年の三月五日、牛込軽《かる》子《こ》坂《ざか》に住む飯島平左衛門とおっしゃる、お＊広敷番《ひろしきばん》の頭《かしら》をお勤めになる旗下屋敷に奉公住《ほうこうずみ》をいたしたところ、その主人が私をば我子のように可愛がってくれましたゆえ、私も身の上を明《あか》し、親の敵《かたき》が討ちたいから、どうか剣術を教えて下さいと頼みましたれば、殿様は御番《ごばん》疲れのお厭《いと》いもなく、夜までかけて御剣術を仕込んで下されました故、思いがけなく免許を取るまでになりました。」

りえ「おやそう、フウーン。」

孝「するとその家《うち》にお国と申す召使がありました、これは水道端の三宅《みやけ》のお嬢様が殿様へ御縁組になる時に、奥様に附いて来た女でございますが、その後奥様がお逝《かく》れになりましたものですから、このお国にお手がつき、お妾となりましたところ、隣家《となり》の旗下の次男宮野辺源次郎と不義を働き、内々主人を殺そうと謀《たく》みましたが、主人は素《もと》より手者《しゃ》の事ゆえ、容易に殺すことは出来ないから、中川へ網船《あみぶね》に誘い出し、船の上から突落して殺そうという事を私が立聞《たちぎき》しましたゆえ、源次郎お国をひそかに殺し、自分は割腹してもどうか恩ある御主人を助けたいと思い、昨年の八月三日の晩に私が槍《やり》を持って庭先へ忍び込み、源次郎と心得突懸《つっか》けたは間違いで、主人平左衛門の肋《あばら》を深く突きました。」

りえ「おやまアとんだ事をおしだねえ。」

孝「サア私も驚いて気が狂うばかりになりますと、主人は庭へ下りて来て、ひそひそと私への懺悔話《ざんげばなし》に、今より十八年前の事、貴様の親父《おやじ》を手に掛けたはこの平左衛門がまだ部屋住にて、平太郎と申した昔の事、どうか其方《そのほう》の親の敵と名告《なの》り、貴様の手に掛りて討たれたいとは思えども、主殺しの罪に落すを不便《ふびん》に思い、今日までは打過ぎたが、今日こそ好《い》い折からなれば、かくわざと源次郎の態《なり》をして貴様の手にかかり、猶委細の事はこの書置《かきおき》に認めおいたれば、跡の始末は養父相川新五兵衛と共に相談せよ、貴様はこれにて怨《うらみ》を晴《はら》してくれ、しかる上は仇《あだ》は仇恩《おん》は恩、三世も変らぬ主従と心得、飯島の家を再興してくれろ、急いで行けと急き立《せ》てられ、養家先なる水道端の相川新五兵衛の宅へ参り、舅《しゅうと》と共に書置を開いて見れば、主人は私を出した後にて直ぐに客間へ忍び入り源次郎と槍試合をして、源次郎の手に掛り、最後をすると認めてありました書置の通りに、遂に主人はその晩果敢《はか》なくおなりなされました、また源次郎お国は必ず越後の村上へ立越すべしとの遺書にありますから、主の仇を報わんため、養父相川とも申し合せ、跡を追いかけて出立いたし、越後へ参り、諸方を尋ねましたが一向に見当らず、またあなたの事もお尋ね申しましたが、これも分りません故、余儀なくこの度主人の年回をせんために当地へ帰りましたところ、ふと今日御面会をいたしますとは不思議な事でございます。」

と聞いて驚き小声になり、

りえ「おやマア不思議な事じゃアないか、あの源次郎とお国は私の宅《うち》にかくまってありますよ、どうもまア何たる悪縁だろう、不思議だねえ、私が二十六の時黒川の家を離縁になって国へ帰り、村上にいると、兄が頻《しき》りに再縁しろとすすめ、不思議な縁でお出入《いり》の町人で荒物の御用を過《すご》す樋口屋《ひのくちや》五兵衛と云うもののところへ縁付くと、そこに十三になる五郎三郎《ごろさぶろう》という男の子と、八ツになるお国という女の子がありまして、そのお国は年は行かぬが意地の悪いとも性《しょう》の悪い奴で、夫婦の合中《あいなか》を突《つ》ついて仕様がないから、十一の歳江戸の屋敷奉公にやった先は、水道端の三宅という旗下でな、その後奥様附で牛込の方へ行ったとばかりで後は手紙一本も寄越さぬくらい、実に酷《ひど》い奴で、夫五兵衛が亡くなった時も訃音《しらせ》を出したに帰りもせず、返事もよこさぬ不幸もの、兄の五郎三郎も大層に腹を立っていましたが、その後私どもは仔細《しさい》あって越後を引払い、宇都宮《うつのみや》の杉《すぎ》原町《はらまち》に来て、五郎三郎の名前で荒物屋の店を開いて、最早《もはや》七年居《い》ますが、つい先達《せんだつ》てお国が源次郎という人を連れて来ていうのには、私が牛込のあるお屋敷へ奥様附で行ったところが、若気の至りに源次郎様と不義私通《いたずら》ゆえにこのおかたは御勘当となり、私故に今は路頭に迷う身の上だから、誠に済まない事だが匿《かく》まってくれろと云って、そんな人を殺した事なんぞは何とも云わないから、源次郎への義理に今は宇都宮の私の内にいるよ、私はこの間五郎三郎から小遣を貰い、江戸見物に出掛けて来て、まだこちらへ着いて間もなくお前に巡り逢って、この事が知れるとは何たる事だねえ。」

孝「ではお国源次郎は宇都宮におりますか、つい鼻の先にいることも知らないで、越後の方から能登《のと》へかけ尋ねあぐんで帰ったとは、誠に残念な事でございますから、どうぞお母様がお手引をして下すって、仇《あだ》を討ち、主人の家の立行《たちゆ》くように致したいものでございます。」

りえ「それは手引をして上げようともサ、そんなら私は直《すぐ》にこれから宇都宮へ帰るから、お前は一緒にお出で、だがここに一つ困った事があると云うものは、あの供がいるからこれを聞き付け喋られると、お国源次郎を取逃がすような事になろうも知れぬから、こうと……。」

思案して、「私は明日の朝供《とも》を連れて出立するから、今日のようにお前が見え隠れに跡を追って来て、休む所も泊る所も一つ所にして、互に口をきかず、知らない者のようにしておいて、宇都宮の杉原町へ往《い》ったら供を先へやっておいて、そうして両人で合図《あいず》を諜《しめ》し合したら宜《よ》かろうね。」

孝「お母様有り難う存じます、それではどうかそういう手筈に願いとう存じます、私はこれより直に宅へ帰って、舅へこの事を聞かせたならどのように悦びましょう、さようなら明朝早く参って、この家《うち》の門口《かどぐち》に立っておりましょう、それからお母様先刻つい申上げ残しましたが、私は相川新五兵衛と申す者の方《かた》へ主人の媒妁《なかだち》で養子にまいり、男の子が出来ました、あなた様には初孫の事ゆえお見せ申したいが、この度はお取急ぎでございますから、いずれ本懐を遂げた後の事にいたしましょう。」

りえ「おやそうかえ、それは何にしても目出度い事です、私も早く初孫の顔が見たいよ、それについても、どうか首尾よくお国と源次郎をお前に討たせたいものだのう、これから宇都宮へ行けば私がよき手引をして、きっと両人を討たせるから。」

と互に言葉を誓い孝助は暇《いとま》を告げて急いで水道端へ立帰りました。

相「おや孝助殿、大層早くお帰りだ、いろいろお買物があったろうね。」

孝「いえ何も買いません。」

相「なんの事だ、何も買わずに来た、そんなら何か用でも出来たかえ。」
孝「お父様《とつさま》どうも不思議な事がありました。」
相「ハハ随分世間には不思議な事も有るものでねえ、何か両国の川の上に黒気《*こくき》でも立ったのか。」
孝「さようではございませんが、昨日良石和尚が教えて下さいました人相見のところへ参りました。」
相「なるほど行ったかえ、そうかえ、名人だとなア、お前の身の上の判断は旨く当ったかえ当ったかえ。」
孝「へい、良石和尚が申した通り、私の身の上は剣《つるぎ》の上を渡るようなもので、進むに利あり退《しりぞ》くに利あらずと申しまして、良石和尚の言葉といささか違いはござりません。」
相「違いませんか、なるほど智識と同じ事だ、それから、へえそれから何の事を見て貰ったか。」
孝「それから私が本意を遂げられましょうかと聞くと、本意を遂げるは遠からぬうちだが、遁《のが》れ難い剣難があると申しました。」
相「へえ剣難があると云いましたか、それは極《ご》く心配になる、また昨日のような事があると大変だからねえ、その剣難はどうかして遁れるような御祈禱《ごきとう》でもしてやると云ったか。」

孝「いえさような事は申しませんが、あなたも御存じの通り私が四歳の時別れました母に逢えましょうか、逢えますまいかと聞くと、白翁堂は逢っていると申しますから、幼年の時に別れたる故、途中で逢っても知れない位だと申しても、何でも逢っていると申し遂《つい》に争いになりました。」

相「ハアそこのところは少し下手糞《へたくそ》だ、しかし当るも八卦《はっけ》当らぬも八卦、そう身の上も何もかも当りはしまいが、強情を張ってごまかそうと思ったのだろうが、そこのところは下手糞だ、なんとか云ってやりましたか、下手糞とか何とか。」

孝「すると後から一人四十三、四の女が参りまして、これも尋ねる者に逢えるか逢えないかと尋ねると、白翁堂は同じく逢っているというものだから、その女はなに逢いませんといえば、きっと逢っているとまた争いになりました。」

相「ああ、こりゃからッぺた誠に下手だが、そう当る訳のものではない、それには白翁堂も恥をかいたろう、お前とその女と二人で取って押えてやったか、それからどうした。」

孝「さアあまり不思議な事で、私も心にそれと思い当る事もありますから、その女にはおりえ様と仰しゃいませんかと尋ねましたところが、それが全く私の母でございまして、先でも驚きました。」

相「ハハアその占《うらない》は名人だね、驚いたねえ、なるほど、フム。」

これより孝助はお国源次郎両人の手懸りが知れた事から、母と諜《しめ》し合わせた一伍一什《いちぶしじゆう》を物語りますると、相川も驚きもいたし、また悦び、誠に天から授かった事なれば、速《すみやか》に明日の朝遅れぬように出立して、目出度く本懐を遂げて参れという事になりました。翌朝早天《そうてん》に仇討に出立《しゆつたつ》をいたし、これより仇討は次に申上げます。

二十一

孝助は図《はか》らずも十九年ぶりにて実母おりえに廻り逢いまして、馬喰町《ばくろちよう》の下野屋《しもつけや》と申す宿屋へ参り、互に過《すぎ》し身の上の物語をいたして見ると、思いがけなき事にて、母方にお国源次郎がかくまわれてある事を知り、誠に不思議の思いをなしましたところ、母が手引をして仇《あだ》を討たせてやろうとの言葉に、孝助は飛立つばかり急ぎ立帰り、右の次第を養父相川新五兵衛に話しまして、六日の早天水道端《すいどうばた》を出立し、馬喰町なる下野屋方へ参り様子を見ておりまするると、母もかねて約したる事なれば、身支度《みじたく》を整え、下男を供に連れ立ち出でましたれば、孝助は見え隠れに跡を尾《つ》けて参りましたが、女の足の捗《はか》どらず、幸手《さって》、栗橋《くりはし》、古河《こが》、真間田《ままだ》、雀《すずめ》の宮《みや》を後になし、宇都宮《うつのみや》へ着きましたは、ちょうど九日の日の暮々に相成りましたが、宇都宮の杉原町の手前まで参りますと、母おりえは先ず下男を先へ帰し、五郎三郎に我が帰りし事を知らせてくれろと云い付けやり、孝助を近く招き寄せまして小声になり、

りえ「孝助や、私の家《うち》は向うに見える紺《こん》の暖簾《のれん》に越後屋と書き、山形に五の字を印したのが私の家だよ、あの先に板塀があり、付いて曲ると細い新道《しんみち》のような横町があるから、それへ曲り三、四軒行くと左側の板塀に三尺の開きが付いてあるが、それからはいれば庭伝い、右の方の四畳半の小座敷にお国源次郎が隠れいる事ゆえ、今晩私が開きの栓をあけておくから、九ツの鐘を合図に忍び込めば、袋の中の鼠《ねずみ》同様、覚《さと》られぬよういたすがよい。」

孝「はい誠に有り難うぞんじまする、図らずも母様《ははさま》のお蔭にて本懐を遂げ、江戸へ立帰り、主家再興の上私は相川の家を相続いたしますれば、お母様をお引取申して、必ず孝行を尽す心得、さすれば忠孝の道を全うする事が出来、誠に嬉しゅう存じます、さよ

うなれば私はどちらへ参って待受けていましょう。」
母「そうさ、池上町《いけがみまち》の角屋《すみや》は堅いという評判だから、あれへ参り宿を取っておいで、九ツの鐘を忘れまいぞ。」
孝「決して忘れません、さようならば。」
と孝助は母に別れて角屋へまいり、九ツの鐘の鳴るのを待受けていました。母は孝助に別れ、越後屋五郎三郎方へ帰りますと、五郎三郎は大きに驚き、
五「大層お早くお帰りになりました、まだめったにはお帰りにはならないと思っていましたのに、存じの外にお早うございました、それではとても御見物は出来ませんでございましたろう。」
母「はい、私は少し思う事があって、急に国へ帰る事になりましたから、奉公人どもへの土産物《みやげもの》も取っている暇《ひま》もない位で。」
五「アレサなにさよう御心配がいるものでございましょう、お母さまは芝居でも御見物なすってお帰りになる事だろうから、なかなか一ト月や二タ月は故郷忘《ぼう》じ難しで、あっちこっちをお廻りなさるから、急にはお帰りになるまいと存じましたに。」
母「さアお前に貰った旅用の残りだから、むやみに遣《つか》っては済まないが、どうか皆《みんな》に

やっておくれよ。」

と奉公人銘々に包んで遣わしまして、その外《ほか》着古しの小袖半纏《はんてん》などを取分け、

五「そんなにやらなくっても宜しゅうございます。」

と申すに、

母「ハテこれは私の少々心あっての事で、詰らん物だが着古しの半纏は、女中にも色々世話になりますからやっておくれ、シテお国や源次郎さんはやはり奥の四畳半におりますか。」

五「誠にあれはお母様《かかさま》に対しても置かれた義理ではございません、憎い奴でございますが、強《しい》て縋《すが》り付いて参り、私故にお隣屋敷の源次郎さんが勘当をされたと申しますから、義理でよんどころなく置きましたものの、さぞあなたはお厭《いや》でございましょう。」

母「私はお国に逢って緩《ゆっ》くり話がしたいから、用もあるだろうが、いつもより少々店を早くひけにして、寝かしておくれ、私は四畳半へ行って国や源さんに話があるのだが、これでお酒やお肴《さかな》を。」

五「およし遊ばせ。」

母「いや、そうでない、何も買って来ないからぜひ上げておくれよ。」

五「はいはい。」

と気の毒そうに承知して、五郎三郎は母の云付けなれば酒肴《さけさかな》を誂《あつら》え、四畳半の小間《こま》へ入れ、店の奉公人も早く寝かしてしまい、母は四畳半の小座敷に来たりて内にはいれば、

国「おや、お母様《かかさま》、大層早くお帰り遊ばしました、私はまだめったにお帰りにはなりますまいと思い、きっと一ト月位は大丈夫お帰りにはならないとお噂ばかりしておりました、大層お早く、本当にびっくりいたしました。」

源「ただ今はお土産《みやげ》として御酒肴《ごしゅこう》を沢山に有り難うぞんじます。」

母「いえいえ、なんぞ買って来ようと思いましたが、誠に急ぎましたゆえ何も取っている暇もありませんでした、誰も外に聞いている人もないようだから、打解けて話をしなければならない事があるが、お国やお前が江戸のお屋敷を出た時の始末を隠さずに云っておくんなさい。」

国「誠にお恥かしい事でございますが、若気の過《あやま》り、この源さまと馴染《なれそ》めたところから、源さまは御勘当になりまして、行きどころのないようにしたは皆《みん》な私ゆえと思い、悪いこととは知りながらお屋敷を逃出し、源さまと手を取り合い、日頃無沙汰をいたした兄のところに頼り、今ではこうやって厄介《やっかい》になっておりまする。」

母「不義淫奔《いたずら》は若い内には随分ありがちの事だが、お国お前は飯島様のお屋敷へ奥様付になって来たが、奥様がおかくれになってから、殿様のお召使になっているうちに、お隣の御二男源次郎さまと、隣りずからの心安さに折々お出《いで》になるところから、お前はこの源さまと不義密通《いたずら》を働いた末、お前方が申し合せ、殿様を殺し、有金《ありがね》大小衣類を盗み取り、お屋敷を逃げておいでだろうがな。」

と云われて二人は顔色変え、

国「おやまアびっくりします、お母様何をおっしゃいます、誰がそのような事を云いましたか、少しも身に覚えのない事を云いかけられ、本当にびっくりいたしますわ。」

母「いえいえいくら隠してもいけないよ、私の方にはちゃんと証拠がある事だから、隠さずに云っておしまい。」

国「そんな事を誰が申しましたろうねえ源さま。」

と云えば、源次郎落着ながら、

源「誠に怪《け》しからん事です、お母様《かかさま》もし外の事とは違います、手前も宮野辺源次郎、何ゆえお隣の小父《おじ》を殺し、有金衣類を盗みしなどと何者がさような事を申しました、毛頭覚えはございません。」

母「いやいやそうおっしゃいますが、私は江戸へ参り、不思議と久し振りで逢いました者があって、その者から承わりました。」

源「フウ、シテ何者でございますか。」

母「はい、飯島様のお屋敷でお草履取《ぞうりとり》を勤めておりました、孝助と申す者でなア。」

源「ムム孝助、あいつは不届至極《ふとどき》な奴で。」

国「アラあいつはマア憎い奴で、御主人様のお金を百両盗みました位な者ですから、どんな拵《こしら》え事をしたか知れません、あんな者の云う事をあなた取上げてはいけません、どうして草履取が奥の事を知っている訳はございません。」

母「いえいえお国や、その孝助は私のためには実《じつ》の悴《せがれ》でございます。」

と云われて両人《ふたり》は驚き顔して、後《あと》へもじもじとさがり、

母「さア、私がこの家《や》へ縁付いて来たのは、今年でちょうど十七年前の事、元私の良人《つれあい》は小出様《こいでさま》の御家来で、お馬廻《うままわ》り役を勤め、百五十石頂戴いたした黒川孝蔵と云う者がありましたが、乱酒《らんしゅ》故に屋敷は追放、本郷丸山の本妙寺長屋へ浪人していましたところ、私の兄沢田右衛門が物堅い気質で、さような酒癖あしき者、連添《つれそ》うているよりは、離縁を取って国へ帰れと押《おし》て迫られ、兄の云うに是非もなく、その時四つになる悴を後

に残し、離縁を取って越後の村上へ引込み、二年ほど過ぎてこの家に再縁して参りましたが、この度江戸で図らずも十九年ぶりにて悴の孝助に逢いましたが、実の親子でありますゆえ、段々様子を聞いて見ると、お前達は飯島様を殺した上、有金大小衣類まで盗み取り、お屋敷を逐電《ちくでん》したと聞き、私はびっくりしましたよ、それがため飯島様のお家《いえ》は改易《かいえき》になりましたから、悴の孝助が主人の敵《かたき》のお前方《まえがた》を討たなければ、飯島の家名を興《おこ》す事が出来ないから、敵を捜す身の上と、涙ながらの物語に、私も十九年ぶりで実の子に逢いました嬉し紛れに、敵のお国源次郎は私の家に匿《かく》まってあるから、手引をして敵を打たせてやろうと、サうっかり云ったは私の過り、孝助は血を分けた実子なれども、一旦離縁を取ったれば黒川の家の子、この家に再縁する上からは、今はお前は私のためになおさら義理ある大切《だいじ》の娘なりや、縁の切れた悴の情に引かされて、手引をしてお前達を討たせては、亡くなられたお前の親御樋口屋五兵衛殿の御位牌《おんいはい》へ対して、どうも義理が立ちませんから、悪い事を云うた、どうしたら宜《よ》かろうかと道々も考えて来ましたが、孝助は後になり先になり私に附きてこの地に参り、実は今晩九時《ここのつどき》の鐘を合図に庭口から此家《ここ》に忍んで来る約束、討たせては済まないから、お前達も隠さず実はこれこれと云いさえすれば、五郎三郎から小遣に貰った三十両の内、少し遣ってまだ二十六、七両は残ってありますから、これをお前達に路銀として餞別に上げようから、少しも早く逃げのびなさい、立退《たちの》く道は宇都宮の明神様《みょうじんさま》の後山《うしろやま》を越え、慈光寺《じこうじ》の門前から付いて曲り、八幡山《やはたやま》を抜けてなだれに下りると日光街道、それより鹿沼道《かぬまみち》へ一里半行けば、十郎ケ峰という所、それよりまた一里半あまり行けば鹿沼へ出ます、それより先は田沼道奈良村《たぬまみちならむら》へ出る間道《かんどう》、人の目つまにかからぬ抜道《ぬけみち》、少しも早く逃げのびて、何処《いずこ》の果《はて》なりとも身を隠し、悪い事をしたと気がつきましたら、髪を剃《そ》って二人とも袈裟《けさ》と衣に身を窶《やつ》し、殺した御主人飯島様の追善供養《ついぜんくよう》いたしたなら、命の助かる事もあろうが、ただ不便《ふびん》なのは悴の孝助、敵の行方《ゆくえ》の知れぬ時は一生旅寝の艱難困苦《かんなんこんく》、御主《おしゅう》のお家も立ちません、気の毒な事と気がついたら心を入れかえ善人になっておくれよ、さア早く。」と路銀まで出しまして、義理を立てぬく母の真心、さすがの二人も面目なく眼と眼と見合せ、

国「はいはい誠にどうも、さようとは存じませんでお隠し申したのは済みません。」

源「実に御信実なお言葉、恐れ入りました、拙者も飯島を殺す気ではござらんが、不義が顕われ平左衛門が手槍《てやり》にて突いてかかる故、やむをえずかくの如きの仕合せでございます、仰せに従い早々逃げのび、改心いたして再びお礼に参りまするでございます、

これお国や、お餞別として路銀まで、あだに心得ては済みませんよ。」

国「お母様《かかさま》、どうぞ堪忍してくださいましよ。」

母「さアさア早く行かぬか、かれこれ最早《もは》や九ツになります。」

と云われて二人は支度をしていると、後の障子を開けてはいりましたはお国の兄五郎三郎にて、突然《いきなり》お国の側へより、

五「お母様《かかさま》少しお待ちなすってください、これ国これへ出ろ出ろ、本当にマア呆《あき》れはてて物が云われねえ奴だ、内へ尋ねて来た時なんと云った、お隣の次男と不義をしたゆえ、源さんは御勘当になり、身の置所がないようにしたも私ゆえ、お気の毒でならねえから一緒に連れて来ましたなどと、生嘘《なまぞら》を遣って我をだましたな、内にこうやって置く奴じゃアねえぞ、お父様《とっさま》が御死去になった時、幾度《いくたび》手紙を出しても一通の返事も遣《よこ》さぬくらいな人でなし、たった一人の妹だが死んだと思ってな諦めていたのだ、それにのめのめと尋ねて来やアがって、置いてくれろというから、よもや人を殺し、泥坊をして来たとは思わねえから置いてやれば、今聞けば実に呆れて物が云われねえ奴だ、お母様誠に有り難うございまするが、あなたが親父へ義理を立てて、こいつを逃がして下さいましても天命は遁《のが》れられませんから、とても助かる気遣いはございません、いっそ黙って

おいでなすって、孝助様に切られてしまう方が宜しゅうございますのに、やいお国、お母様は義理堅いお方ゆえ、親父の位牌へ対して路銀まで下すって、そのうえ逃路《にげみち》まで教えて下さると云うはな実に有り難い事ではないか、何とも申そうようはございません、コレお国、この罰当《ばちあた》りめえ、お母様がこの家へ嫁にいらッしゃった時は、手前《てめえ》がな十一の時だが、意地がわるくてお父様《とつさま》とお母様とおれとの合中《あいなか》をつつき、なにぶん家が揉《も》めて困るから、おれがお父《やじ》さんに勧めて他人の中を見せなければいけませんが、近いところだと駈出して帰って来ますから、いっそ江戸へ奉公に出した方が宜かろうと云って、江戸の屋敷奉公に出したところが、善事《いいこと》は覚えねえで、密夫《いろおとこ》をこしらえてお屋敷を遁げ出すのみならず、御主人様を殺し、金を盗みしというは呆れ果てて物が云われぬ、お母様が並《なみ》の人ならば、知らぬふりをしておいでなすッたら、今夜孝助様に斬殺《きりころ》されるのも心がら、天罰で手前達《てめえたち》は当然《あたりまえ》だが、坊主が憎けりゃ袈裟《けさ》までの譬《たとえ》で、こいつも敵の片《かた》割《われ》とおれまでも殺される事を仕出来《しでか》すというは、不孝不義の犬畜生め、たった一人の兄《きょう》妹《だい》なり、殊にゃア女の事だから、この兄の死水《しにみず》も手前が取るのが当然《あたりまえ》だのに、何の因果でこんな悪婦《あくとう》が出来たろう、お父様《やじさま》も正直なお方、私もこれまでさのみ悪い事をした覚えはないのに、このような悪人が出来るとは実になさけない事でございます、この畜生め畜生めサッサと早く出て行け。」

と云われて、二人とも這々《ほうほう》の体《てい》にて荷拵《にごしら》えをなし、暇乞《いとまご》いもそこそこに越後屋方を逃出しましたが、宇都宮明神の後道《うしろみち》にかかりますと、昼さえ暗き八幡山、まして真夜中の事でございますから、二人は気味わる気味わる路の中ばまで参ると、一叢《ひとむら》茂る杉林の蔭より出てまいる者を透《すか》して見れば、面部を包みたる二人の男、いきなり源次郎の前に立塞《たちふさ》がり、
○「やい、神妙にしろ、身ぐるみ脱いで置いて行け、手前達は大方《おおかた》宇都宮の女郎を連出した駈落者《かけおちもの》だろう。」
×「やい金を出さないか。」
と云われ源次郎は忍び姿の事なれば、大小を落《おと》し差《ざし》にしておりましたが、この様子にハッと驚き、拇指《おやゆび》にて鯉口を切り、慄《ふる》え声《ごえ》を振立《ふりた》って、
源「手前達は何だ、浪藉者《ろうぜき》。」
と云いながら、透して九日の夜の月影に見れば、一人は田中の中間喧嘩《ちゅうげん》の亀蔵、見紛《みまが》う方なき面部の古疵《ふるきず》、一人は元召使いの相助《あいすけ》なれば、源次郎は二度びっくり、
源「これ、相助ではないか。」

相「これは御次男様、誠にしばらく。」
源「まア安心した、本当にびっくりした。」
国「私もびっくりして腰が抜けたようだったが、相助どんかえ。」
相「誠にへイ面目ありません。」
源「手前はまだかような悪い事をしているか。」
相「実はお屋敷をお暇《いとま》になって、藤田の時蔵と田中の亀蔵と私と三人揃って出やしたが、どこへも行くところはなし、どうしたら宜かろうかと考えながら、ぶらぶらと宇都宮へ参りやして、雲助《くもすけ》になり、どうやらこうやらやっているうち、時蔵は傷寒《しょうかん》を煩《わずら》って死んでしまい、金はなくなって来たところから、ついふらふらと出来心で泥坊をやったが病付《やみつき》となり、この間道《かんどう》はよく宇都宮の女郎を連れて、鹿沼の方へ駈落するものが時々あるので、ここに待伏せして、サア出せと一言いえば、私は剣術を知らねえでも、怖がって直きに置いて行くような弱い奴ばっかりですから、今日もうっかり源様と知らず掛かりましたが、あなたに抜かれりゃアおッ切られてしまうところ、誠になんともはや。」
源「これ亀蔵、手前も泥坊をするのか。」
亀「へい雲助をしていやしたが、ろくな酒も飲めねえから太く短くやッけろと、今ではこんな事をしておりやす。」

と云われ、源次郎はしばし小首を傾《かた》げておりましたが、「好《い》いところで手前達に逢《お》うた、手前達も飯島の孝助には遺恨《いこん》があろうな。」

亀「ええ、あるどころじゃアありやせん、川の中へ放り込まれ、石で頭を打裂《ぶっさ》き、相助と二人ながら大曲《おおまが》りでは酷《ひど》い目に逢い、這々の体《てい》で逃げ返ったところが、こっちはお暇、孝助はぬくぬくと奉公しているというのだ、今でも口惜《くや》しくって堪《たま》りませんが、あいつはどうしました。」

源「誰も外《ほか》に聞いている者はなかろうな。」

相「へい誰がいるものですか。」

源「この国の兄の宅は杉原町の越後屋五郎三郎だから、しばらくあすこに匿《かく》まわれていたところ、母というのは義理ある後妻だが、不思議な事でそれが孝助の実母であるとよ、この間母が江戸見物に行った時孝助に廻り逢い、悉《くわ》しい様子を孝助から残らず母が聞取り、手引をして我を打たせんと宇都宮へ連れては来たが、義理堅い女だから、亡父五兵衛の位牌へ対してお国を討たしては済まないというところで、路銀まで貰い、こうやって立たせてはくれたものの、そこは血肉を分けた親子の間、事によると後から追掛けさせ、やって来まいものでもないが、どうしてか手前らが加勢して孝助を殺してくれれば、多分の礼は出来ないが、二十金やろうじゃないか。」

亀「宜しゅうございます、随分やッつけましょう。」

相「亀蔵安受合《やすうけあい》するなよ、あいつと大曲《おおまがり》で喧嘩した時、大溝《おおどぶ》の中へ放り込まれ、水を喰《くら》ってようよう逃帰ったくらい、あいつア途方もなく剣術が旨いから、うっかり打《たた》き合うと叶やアしない。」

亀「それはまた工夫がある、鉄砲じゃア仕様があるめえ、十郎ケ峰あたりへ待受け、源さまは清水流れの石橋の下へ隠れていて、おれ達《たち》ゃア林の間に身を隠しているところへ、孝助がやって来りゃア、橋を渡り切ったところで、おれが鉄砲を鼻ッ先へ突付けるのだ、孝助が驚いて後《あと》へさがれば、源さまが飛出して斬付けりゃア挾《はさ》み打ち、わきァねえ、遁げるも引くも出来ァしねえ。」

源「じゃアどうか工夫をしてくれろ、何分頼む。」

とこれから亀蔵はどこからか三挺《きんちょう》の鉄砲を持ってまいり、皆々連立《つれだ》ち十郎ケ峰に孝助の来るを、待受けました。

二十一の下

さて相川孝助は宇都宮池上町の角屋《すみや》へ泊り、その晩九ツの鐘の鳴るのを待ち掛けましたところ、もう今にも九ツだろうと思うから、刀の下緒《さげお》を取りまして襷《たすき》といたし、裏と表の目釘《めくぎ》を湿《しめ》し、養父相川新五兵衛から譲り受けた藤四郎吉光の刀をさし、主人飯島平左衛門より形見に譲られた天正助定を差添《さしぞえ》といたしまして、橋を渡りて板塀の横へ忍んではいりますと、三尺の開き戸が明いていますから、ハハアこれは母が明けておいてくれたのだなと忍んで行きますと、母の云う通り四畳半の小座敷がありますから、雨戸の側《わき》へ立寄り、耳を寄せて内の様子を窺いますと、家内は一体に寝静まったと見え、奉公人の鼾《いびき》の声のみしんといたしまして、池上町と杉原町の境に橋がありまして、その下を流れます水の音のみいたしております。孝助はもう家内が寝たかと耳を寄せて聞きますと、内では小声で念仏を唱えている声がいたしますから、ハテ誰か念仏を唱えているものがあるそうだなと思いながら、雨戸へ手を掛けて細目に明けると、母のおりえが念珠《ねんじゅ》を爪繰《つまぐ》りまして念仏を唱えているから、孝助は不審に思い小声になり、

孝「お母《つか》さま、これはお母様のお寝間《ねま》でございますか、ひょっと場所を取違えました

か。」

母「はい、源次郎、お国は私が手引をいたしまして疾《とく》に逃がしましたよ。」

と云われて孝助はびっくりし、

孝「ええ、お逃し遊ばしましたと。」

母「はい十九年ぶりでお前に逢い、懐かしさのあまり、源次郎お国は私の家《うち》へ匿《かく》まってあるから手引きをして、私が討たせると云ったのは女の浅慮《あさはか》、お前と道々来ながらも、お前に手引きをして両人を討たしては、私が再縁した樋口屋五兵衛どのに済まないと考えながら来ました、今ここの家《うち》の主人五郎三郎は、十三の時お国が十一の時から世話になりましたから、実の子も同じ事、お前は離縁をして黒川の家へ置いて来た縁のない孝助だから、両人《ふたり》を手引をして逃がしました、それは全く私がしたに違いないから、お前は敵《かたき》の縁に繋《つな》がる私を殺し、お国源次郎の後を追掛けて勝手に敵をお討ちなさい。」

と云われ孝助は呆れて、

孝「ええお母様《つかさま》、それは何ゆえ縁が切れたと仰しゃいます、なるほど親は乱酒でございますから、あなたも愛想《あいそ》が尽きて、私の四ツの時に置いてお出になった位ですから、よくよくの事で、お怨み申しませんが、私は縁は切れても血統《ちすじ》は切れない実のお母《つか》さま、私は物心が付きましてお母様はお達者か、御無事でおいでかと案じてばかりおりましたところ、こんど図《はか》らずお目にかかりましたのは日頃神信心《かみしんじん》をしたお蔭だ、殊にあなたがお手引をなすって、お国源次郎を討たせて下さると仰しゃッたから、この上もない有難いことと喜んでおりました、それを今晩になってお前には縁がない、越後屋に縁がある、あかの他人に手引をする縁がないと仰しゃるはお情ない、さようなお心なら、江戸表にいる内に何故これこれと明かしては下さいません、私も敵の行方《ゆくえ》を知らなければ知らないなりに、また外々《ほかほか》を捜し、たとえ草を分けてもお国源次郎を討たずにはおきません、それをお逃がし遊ばしては、たとえ今から跡を追《おっ》かけて行きましても、両人《ふたり》は姿を変えて逃げますから、私には討てませんから、主人の家を立てる事は出来ません、縁は切れても血統《ちすじ》は切れません、縁が切れても血統が切れても宜しゅうございますが、あまりの事でございます。」

と怨みつ泣きつ口説《くど》き立て、思わず母の膝の上に手をついて揺《ゆす》ぶりました。母はなかなか落着《おちつき》ものですから、

母「なるほどお前は屋敷奉公をしただけに理窟をいう、縁が切れても血統は切れない、それを私が手引きをして敵を討たなければ、お前は主人飯島様の家を立てる事が出来な

いから、その言訳はこうしてする。」と膝の下にある懐剣を抜くより早く、咽喉《のど》へガバリッと突き立てましたから、孝助はびっくりし、慌てて縋《すが》り付き、

孝「お母様何故《なにゆえ》御自害なさいました、お母様アお母様アお母様ア。」

と力に任せて叫びます。気丈な母ですから懐剣を抜いて溢《あふ》れ落ちる血を拭って、ホッホッとつく息も絶え絶えになり、面色土気色《めんしょくつちけいろ》に変じ、息を絶つばかり、

母「孝助孝助、縁は切れても、ホッホッ血統は切れんという道理に迫り、素《もと》より私は両人《ふたり》を逃がせば死ぬ覚悟、ホッホッ江戸で白翁堂に相《み》て貰った時、お前は死相が出たから死ぬと云われたが、実に人相の名人という先生の云われた事が今思い当りました、ホッホッ再縁した家の娘がお前の主人を殺すと云うは実に何たる悪縁か、さア死んで行く身、今息を留めればこの世にない身体《からだ》、ホッホッ幽霊が云うと思えば五郎三郎に義理はありますまい、お国源次郎の逃げて行った道だけを教えてやるからよく聞けよ。」

と云いながら孝助の手を取って膝に引寄せる。孝助は思わずも大声を出して、「情ない。」と云う声が聞えたから、五郎三郎は何事かと来て障子を明けて見ればこの始末、五郎三郎は素より正直者だから母の側に縋り付き、

五「お母様《つかさま》お母様、それだから私が申さない事ではありません、孝助様後で御挨拶をいたします、私はお国の兄で、十三の時から御恩になり、暖簾《のれん》を分けて戴いたもお母様のお蔭、悪人のお国に義理を立て、何故《なぜ》御自害をなさいました。」

と云う声が耳に通じたか、母は五郎三郎の顔をじっと見詰め、苦しい息をつきながら、

母「五郎三郎、お前はちいさい時から正当《しょうとう》な人で、お前には似合わないあのお国なれども、義理に対しお位牌に対し私が逃がしました、また孝助へ義理の立たんというは、血統のものが恩義を受けた主人の家が立たないという義理を思い、自害をいたしたので、どうかお国源次郎の逃げ道を教えてやりたいが、ハッハッ必ずお前怨んでおくれでないよ。」

五「いいえ、怨むどころではありません、あなたおせつないから私が申しましょう、孝助様お聞き下さい、宇都の宮の宿外《しゅくはず》れに慈光寺という寺がありますから、その寺を抜けて右へ往くと八幡山《やはたやま》、それから十郎ケ峰から鹿沼《かぬま》へ出ますから、あなたお早くおいでなさい、ナアニ女の足ですから沢山は行きますまいから、早くお国と源次郎の首を二つ取って、お母様のお目の見える内に御覧にお入れなさい、早く早く。」

と云うから孝助は泣きながら、

孝「はいはいお母様《つかさま》、五郎三郎さんがお国と源次郎の逃げた道を教えてくれましたから、遠く逃げんうちに跡追っかけ、両人《ふたり》の首を討ってお目にかけます。」

という声ようやく耳に通じ、

母「ホッホッ勇ましいその言葉、どうか早く敵を討って御主人様のお家をたてて、立派な人になってくれホッホッ、五郎三郎殿この孝助は外に兄弟もない身の上、また五郎三郎殿も一粒種《ひとつぶだね》だから、これで敵は敵として、これからはどうか実の兄弟と思い、互に力になり合って私の菩提《ぼだい》を頼みますヨウヨウ。」

と云いながら、孝助と五郎三郎の手を取って引き寄せますから、両人《ふたり》は泣く泣く介抱するうちに次第次第に声も細り、苦しき声で、

母「ホッホッ早く行《ゆ》かんか行かんか。」

と云って血のある懐剣を引き抜いて、さア源次郎お国はこの懐剣で止《とど》めを刺せ。と云いたいがもう云えない。孝助は懐剣を受取り、血を拭い、敵を討って立帰り、お母様に御覧に入れたいが、この分ではこれがお顔の見納めだろうと、心の中で念仏を唱え、

孝「五郎三郎さん、どうかなにぶん願います。」

と出掛けては見たが、今母上が最後の際だから行き切れないで、また帰って来ますと、

気丈な母ですから血だらけで這出しながら、虫の息で、

母「早く行かんか行かんか。」

と云うから、孝助は「へい往《ゆ》きます。」と後に心は残りますが、敵を逃がしては一大事と思い、跡を追って行きました。先刻からこれを立聞きしていた亀蔵は、ソリャこそと思い、孝助より先きへ駈けぬけて、トットッと駈けて行きまして、

亀「源さま、私《わっち》が今立聞《たちぎき》をしていたら、孝助の母親《おふくろ》が咽喉《のど》を突いて、お前さん方の逃げた道を孝助に教《おせ》えたから、ここへ追掛《おっか》けて来るに違《ちげ》えねえから、お前《めえ》さんはこの石橋の下へ抜身の姿《なり》で隠れていて、孝助が石橋を一つ渡ったところで、私どもが孝助に鉄砲を向けますから、そうすると後へ下るところを後から突然《だしぬけ》に斬っておしまいなさい。」

源「ウム宜しい、ぬかっちゃアいけないよ。」

と源次郎は石橋の下へ忍び、抜身を持って待ち構え、他の者は十郎ケ峰の向《むこう》の雑木山《ぞうきやま》へ登って、鉄砲を持って待っている所へ、かくとは知らず孝助は、息をもつかず追掛けて来て、石橋まで来て渡りかけると、

亀「待て孝助。」

と云うから、孝助が見ると鉄砲を持っているようだから、

孝「火縄《ひなわ》を持って何者だ。」
と向うを見ますと喧嘩の亀蔵が、
亀「やい孝助おれを忘れたか、牛込にいた亀蔵だ、よくおれを酷《ひど》い目にあわせたな、手前《てめえ》が源様の跡を追っかけて来たら殺そうと思って待っているのだ。」
相「いえー孝助手前のお蔭で屋敷を追出されて盗賊《どろぼう》をするようになった、今ここで鉄砲で打ち殺すんだからそう思え。」
と云えばお国も鉄砲を向けて、
国「孝助、サアとても逃げられねえから打たれて死んでしまやアがれ。」
孝助は後《あと》へ下って刀を引き抜きながら声張り上げて、
孝「卑怯だ、源次郎、下人や女をここへ出して雑木山に隠れているか、手前も立派な侍じゃアないか、卑怯だ。」
という声が真夜中だからビーンと響きます。源次郎は孝助の後《うしろ》から逃げたら討とうと思っていますから、孝助は進めば鉄砲で討たれる、退《しりぞ》けば源次郎がいて進退ここに谷《きわま》りて、一生懸命になったから、額と総身《そうしん》から油汗が出ます。この時孝助が図《はか》らず胸に浮んだのは、かねて良石和尚も云われたが、退《ひ》くに利あらず進むに利あり、たとえ火の中水の中でも突切《つっき》って往《ゆ》かなければ本望を遂げる事は出来ない、臆して後《あと》へ下る時は討たれると云うのはこの時なり、たとえ一発二発の鉄砲丸に当っても何ほどの事あるべき、踏込んで敵を討たずにおくべきや、とふいに切込み、卑怯《ひきよう》だと云いながら喧嘩亀蔵の腕を切り落しました。亀蔵は孝助が鉄砲に恐れて後へ下るように、わざと鼻の先へ出していたところへ、ふいに切込まれたのだから、アッと云って後へ下ったが間に合わない、手を切って落すと鉄砲もドッサリと切落してしまいました。昔から随分腕の利《き》いた者は瓶《かめ》を切り、*妙珍鍛《みようちんきたえ》の兜《かぶと》を切った例《ためし》もありますが、孝助はそれほど腕が利いておりませんが、鉄砲を切り落せる訳で、あの辺は芋畑が沢山あるから、その芋茎《ずいき》へ火縄を巻き付けて、それを持って追剝《おいはぎ》がよく旅人《りよじん》を威《おど》して金を取るという事を、かねて亀蔵が聞いて知ってるから、そいつを持って孝助を威かした。芋茎だから誰にでも切れます。これなら円朝にでも切れます。亀蔵が「アッ。」と云って倒れたから、相助は驚いて逃出すところを、後ろから切掛るのを見て、お国は「アレ人殺し。」と云いながら鉄砲を放り出して雑木山へ逃げ込んだが、木の中だから帯が木の枝に纏《から》まってよろけるところを一刀《ひとたち》あびせると、「アッ。」と云って倒れる。源次郎はこの有様を見て、おのれお国を斬った憎《にっく》い奴と孝助を斬ろうとしたが、雑木山で木が邪魔になって斬れないところを、孝助は後から来る奴があると思って、いきなり振返りながら源次郎の肋《あばら》へ掛けて斬りましたが、殺しませんでお国と源次郎の髻《もとどり》を取って栗の根株に突き付けまして、

孝「やい悪人わりゃア恩義を忘却して、昨年七月二十一日に主人飯島平左衛門の留守を窺《うかが》い、奥庭へ忍び込んで、お国と密通しているところへ、この孝助が参って手前と争ったところが、手前は主人の手紙を出し、それを証拠だと云って、よくも孝助を弓の折《おれ》で打《ぶ》ったな、それのみならず主人を殺し、両人《ふたり》乗込んで飯島の家を自儘《じまま》にしようと云う人非人《にんぴにん》、今こそ思い知ったか。」

と云いながら栗の根株へ両人《ふたり》の顔を擦付《すりつ》けますから、両人とも泣きながら、免《ゆる》せえ、勘忍しておくんなさいよう。というのを耳にも掛けず、

孝「これお国、手前はお母様《つかさま》が義理をもって逃がして下すったのは、樋口屋の位牌へ対して済まんと道まで教えて下すったなれども、自害をなすったも手前故だ、たった一人の母親をよくも殺しおったな、主人の敵《かたき》親の敵、なぶり殺しにするからさよう心得ろ。」

と、これから差添《さしぞえ》を抜きまして、

孝「手前のような悪人に旦那様が欺《だま》されておいでなすったかと思うと。」

といいながら顔を縦横ズタズタに切りまして、また源次郎に向い、
孝「やい源次郎、この口で悪口を云ったか。」
とこれも同じくズタズタに切りまして、また母の懐剣で止《とど》めをさして、両人の首を切り髻《たぶさ》を持ったが、首という物は重いもので、孝助は敵を討って、もうこれでよいと思うと心に緩《ゆる》みが出て尻もちをついて、
孝「ああ有難い、日頃信心する八幡築土明神《はちまんつくどみょうじん》のお蔭をもちまして、首尾よく敵を討ちおおせました。」
と拝みをして、どれ行こうと立上ると、「人殺人殺。」という声がするからふり向くと、亀蔵と相助の二人が眼が眩《くら》んでるから、知らずに孝助の方へ逃げて来るから、こいつも敵の片われと二人とも切殺して二つの首を下げて、ひょろひょろと宇都宮へ帰って来ますと、往来《ゆきき》の者は驚きました。生首《なまつくび》を二つ持《もっ》て通るのだから驚きます。中には殿様へ訴える者もありました。孝助はすぐに五郎三郎のところへ行って敵を討った次第をのべ、殊に、「母がまだ目が見えますか。」と云われ、五郎三郎は妹の首を見て胸塞がり、物も云えない。母上様《おっかさま》は先ほど息がきれましたというから、このままでは置けないというので、御領主様へ届けると敵討の事だからというので、孝助は人を付けて江戸表へ送り届

ける。孝助は相川のところへ帰り、首尾よく敵を討った始末を述べ、それよりお頭《かしら》小林へ届ける。小林からその筋へ申立て、孝助が主人の敵を討った廉《かど》を以て飯島平左衛門の遺言に任せ、孝助の一子孝太郎を以て飯島の家を立てまして、孝助は後見となり、芽出度く本領安堵《ほんりょうあんど》いたしますと、その翌日伴蔵がお仕置《しおき》になり、その*捨札をよんで見ますと、不思議な事で、飯島のお嬢さまと萩原新三郎と私通《くつつ》いたところから、伴蔵の悪事を働いたということが解りましたから、孝助は主人のため娘のため、萩原新三郎のために、*濡《ぬ》れ仏《ぼとけ》を建立《こんりゅう》いたしたという。これ新幡随院濡れ仏の縁起で、この物語も少しは勧善懲悪《かんぜんちょうあく》の道を助くる事もやと、かく長々とお聴《きき》にいれました。

（拠若林玵蔵筆記）

注

頁

五 士班釵――Edmund Spenser(一五五二?〜九九)。イギリスの詩人。

五 詼談師――寄席の高座で、怪談噺を口演する人。

五 速記――符号によって談話や演説を書き取る技術。明治十五年、田鎖綱紀《たくさりこうき》がアメリカ人グラハムの速記術を日本語に適用した。これにより、落語や講談などを筆録し、刊行することが可能となった。最初の落語講談速記本が本作(明治十七年七〜十二月刊)である。

五 操觚――文筆に従事すること。

五 為永――為永春水《ためながしゅんすい》(一七九〇〜一八四三)。戯作者。

五 式亭――式亭三馬《しきていさんば》(一七七六〜一八二二)。戯作者。

六 春のやおぼろ――坪内逍遥(一八五九〜一九三五)。小説家、劇作家、評論家。

七 怪力乱神を語らず――君子は怪異や非合理を語らないということ(『論語』述而篇)。

七 国家将に興らんとすれば禎祥有り――国が勃興する時には瑞祥《ずいしょう》が、滅亡する時には悪い兆しがあるということ(『中庸』二四章)。

七 古道人――総生寛《ふそうかん》(一八四一〜九四)。戯作者。

一三　南蛮鉄――室町末から江戸期に舶来した精錬鉄。
一四　中身――刀の柄の中に入る部分。
一四　焼曇――日本刀の焼刃模様のむら。
一四　差表差裏――刀を腰にさす時、体の外側になる面(差表)と、体に接する面(差裏)。
一四　鋩尖――刀剣の切先《きっさき》。
一六　天水桶――防火用に雨水をためた桶。
一六　番木鼈――フジウツギ科の常緑小高木。毒性が強く、江戸時代には野犬退治に用いた。
一七　白井権八――実在の鳥取藩士平井権八をモデルとした、歌舞伎や浄瑠璃などの登場人物名。実説は定かではないものの、文学作品の上での権八は、犬がらみの事件に巻き込まれる人物として定着していた。
一八　巾着切――スリのこと。
一九　つくねん――ぼんやりとしているさま。
二一　自身番――町内警備のために設けた自治制の番所。
二三　すれすれ――摩擦が多く、仲が悪いこと。
二三　古方家――江戸時代の漢方医の一流派。
二三　お幇間医者――人の機嫌をとって世渡りをする藪医者。
二三　百眼――厚紙製の玩具で、顔の上半分を覆うお面。
二四　臥龍梅――梅の一品種。幹が低く枝が地上をはった形を、臥《ふ》した龍になぞらえたもの。江戸亀戸の梅屋敷にあった古木が有名。

二五　梅見れば方図がない――「上見れば方図がない（きりがない）」の駄洒落《だじゃれ》。

二五　燧火――火打石と火打金を打ち合わせて起こした火。

三一　お草々さま――帰る客に対する挨拶。

三四　店受――借家人の身元を保証する人物。

三五　安兵衛さん――孝助の養育者名は二五〇頁では「弥兵衛」となっており、名称が不統一である。こうした細部の食い違いは、お国の年齢など、他の箇所にも見受けられる。いずれも、口演ゆえの齟齬であろう。

三六　お馬廻――主人の馬のまわりにつきそう役目の武士。

三七　気性な――気が強い。性質がしっかりしている。

三九　孫店――母屋に差し掛けて作った小さな家。

四一　建仁寺の垣――四つ割竹の皮を外にして並べ、棕櫚縄《しゅろなわ》で結んだ垣。京都建仁寺で初めて用いた形式。

四五　船舷で煙管を叩くと……――落語『巌流島』で、武士が船舷で煙管を叩いたはずみに雁首を水中に落とし、同船していた人々との間に騒ぎを起こす件《くだり》がある。

四六　辻占が悪い――縁起がよくない。

五一　御門の男部屋――武家屋敷の門の近くに作った、奉公人の住まい。

五一　紙帳――紙製の蚊帳《かや》。

二五四　男女七歳にして席を同うせず――七歳ともなれば男女の別を明らかにすべきであるという、封建社会の教え。

二五五　瓜田に履を容れず、李下に冠を正さず――瓜畑《うりばたけ》で履《くつ》をいじったり、李《すもも》の木の下で冠を直すと、盗人の疑いをかけられる。他人に疑われるような行為をしてはいけないということ。

二五六　重籐の弓の折――黒塗りの下地に籐を巻き付けた弓が折れたもの。

二五七　根府川石――神奈川県小田原市根府川産の安山岩で、敷石などに用いる。

二六〇　深草形――京都深草産のうちわ。

二六二　だいなしの家――いたんだ家。あばら屋。

二六三　漆の如く膠の如く――離れがたいほど親密なさま。

二六三　比翼蓙――二枚のござを縫い合わせ、並んで寝られるようにしたもの。

二六八　一合取ても武士の娘――わずかな禄でも武士には武士の誇りがあるということ。

二六八　紺看板――主人の紋所や屋号を染めぬいた紺木綿のはっぴ。中間《ちゅうげん》が着用する。

二七〇　金丁――互いに自分の刀の刃や鍔を打ち合わせ、約束を守る誓いをすること。金打とも。

二七七　使い早間――方々を走り、使いを果たすこと。

二七八　裾がなくって腰から上ばかり――日本の幽霊は、江戸時代以降足のない姿で表現されるようになった。『怪談牡丹燈籠』では、足のないはずの幽霊が駒下駄の音を響かせて近づいてくる。カランコロンの足音が、怪談噺の臨場感を盛り上げているのである。

二八〇　藜の杖――植物のアカザの茎で作った杖。軽いので老人がよく用いた。

八九　茶人――ものずきな人。
九〇　若党――武家の奉公人。中間の上に位置する。
九〇　デロレン――門付《かどづけ》の説経祭文《さいもん》。浪曲の前身。
一〇四　前袋――褌《ふんどし》の前の部分。
一〇四　お印物――紋所のついた物。
一〇五　伴前を防ぐる――伴を連れた武士の通行中に、前方を横切ることは非礼とされた。
一〇六　八ツ九ツ――午前二時頃、午前零時頃。
一一六　地袋――床の間の脇の違い棚の下にある小さな戸棚。
一三〇　目張りこ――目をあけてよく見張って。衆人環視のもとで。
一三三　たまかな――つましい。
一三三　枕草紙――春画の絵本。
一三四　虱紐――虱よけの薬液を塗った紐。
一三四　ひろちゃく――広げてみせること。
一三六　瓦――土でできた、がらくた。
一三九　蔀――風や光をさえぎる板。
一四六　番がこむ――当番が続き、勤めがいそがしいこと。
一四八　長唄の地――長唄の素養があって。
一五一　鶍の嘴と喰違い――物事が食い違うことのたとえ。鶍という鳥の嘴《くちばし》が湾曲していて合わないことによる。

一六〇　胸を摩って――怒りをしずめ、我慢すること。

一七〇　あいこでせえ――じゃんけんの「あいこ」。差がないこと。

一七三　下流し――地上に直接に作った炊事用の流し台。

一七七　煙草を二玉――刻みタバコを包みにしたものを二つ。

一八七　ボンボン――盂蘭盆《うらぼん》の子供の遊びで、行列を作り歌いながら歩くこと。

一八八　下街道――日光街道。

一九一　屋敷者――武家屋敷に奉公した者。

一九一　過ごす――養う。

一九三　かくや――漬け物を水洗いして刻み、醬油や酒をかけたもの。

一九四　双刀――両刀を帯びた者すなわち武士をあざける呼び名。

一九七　恵比須講の商い――大げさなこと。商家の祭りで、商品に法外な掛け値をつけたことによる。

一九九　取りついて――世帯をもって。

二〇七　傷寒論――医書。後漢の張仲景著。

二一三　切餅――小判二十五両を紙に包んだもので、形が切餅に似ていた。

二一四　合中を突つく――仲のよい関係を邪魔する。

二一六　相対間男――夫婦納得の上での間男。美人局《つつもたせ》。

二一九　金千疋――金一疋は銭十文に相当。

二三一　抜け参り——親や奉公先の許可をとらず、家出をして、伊勢神宮に参拝すること。

二三一　二三の水だし——いかさま賭博《とばく》の一種。紙片を水に入れ、一の文字があらわれると賞品が出るが、二と三ははずれで、客が損をするようになっている。

二三一　やらずの最中——いかさま賭博の一種。餡の代わりに籤《くじ》を入れた最中を客に選ばせるが、途中で金も道具も持って逃げる。

二三一　野田丁半——屋外の賭博。

二三一　鼻ッ張り——賭博で最初に張ること。サクラの役割。

二三一　ヤアの賭場——香具師《やし》のばくち場。

二三三　途胸を突いて——驚いてどきっとすること。

二三六　掃除屋——便所の汲み取りをする人。

二三七　代物付——家財道具や店の商品ごと。

二四一　人相墨色——人相見と墨色判断をする占い師。墨色とは、客に墨で文字を書かせ、吉凶を占うこと。

二四三　山も飾りもない——いんちきや虚飾がない。

二五一　お広敷番——徳川幕府の職名で、大奥の事務を司った。

二五六　黒気——妖気。不吉な気配。

二八一　妙珍——戦国時代以来の甲冑師《かっちゅうし》の家名。

二八四　捨札——罪人の名前や罪状などを記した高札。刑の執行後も、三十日間刑場に立てられた。

二八四　濡れ仏——屋外に安置された仏像。

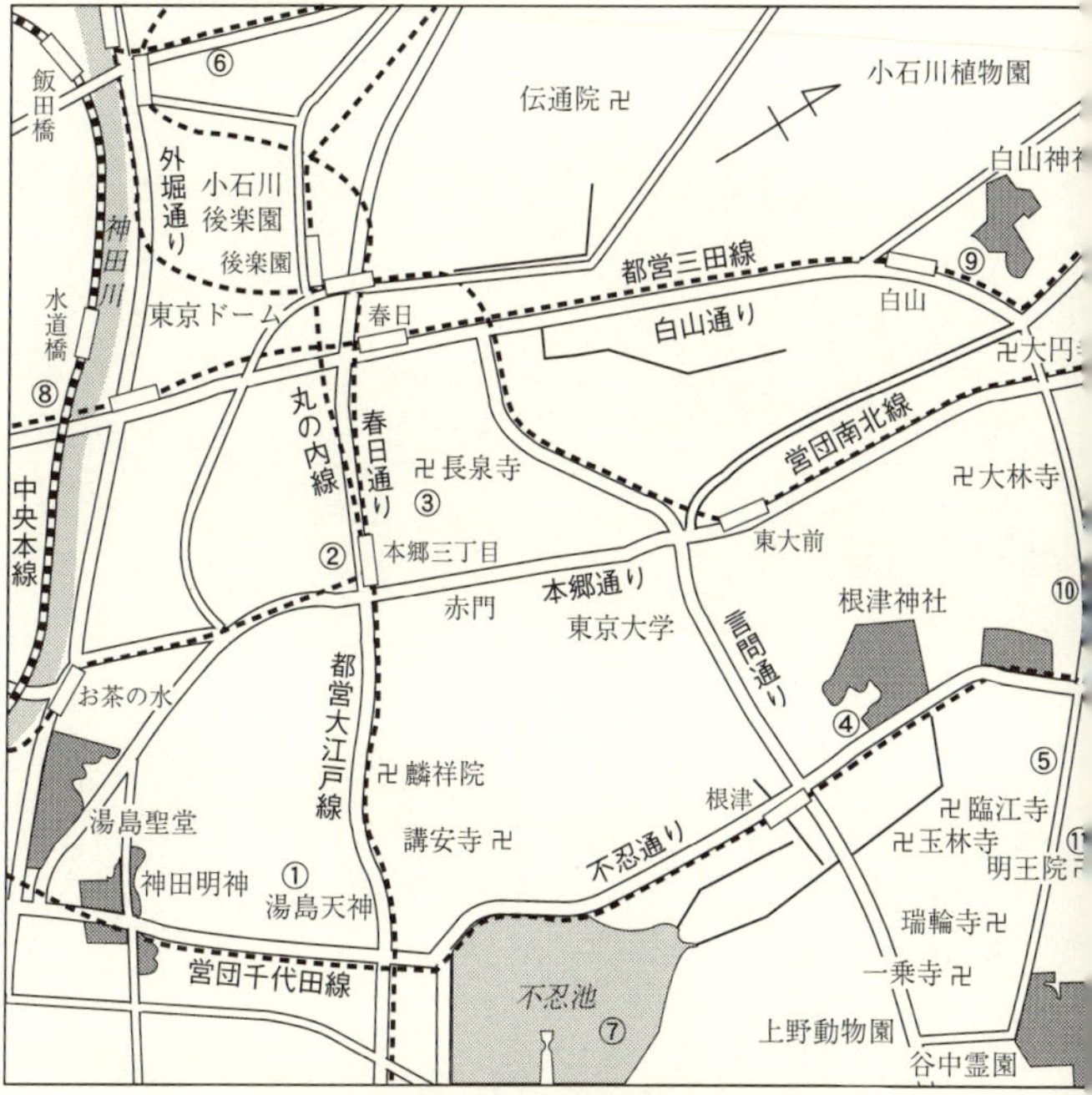

怪談 牡丹燈籠関係地図
(尾張屋版「小石川谷中本郷絵図」をもとに作成)

① 湯島天神(本文 p. 13)	⑦ 不忍の池(p. 113)
② 本郷三丁目(p. 13)	⑧ 水道橋(p. 232)
③ 丸山本妙寺(p. 18)	⑨ 白山(p. 232)
④ 根津清水谷(p. 23)	⑩ 団子坂(p. 232)
⑤ 谷中の三崎・新幡随院(p. 82)	⑪ 全生庵(円朝の墓所)
⑥ 隆慶橋(p. 102)	

解説

奥野信太郎

三遊亭円朝の作『牡丹燈籠』が、明の瞿宗吉の『剪燈新話《せんとうしんわ》』のなかの『牡丹燈記』に由来したものであることは、すでに多くの人々の知るところであるが、円朝の作はかならずしも原本『牡丹燈記』と一致するものではない。それのみかその構成の複雑と創意に富んだ点においてこれをみるときは、はるかに原話を抜いてすぐれたものがあることを認めざるを得ない。

いまここに『牡丹燈記』のうち円朝の作に暗示をあたえたと思われる個所をあげてひととおり検討してみることとしよう。

まずその題名の「牡丹燈籠」であるが、これは原話の「牡丹燈記」という題名の中国的感覚を和げたものであることはいうまでもない。ただ原話においては開巻劈頭から牡丹燈を手にした幽霊が出現するのに対して、これはかなり後になって現れてくる。円朝の作においては最初から女が幽霊として出現するのではなくして、一個の女性がいかにして恋愛し、いかにして死に、いかにしてその亡霊が出現するにいたったかを叙述する成りたちをとっているからである。

白翁堂勇斎という人相見もまた原話から糸をひいた人物であるが、もちろん原話においてはただ隣の老人というだけの存在であって、特に人相見というような定った職業に従っているものではない。勇斎が伴蔵に向っていうことばのうちに、〃ハテナ昔から幽霊と逢引するなどという事はない事だが、尤も支那の小説にそういう事があるけれども、そんな事はあるべきものではない〃という一条は、たしかに原本の『牡丹燈記』を意識してのことばであり、また〃人は生きている内は陽気盛んにして正しく清く、死ねば陰気盛んにして邪に穢れるものだ、それゆえ幽霊と共に偕老同穴の契を結べば、たとえ百歳の長寿を保つ命もそのために精血を減らし、必ず死ぬるものだ〃という一条は、『牡丹燈記』中の隣の老人の言辞をほとんどそのまま意訳したものである。

また萩原新三郎が戸口に御札を貼って幽霊の出入を防ぐ段も、同じく『牡丹燈記』に符籙《ふろく》を懸けて亡鬼を避けることに由来したものである。原話のなかに現れてくる具体的なことで、そのまま完全に『牡丹燈籠』に採用されている事実はこのくらいにすぎず、牡丹燈籠を携える女中お米の亡霊が、原話の盟器の人形の霊に発していることはいうまでもないにしても、お米はかつて人間として生きていたものであり、金蓮はもともと泥人形という死物であって、その間大きなメタモルフォーゼが施されている。

したがって円朝の作が『牡丹燈記』に由来するということはもちろんまちがったことではないけれども、『牡丹燈記』から得た点は極めて僅少であり、その大部分は円朝自身の豊瞻《ほうせん》な空想力と驚くべき説話構成の大手腕によるものであることはいうまでもない。

それにしても円朝はどういうところから『牡丹燈記』の話を知り得たのであろうか。ここでひとわたり日本における『剪燈新話』そのものの沿革を顧みてみることとしよう。

『剪燈新話』は『剪燈録』四十巻から選ばれた文言による短篇怪異小説集であるが、いま『剪燈録』は伝わっていない。この明代の小説集がはじめてわが国に知られるに先立って、これはまず朝鮮において流行をみた。かくして垂胡子の『剪燈新話句解』ができた。おそらく最初に日本に渡来したこの小説集は、『剪燈新話句解』本であったにちがいあるまい。

享保年間中村某の『奇異雑談集《きいぞうたんしゅう》』が出板され、このなかに『剪燈新話』中の『牡丹燈記』『金鳳釵記』『申陽洞記』の三篇が訳載された。しかし『奇異雑談集』は最初写本をもって世に現れたものであり、板刻は浅井了意の『伽婢子《おとぎぼうこ》』に比べてはるかにおくれた。寛文六年に出板された了意の『伽婢子』は、『剪燈新話』中から十九篇の作品を訳載し、もちろん『牡丹燈記』をもこれに収めた。『牡丹燈記』を『牡丹燈籠』と称したのはこれにはじまったのである。その後上田秋成の『雨月物語』中の『吉備津の釜』以下、『牡丹燈記』に創作上の暗示を得た作品は江戸期においてこれを数多みることができる。すなわち山東京伝の『復讐奇談安積沼《あさかのぬま》(小幡小平次死霊物語)』にも『牡丹燈記』の影が濃厚であり、『浮牡丹全伝』『阿国御前化粧鏡《おくにごぜんけしょうのすがたみ》』『戯場花《かぶきのはな》牡丹燈籠』等は、いずれも「牡丹燈籠」を亡鬼に携えさせて新奇な怪異感をあたえることに成功した。

天文年間日本に『剪燈新話』が渡来して以後、慶長に活字本、慶安に再刻本がそれぞれ出板された。そしてこれが永く漢学書生の嗜読するところとなってやがて明治に及び、以後ひき続き活版本の上梓をみるにいたっている。

そこでここに問題となることは、円朝が『牡丹燈籠』をつくるにあたって、『奇異雑談集』『伽婢子』によって考案を得たか、それとも直接『剪燈新話』によって刺戟されたかということである。

わたくしの考えるところでは、これは明かに原本『剪燈新話』によったものであると思う。それは前記引用した白翁堂勇斎のことばにも〝支那の小説〟とあり、それが『剪燈新話』を指したものであることは動かすことのできない事実だと思うからである。かりにもし『奇異雑談集』を読んで暗示を得たものとしたならば、おそらく〝支那の話〟とはいったかもしれないが、〝支那の小説〟とまではいわなかったにちがいない。〝支那の小説〟ということばには和文に飜訳されたもの飜案されたものを指す以上に、もっと直接的な原典意識が感じられる。とするならば円朝がこの原文を自由に読解して自家薬籠中のものにするだけの漢文の素養があったかどうか、それが第一に疑問になることであろう。信夫恕軒《しのぶじょけん》の書いた『三遊亭円朝伝』(原漢文)をみると、円朝の兄は永泉といって僧籍にあり、小石川の是照院という寺に住していたが、円朝も少年時代ここに数年宿寓して読書習字を学んだとあり、また朗月散史(やまと新聞記者水沢敬次郎の筆名という)の『三遊亭円朝子の伝』には、〝円朝が異父兄《たねちがいのあに》にして、谷中日暮里なる臨済派の禅寺随応山南泉寺(中略)の役僧を勤め居れるものに玄正といへるあり。此の人円朝が芸人となりしを殊の外に憂ひ、〟ぜひ学問に励ませたく思って、かれを下谷池の端茅町《かやちょう》に住んでいた山口という寺子屋に通わせて勉強させたことが出ているが、おそらく円朝はそこで漢文の手ほどきはうけていたことであろうし、また当時のことであるから、漢文の読解力においても、これを現代の青年たちに比べたならば、あるいははるかにまさったものがあるかもしれない。しかしそれにしても『剪燈新話』を自由に読解するには相当の漢文力を要するので、これには助力者があったことと思われる。信夫恕軒がかれに『牡丹燈記』の話を聞かせたという話は、この意味ではなはだ当を得た感じをもたせるものだ。凝性の円朝のことであるから、最初恕軒からこの話を聞いた後、あるいはあらためて原本にあたってその構成を一応検討したかもしれない。

『牡丹燈籠』は前述のごとく『牡丹燈記』に由来しながらも、それは換骨奪胎などと称する以上に自由奔放な創作的手腕があらわれた作品であって、その説話構成にはさまざまな巷談が、読本的空想をもって点綴されていることを見逃してはならない。その点からいうならば、さまざまな巷談がかれの空想を刺戟したことは、『牡丹燈記』の上に出るものがあったかもしれないと思う。一例をあげるならば円朝が出入りしていた、深川北川町の米問屋飯島喜左衛門の家庭の事情などが、やはりそれとして考えられるものといえよう。

喜左衛門の次男弁次郎は、八幡境内の茶の宗匠のもとにおいて材木問屋の娘お露と相知り、やがてこれと結婚するにいたったが、お露は病弱のためまもなく死去した。たまたまお露に妹があり、これが姉の跡に直ることに話がきまって、いよいよ婚礼という晩、その花嫁たる妹が急死するという不祥事がおこったので、弁次郎は厭世的になり上野池の端に隠棲した。ところがここにお露と妹の二人の亡霊が現れるという怪談が流布されはじめた。その後弁次郎は剃髪して僧侶になった。この顚末については、円朝はもとより知るところがすこぶる多かった。飯島家は荻江節《おぎえぶし》の家元となった露友の家であり、円朝にとっては所縁の深い家族であったからだ。

ところが一説によると牛込軽子坂の田中という旗本の隠居から、飯島某という旗本と若党との主従敵同士の因果話を聞かされたのが『牡丹燈籠』の種となったということもいわれている。

これはやはり『三遊亭円朝子の伝』に出ている。原文には〝暇ある毎に屋敷に至り、中二階にあがりつつ、借し机に打向ひ、大殿(筆者注、牛込軽子坂の旗本田中某)より聞きたりし彼の牡丹燈籠にある如き、牛込のある旗下に飯島某といへるありて、一夜其の若党の為に槍をもて刺されつつ遂に命を失ひしが、此の某が若き折、一人の侍を殺せしに、こは若党の父なるを、何時しか知りたる事なれば、廻る因果の今爰に、某方の為に討たれしなりとて、懺悔なしたる一伍一什の話の趣を基礎とし、著作に思ひを凝しけり〟とみえている。

飯島喜左衛門の家族に関する話は、円朝と所縁深い荻江節の露友の家に伝わる物語であり、またこの軽子坂の旗本田中某から伝聞したという話は、これも円朝が出入りしていた家で聞いた物語であるから、その重さをにわかに較定することはむずかしいけれども、前者と後者とはまったく性質の異った話であり、かりに前者が『牡丹燈籠』の前半、すなわちお露新三郎の怪談に関係あるものとすれば、後者は『牡丹燈籠』の後半、すなわち復讐譚としての主題に関係あるものであるから、これらの巷談がともに円朝の作品に関係があるということは、ごくすなおに両立することができると思う。ただこの場合前者にもまた後者にも飯島姓の現れてくることであるが、わたくしは後者の飯島姓を軽くみたいのである。なんとなれば後者の飯島姓は旗本田中某の語中に現れたものにすぎず、いずれ円朝の作品が有名になってから以後、こうした作品のつくられた経過が問題になる以上、所縁の固有名詞が竄入《ざんにゅう》するということはあり得ようと思うがゆえである。

『牡丹燈籠』がつくられたのは、文久年間すなわち円朝が二十三、四歳、住居を中代地に移したころと推定される。これは神田川の大六天の角に、山車人形をつくる家があって、そこにお露お米の人形を注文したことを一朝老人という人が記憶していたことから

年代を計算してみると、ほぼそのころと推定するのが妥当ということになる。(『円朝全集』巻十三、解説参照)

これより先、二十一歳のとき、『累草子』や『おみよ新助』等の作品があるというから、このところ数年間、かれの創作意欲はかなり活潑にうごいていたものとみてよかろう。

『牡丹燈籠』がはじめて出版されたのは、明治十七年、若林玵蔵・酒井昇造の速記本が、東京稗史出版会社から発行されたことをもってその最初とする。美濃二つ切すなわち現今のB6版で、表紙は牡丹に雨の注ぐ画であったが、これは円朝自身はなはだ不満足であった。この速記本が出版される経過については、円朝遺聞(『円朝全集』巻十三)に『若翁自伝』(筆者注、速記者若林玵蔵の自伝)の一節を引用して、〝明治十七年には京橋の稗史出版会社の中尾某、近藤某の両氏が来て、三遊亭円朝の人情話を其儘速記したら面白いものができるだらうから速記して貰ひたいといふ依頼であつた。(中略)酒井昇造氏に相談したところ、同氏も練習かた〴〵援助することを承諾した。円朝には稗史出版会社から交渉したところ、承諾を得たので、当時円朝の出席する人形町の寄席末広亭へ毎夜通つて、速記することにした。円朝の人情話は十五日間に一種の話を纏めることになつて居るから、円朝も十五日間欠かさず出席し、こちらも欠席しないことに約した。やがて末広の楽屋で、円朝が高座で話すのをかいた。それが彼の得意な「牡丹燈籠」であつた。人情話の速記には経験のないところへ、彼の得意な場面には雄弁にしやべりたてるので、速記は随分困難であつたが、事柄が平易だから、二人で速記すれば、纏らないことはなかつた。「牡丹燈籠」は一席を一回とし、毎土曜日に発行したところ、「円朝の牡丹燈籠」で十分売込んであるのを話の儘に読めるといふことが評判になつて雑誌は非常な売行であつた。「牡丹燈籠」の雑誌の表紙の裏面にも、速記文字でかいたものを掲載したから、速記の広告にもなつた。円朝の話は速記に依つて世間に紹介され、速記は円朝の話に依つて紹介された結果を得たのである〃とみえている。これは講談速記両面からみて文化史的に興味の深い一事実であろう。

高座における名人円朝のおもかげは、今日すでに茫乎として、多くの逸話以外これを窺うべきものはないが、幸い若林・酒井両人の速記本があってこれを知ることができたのはなによりである。その速記本から窺い得る創作家としての円朝は、まずなによりもかれが説話作家として比類のない空想力をもつ人であったこと、説話構成の上に緻密な頭脳をもっていたということ、現実の社会風俗について細心な観察を怠らず、つねに注意力を十分にはたらかせていたということ、この三点に驚かされてしまう。『牡丹燈籠』はかれの年少時代の作品であるにもかかわらず、数多いかれの全作品中の傑作の一つであり、その怪談としての特異性においてもまた日本文学の一隅に座を占めるに足る価値をもつものである。また円朝は市井の普通人の言語を駆使して、山田美妙、二葉亭四迷等に先立って、すでに言文一致文学を作品として世に示した第一人者として永く牢記されるべき人といわなければなるまい。

『牡丹燈籠』がはじめて劇化上演されたのは、明治二十四年春木座において「精霊祀牡丹燈籠」と題して上演されたのがその最初であると伝えられているが、残念なことにその詳細は不明である。越えて明治二十五年七月十四日初日、歌舞伎座における一番目狂言「怪異談牡丹燈籠」以後夏狂言としてこれが上演されきたったことは枚挙にいとまがないほどの数に上る。これがわが国の代表的な怪談の一として、多くの人々に親しみをもたれているのも、蓋し所以なしとしないのである。

三遊亭円朝は姓を出淵といい、通称を次郎吉といった。もと士籍にあって加賀侯に仕えていたが、祖父大五郎にいたって平民となった。大五郎の子長蔵は長じて橘屋《たちばなや》円太郎といい、落語をもって業とした。円太郎は青戸村加藤文吉の妹すみと婚して、湯島切通しの根性院横町に住み、やがて次郎吉を儲けた。次郎吉は父について落語を習い、小円太と名のって江戸橋土手倉の席亭にはじめて出演した。弘化二年七歳の春のことであった。その後、異父兄の勧奨によって読書を勉強する傍ら、円生の門に入って正式に説話人としての修業に専念し、安政三年十八歳のおりには桂文楽の中入前に出、二十一歳にして池の端の「吹ぬき」で、その師円生を中入前において真打ちとなった。『鏡ヶ池操松影《かがみがいけみさおのまつかげ》』等の作品をつくったのは三十一歳のときであり、この年両国山二亭で『真景累ヶ淵《しんけいかさねがふち》』の素噺《すばなし》を演じて好評を博した。『牡丹燈籠』とともにかれの代表作と数えられている『塩原多助一代記』の創作にかかったのは明治九年三十八歳の当時で、これは約三年越し明治十一年をもって完成した。今それに関する手記がのこっていて、その創作の苦心が伝えられている。明治十七年には『牡丹燈籠』、同十八年には『塩原多助一代記』『英国孝子伝』『業平文治《なりひらぶんじ》漂流奇談』『鏡ヶ池操松影』等、続々としてその速記本が出版されるに及んで、円朝の名声はひとり耳による席亭のみならず、眼によって全国的にひろまってゆくのであった。

明治十九年十月、「やまと新聞」が創刊されるや、『松操美人生埋《まつのみさおびじんのいきうめ》』を連載、続いて十二月から『蝦夷錦古郷家土産《えぞにしきこきょうのいえづと》』を連載、いずれも世評はすこぶる好調であった。講談の新聞連載に先鞭をつけたものであり、また当時における新企画として成功したものであった。さらに同二十年三月から『月謡荻江一節《つきにうたうおぎえのひとふし》』を、同二十一年四月から『後開榛名梅ヶ香《おくれざきはるなのうめがか》』を、五月から『文七元結《ぶんしちもっとい》』『福禄寿』『熱海土産温泉利書《あたみみやげいでゆのききがき》』を、十二月から『霧隠伊香保湯烟《きりがくれいかほのゆけぶり》』を、それぞれ「やまと新聞」に連載した。そのうちにおいても『月謡荻江一節』は特に文芸的価値の高い作品であった。

野心的な円朝は絶えず斯道のために新機軸を出すべく努力を続けていたが、以前から、たとえば『黄薔薇《こうしょうび》』や『英国女王イリザベス伝』のような外国種の新作を試みたりしており、この願望はやがて『名人長二』の作にいたって結晶するにいたった。この創作にとりかかったのは明治二十六年のことであり、その翌年の暮から「中央新聞」に連載されたのである。

この『名人長二』がモウパッサンの作品にその材を得たものであることは夙《つと》に馬場孤蝶によって説かれたところであったが、円朝はこれを故有島武郎の母幸子から伝聞したのであった。

明治三十二年還暦の歳の九月ごろから健康を害し、十月、「大ろじ」で『牡丹燈籠』

を口演したのがかれの最後の出演となった。翌三十三年八月十一日下谷車坂の住居において歿し、谷中全生庵に葬られた。享年六十二歳であった。

〔編集付記〕

一、本書の底本には、岩波文庫版『怪談 牡丹燈籠』(一九五五年)を用いた。
一、振り仮名については、『円朝全集 巻の二』(一九二七年、春陽堂)を参考にして、整理を行った。
一、本文中に身体障害に関する不適当な表現があるが、原文の歴史性を考慮してそのままとした。
一、左記の要項にしたがって表記をあらため、会話文は改行にした。

岩波文庫(緑帯)の表記について

近代日本文学の鑑賞が若い読者にとって少しでも容易となるよう、旧字・旧仮名で書かれた作品の表記の現代化をはかった。そのさい、原文の趣をできるだけ損なうことがないように配慮しながら、次の方針にのっとって表記がえをおこなった。

(一) 旧仮名づかいを現代仮名づかいに改める。ただし、原文が文語文であるときは旧仮名づかいのままとする。
(二) 「常用漢字表」に掲げられている漢字は新字体に改める。
(三) 漢字語のうち代名詞・副詞・接続詞など、使用頻度の高いものを一定の枠内で平仮名に改める。
(四) 平仮名を漢字に、あるいは漢字を別の漢字にかえることは、原則としておこなわない。
(五) 振り仮名を次のように使用する。
(イ) 読みにくい語、読み誤りやすい語には現代仮名づかいで振り仮名を付す。
(ロ) 送り仮名は原文どおりとし、その過不足は振り仮名によって処理する。
例、明に→明《あきらか》に

(岩波文庫編集部)

怪談 牡《ぼ》丹《たん》燈《どう》籠《ろう》

1955年6月25日　第1刷発行
2002年5月16日　改版第1刷発行
2023年6月5日　第17刷発行

作　者　三遊亭円朝《さんゆうていえんちょう》

発行者　坂本政謙

発行所　株式会社 岩波書店
〒101-8002 東京都千代田区一ツ橋2-5-5

案内 03-5210-4000　営業部 03-5210-4111
文庫編集部 03-5210-4051
https://www.iwanami.co.jp/

印刷・三秀舎　カバー・精興社　製本・中永製本

ISBN 978-4-00-310031-8　Printed in Japan

読書子に寄す

――岩波文庫発刊に際して――

岩波茂雄

真理は万人によって求められることを自ら欲し、芸術は万人によって愛されることを自ら望む。かつては民を愚昧ならしめるために学芸が最も狭き堂宇に閉鎖されたことがあった。今や知識と美とを特権階級の独占より奪い返すことはつねに進取的なる民衆の切実なる要求である。岩波文庫はこの要求に応じそれに励まされて生まれた。それは生命ある不朽の書を少数者の書斎と研究室とより解放して街頭にくまなく立たしめ民衆に伍せしめるであろう。近時大量生産予約出版の流行を見る。その広告宣伝の狂態はしばらくおくも、後代にのこすと誇称する全集がその編集に万全の用意をなしたるか。千古の典籍の翻訳企図に敬虔の態度を欠かざりしか。さらに分売を許さず読者を繋縛して数十冊を強うるがごとき、はたしてその揚言する学芸解放のゆえんなりや。吾人は天下の名士の声に和してこれを推挙するに躊躇するものである。このときにあたって、岩波書店は自己の責務のいよいよ重大なるを思い、従来の方針の徹底を期するため、すでに十数年以前より志して来た計画を慎重審議この際断然実行することにした。吾人は範をかのレクラム文庫にとり、古今東西にわたって文芸・哲学・社会科学・自然科学等種類のいかんを問わず、いやしくも万人の必読すべき真に古典的価値ある書をきわめて簡易なる形式において逐次刊行し、あらゆる人間に須要なる生活向上の資料、生活批判の原理を提供せんと欲する。この文庫は予約出版の方法を排したるがゆえに、読者は自己の欲する時に自己の欲する書物を各個に自由に選択することができる。携帯に便にして価格の低きを最主とするがゆえに、外観を顧みざるも内容に至っては厳選最も力を尽くし、従来の岩波出版物の特色をますます発揮せしめようとする。この計画たるや世間の一時の投機的なるものと異なり、永遠の事業として吾人は微力を傾倒し、あらゆる犠牲を忍んで今後永久に継続発展せしめ、もって文庫の使命を遺憾なく果たさしめることを期する。芸術を愛し知識を求むる士の自ら進んでこの挙に参加し、希望と忠言とを寄せられることは吾人の熱望するところである。その性質上経済的には最も困難多きこの事業にあえて当たらんとする吾人の志を諒として、その達成のため世の読書子とのうるわしき共同を期待する。

昭和二年七月

《日本文学（古典）》〔黄〕

古事記　倉野憲司校注
日本書紀　全五冊　坂本太郎・家永三郎・井上光貞・大野晋校注
万葉集　全五冊　佐竹昭広・山田英雄・工藤力男・大谷雅夫・山崎福之校注
原文万葉集　全二冊　佐竹昭広・山田英雄・工藤力男・大谷雅夫・山崎福之校注
竹取物語　阪倉篤義校訂
伊勢物語　大津有一校注
玉造小町子壮衰書 —小野小町物語　杤尾武校注
古今和歌集　佐伯梅友校注
土左日記　紀貫之　鈴木知太郎校注
源氏物語　全九冊　柳井滋・室伏信助・大朝雄二・鈴木日出男・藤井貞和・今西祐一郎校注
枕草子　池田亀鑑校訂
更級日記　西下経一校注
今昔物語集　全四冊　池上洵一編
西行全歌集　久保田淳・吉野朋美校注
建礼門院右京大夫集 付 平家公達草紙　久松潜一・久保田淳校注
梅沢本古本説話集　川口久雄校訂

後拾遺和歌集　久保田淳・平田喜信校注
詞花和歌集　工藤重矩校注
古語拾遺　斎部広成撰　西宮一民校注
王朝漢詩選　小島憲之編
新訂方丈記　市古貞次校注
新訂新古今和歌集　佐佐木信綱校訂
新訂徒然草　西尾実・安良岡康作校注
平家物語　全四冊　梶原正昭・山下宏明校注
神皇正統記　北畠親房　岩佐正校注
御伽草子　全二冊　市古貞次校注
王朝秀歌選　樋口芳麻呂校注
定家八代抄 —続王朝秀歌選　全二冊　樋口芳麻呂・後藤重郎校注
中世なぞなぞ集　鈴木棠三編
謡曲選集 読む能の本　野上豊一郎編
東関紀行・海道記　玉井幸助校訂
おもろさうし　外間守善校注
太平記　全六冊　兵藤裕己校注

好色五人女　井原西鶴　東明雅校註
武道伝来記　井原西鶴　横山重・前田金五郎校注
西鶴文反古　井原西鶴　片岡良一校訂
芭蕉紀行文集 付 嵯峨日記　中村俊定校注
芭蕉おくのほそ道 付 曾良旅日記・奥細道菅菰抄　萩原恭男校注
芭蕉俳句集　中村俊定校注
芭蕉連句集　中村俊定・萩原恭男校注
芭蕉書簡集　萩原恭男校注
芭蕉文集　潁原退蔵編註
芭蕉俳文集　全二冊　堀切実編注
芭蕉自筆奥の細道　上野洋三・櫻井武次郎校注
蕪村俳句集 付 春風馬堤曲 他二篇　尾形仂校注
蕪村七部集　伊藤松宇校訂
蕪村文集　藤田真一編注
国性爺合戦・鑓の権三重帷子　近松門左衛門　和田万吉校訂
折たく柴の記　新井白石　松村明校注
近世畸人伝　伴蒿蹊　森銑三校註

排蘆小船・石上私淑言 —宣長「物のあはれ」歌論　本居宣長　子安宣邦校注
雨月物語　上田秋成　長島弘明校注
宇下人言 修行録　松平定信　松平定光校訂
新訂 一茶俳句集　丸山一彦校注
一茶 父の終焉日記・おらが春 他一篇　矢羽勝幸校注
増補 俳諧歳時記栞草 全二冊　曲亭馬琴編　藍亭青藍補　堀切実校注
北越雪譜　鈴木牧之編撰　京山人百樹刪定　岡田武松校訂
東海道中膝栗毛 全二冊　十返舎一九　麻生磯次校注
浮世床　式亭三馬　和田万吉校訂
梅暦 全二冊　為永春水　古川久校訂
日本民謡集　町田嘉章　浅野建二編
芭蕉臨終記 花屋日記 付 芭蕉翁終焉記・前後日記・行状記　小宮豊隆校訂
醒睡笑 全二冊　安楽庵策伝　鈴木棠三校注
与話情浮名横櫛 切られ与三　瀬川如皐　河竹繁俊校訂
歌舞伎十八番の内 勧進帳　郡司正勝校注
江戸怪談集 全三冊　高田衛編・校注
柳多留名句選　山澤英雄選　粕谷宏紀校注

鬼貫句選・独ごと　復本一郎校注
井月句集　復本一郎編
花見車・元禄百人一句　雲英末雄　佐藤勝明校注
江戸漢詩選 全二冊　揖斐高編訳

《日本思想》〔青〕

風姿花伝（花伝書） 世阿弥／野上豊一郎・西尾実 校訂
五輪書 宮本武蔵／渡辺一郎 校注
葉隠 全三冊 山本常朝／和辻哲郎・古川哲史 校訂
養生訓・和俗童子訓 貝原益軒／石川謙 校訂
貝原益軒 大和俗訓 石川謙 校訂
町人嚢・百姓嚢・長崎夜話草 西川如見／飯島忠夫・西川忠幸 校訂
日本水土考・水土解弁・増補華夷通商考 西川如見／飯島忠夫・西川忠幸 校訂
蘭学事始 杉田玄白／緒方富雄 校註
吉田松陰書簡集 広瀬豊 編
島津斉彬言行録 牧野伸顕 序
塵劫記 吉田光由／大矢真一 校注
兵法家伝書 付 新陰流兵法目録事 柳生宗矩／渡辺一郎 校注
南方録 西山松之助 校注
長崎版 どちりな きりしたん 海老沢有道 校註
仙境異聞・勝五郎再生記聞 平田篤胤／子安宣邦 校注
茶湯一会集・閑夜茶話 井伊直弼／戸田勝久 校注

新訂 海舟座談 巌本善治 編／勝部真長 校注
西郷南洲遺訓 附 手抄言志録及遺文 山田済斎 編
文明論之概略 福沢諭吉／松沢弘陽 校注
新訂 福翁自伝 富田正文 校訂
学問のすゝめ 福沢諭吉
福沢諭吉教育論集 山住正己 編
福沢諭吉家族論集 中村敏子 編
福沢諭吉の手紙 慶應義塾 編
日本道徳論 西村茂樹／吉田熊次 校
新島襄の手紙 同志社 編
新島襄 教育宗教論集 同志社 編
新島襄自伝 ―手記・紀行文・日記 同志社 編
近時政論考 陸羯南
日本の下層社会 横山源之助
中江兆民 三酔人経綸問答 桑原武夫・島田虔次 訳・校注
中江兆民評論集 松永昌三 編
憲法義解 伊藤博文／宮沢俊義 校註

日本開化小史 田口卯吉／嘉治隆一 校訂
新訂 蹇蹇録 ―日清戦争外交秘録 陸奥宗光／中塚明 校注
茶の本 岡倉覚三／村岡博 訳
新撰讃美歌 植村正久・奥野昌綱・松山高吉 編
武士道 新渡戸稲造／矢内原忠雄 訳
キリスト信徒のなぐさめ 内村鑑三
余はいかにしてキリスト信徒となりしか 内村鑑三／鈴木範久 訳
代表的日本人 内村鑑三／鈴木範久 訳
後世への最大遺物・デンマルク国の話 内村鑑三
宗教座談 内村鑑三
ヨブ記講演 内村鑑三
足利尊氏 山路愛山
徳川家康 全二冊 山路愛山
豊臣秀吉 全二冊 山路愛山
妾の半生涯 福田英子
三十三年の夢 宮崎滔天／島田虔次・近藤秀樹 校注
善の研究 西田幾多郎

- 思索と体験 西田幾多郎
- 続思索と体験・『続思索と体験』以後 西田幾多郎
- 西田幾多郎哲学論集 Ⅰ —場所・私と汝 他六篇 上田閑照編
- 西田幾多郎哲学論集 Ⅱ —論理と生命 他四篇 上田閑照編
- 西田幾多郎哲学論集 Ⅲ —自覚について 他四篇 上田閑照編
- 西田幾多郎歌集 上田薫編
- 西田幾多郎講演集 田中裕編
- 西田幾多郎書簡集 藤田正勝編
- 帝国主義 幸徳秋水 山泉進校注
- 麵麭の略取 クロポトキン 幸徳秋水訳
- 基督抹殺論 幸徳秋水
- 日本の労働運動 片山潜
- 吉野作造評論集 岡義武編
- 貧乏物語 河上肇 大内兵衛解題
- 河上肇評論集 杉原四郎編
- 西欧紀行 祖国を顧みて 河上肇
- 中国文明論集 宮崎市定 礪波護編

- 中国史 全二冊 宮崎市定
- 大杉栄評論集 飛鳥井雅道編
- 女工哀史 細井和喜蔵
- 奴隷 —小説・女工哀史1 細井和喜蔵
- 工場 —小説・女工哀史2 細井和喜蔵
- 初版 日本資本主義発達史 全二冊 野呂栄太郎
- 谷中村滅亡史 荒畑寒村
- 遠野物語・山の人生 柳田国男
- 木綿以前の事 柳田国男
- こども風土記・母の手毬歌 柳田国男
- 海上の道 柳田国男
- 蝸牛考 柳田国男
- 野草雑記・野鳥雑記 柳田国男
- 孤猿随筆 柳田国男
- 婚姻の話 柳田国男
- 都市と農村 柳田国男
- 十二支考 全二冊 南方熊楠

- 津田左右吉歴史論集 今井修編
- 特命全権大使 米欧回覧実記 全五冊 久米邦武編 田中彰校注
- 日本イデオロギー論 戸坂潤
- 明治維新史研究 羽仁五郎
- 古寺巡礼 和辻哲郎
- 風土 —人間学的考察 和辻哲郎
- 和辻哲郎随筆集 坂部恵編
- 倫理学 全四冊 和辻哲郎
- 人間の学としての倫理学 和辻哲郎
- 日本倫理思想史 全四冊 和辻哲郎
- 宗教哲学序論・宗教哲学 波多野精一
- 「いき」の構造 他二篇 九鬼周造
- 九鬼周造随筆集 菅野昭正編
- 偶然性の問題 九鬼周造
- 時間論 他二篇 九鬼周造 小浜善信編
- 復讐と法律 穂積陳重
- パスカルにおける人間の研究 三木清

古代国語の音韻に就いて 他二篇　橋本進吉
漱石詩注　吉川幸次郎
吉田松陰　徳富蘇峰
林達夫評論集　中川久定編
新版 きけわだつみのこえ —日本戦没学生の手記　日本戦没学生記念会編
新版 第二集 きけわだつみのこえ —日本戦没学生の手記　日本戦没学生記念会編
君たちはどう生きるか　吉野源三郎
懐旧九十年　石黒忠悳
武家の女性　山川菊栄
覚書 幕末の水戸藩　山川菊栄
忘れられた日本人　宮本常一
家郷の訓　宮本常一
大阪と堺　三浦周行 朝尾直弘編
新編 歴史と人物　三浦周行 林屋辰三郎 朝尾直弘 編
国家と宗教 —ヨーロッパ精神史の研究　南原繁
石橋湛山評論集　松尾尊兊編
湛山回想　石橋湛山

手仕事の日本　柳宗悦
工藝文化　柳宗悦
南無阿弥陀仏 付 心偈　柳宗悦
柳宗悦 民藝紀行　水尾比呂志編
雨夜譚 —渋沢栄一自伝　長幸男校注
中世の文学伝統　風巻景次郎
平塚らいてう評論集　小林登美枝 米田佐代子編
日本の民家　今和次郎
倫敦《ロンドン》！ 倫敦《ロンドン》？　長谷川如是閑
原爆の子 —広島の少年少女のうったえ 全二冊　長田新編
臨済・荘子　前田利鎌
『青鞜』女性解放論集　堀場清子編
大津事件 —ロシア皇太子大津遭難　尾佐竹猛 三谷太一郎校注
幕末遣外使節物語 —夷狄の国へ　尾佐竹猛 吉良芳恵校注
極光のかげに —シベリア俘虜記　高杉一郎
古典学入門　池田亀鑑
イスラーム文化 —その根柢にあるもの　井筒俊彦

意識と本質 —精神的東洋を索めて　井筒俊彦
神秘哲学 —ギリシアの部　井筒俊彦
意味の深みへ —東洋哲学の水位　井筒俊彦
コスモスとアンチコスモス 東洋哲学のために　井筒俊彦
幕末政治家　福地桜痴 佐々木潤之介校注
フランス・ルネサンスの人々　渡辺一夫
維新旧幕比較論　木下真弘 宮地正人校注
被差別部落一千年史　高橋貞樹 沖浦和光校注
花田清輝評論集　粉川哲夫編
新版 河童駒引考 —比較民族学的研究　石田英一郎
英国の文学　吉田健一
英国の近代文学　吉田健一
明治東京下層生活誌　中川清編
中井正一評論集　長田弘編
山びこ学校　無着成恭編
考史遊記　桑原隲蔵
福沢諭吉の哲学 他六篇　丸山眞男 松沢弘陽編

政治の世界 他十篇	丸山眞男 松本礼二編注
超国家主義の論理と心理 他八篇	丸山眞男 古矢旬編
田中正造文集 全二冊	由井正臣 小松裕編
国語学史	時枝誠記
定本 育児の百科 全三冊	松田道雄
大西祝選集 全三冊	小坂国継編
哲学の三つの伝統 他十二篇	野田又夫
中国近世史	内藤湖南
大隈重信演説談話集	早稲田大学編
大隈重信自叙伝	早稲田大学編
人生の帰趣	山崎弁栄
通論考古学	濱田耕作
転回期の政治	宮沢俊義
何が私をこうさせたか —獄中手記	金子文子
明治維新	遠山茂樹
禅海一瀾講話	釈宗演
明治政治史	岡義武

転換期の大正	岡義武
山県有朋 —明治日本の象徴	岡義武
近代日本の政治家	岡義武
ニーチェの顔 他十三篇	氷上英廣 三島憲一編
伊藤野枝集	森まゆみ編
前方後円墳の時代	近藤義郎
日本の中世国家	佐藤進一